# O FIM
## DOS
## *Sussurros*

# RUTA SEPETYS

# O FIM
## DOS
## *Sussurros*

TRADUÇÃO DE BEATRIZ GUTERMAN

ALTA BOOKS
GRUPO EDITORIAL

Rio de Janeiro, 2023

# O Fim Dos Sussurros

Copyright © 2023 da Starlin Alta Editora e Consultoria Eireli.
ISBN: 978-85-508-1933-4

*Translated from original I Must Betray You. Copyright © 2022 by Ruta Sepetys. ISBN 9781984836038. This translation is published and sold by permission of Philomel Books a trademark of Penguin Random House LLC an imprint of Penguin Random House LLC, the owner of all rights to publish and sell the same. PORTUGUESE language edition published by Starlin Alta Editora e Consultoria Eireli, Copyright © 2023 by Starlin Alta Editora e Consultoria Eireli.*

Impresso no Brasil — 1ª Edição, 2023 — Edição revisada conforme o Acordo Ortográfico da Língua Portuguesa de 2009.

Todos os direitos estão reservados e protegidos por Lei. Nenhuma parte deste livro, sem autorização prévia por escrito da editora, poderá ser reproduzida ou transmitida. A violação dos Direitos Autorais é crime estabelecido na Lei nº 9.610/98 e com punição de acordo com o artigo 184 do Código Penal.

A editora não se responsabiliza pelo conteúdo da obra, formulada exclusivamente pelo(s) autor(es).

**Marcas Registradas:** Todos os termos mencionados e reconhecidos como Marca Registrada e/ou Comercial são de responsabilidade de seus proprietários. A editora informa não estar associada a nenhum produto e/ou fornecedor apresentado no livro.

**Erratas e arquivos de apoio:** No site da editora relatamos, com a devida correção, qualquer erro encontrado em nossos livros, bem como disponibilizamos arquivos de apoio se aplicáveis à obra em questão.

Acesse o site www.altabooks.com.br e procure pelo título do livro desejado para ter acesso às erratas, aos arquivos de apoio e/ou a outros conteúdos aplicáveis à obra.

**Suporte Técnico:** A obra é comercializada na forma em que está, sem direito a suporte técnico ou orientação pessoal/exclusiva ao leitor.

A editora não se responsabiliza pela manutenção, atualização e idioma dos sites referidos pelos autores nesta obra.

---

Dados Internacionais de Catalogação na Publicação (CIP) de acordo com ISBD

S479f   Sepetys, Ruta
            O Fim dos Sussurros / Ruta Sepetys ; traduzido por Beatriz Guterman. - Rio de Janeiro : Alta Books, 2023.
            320 p. ; 16cm x 23cm.

            Tradução de: I Must Betray You
            ISBN: 978-85-508-1933-4

            1. Literatura americana. 2. Ficção. I. Guterman, Beatriz. II. Título.

                                                                        CDD 833
2023-3713                                                               CDU 821.112.2-3

Elaborado por Vagner Rodolfo da Silva - CRB-8/9410

Índice para catálogo sistemático:
1. Literatura americana: Ficção 833
2. Literatura americana: Ficção 821.112.2-3

---

**Produção Editorial**
Grupo Editorial Alta Books

**Diretor Editorial**
Anderson Vieira
anderson.vieira@altabooks.com.br

**Editor**
José Ruggeri
j.ruggeri@altabooks.com.br

**Gerência Comercial**
Claudio Lima
claudio@altabooks.com.br

**Gerência Marketing**
Andréa Guatiello
andrea@altabooks.com.br

**Coordenação Comercial**
Thiago Biaggi

**Coordenação de Eventos**
Viviane Paiva
comercial@altabooks.com.br

**Coordenação ADM/Finc.**
Solange Souza

**Coordenação Logística**
Waldir Rodrigues
logistica@altabooks.com.br

**Direitos Autorais**
Raquel Porto
rights@altabooks.com.br

**Produtoras da Obra**
Illysabelle Trajano
Maria de Lourdes Borges

**Assistente da Obra**
Henrique Waldez

**Produtores Editoriais**
Paulo Gomes
Thales Silva
Thiê Alves

**Equipe Comercial**
Adenir Gomes
Ana Carolina Marinho
Ana Claudia Lima
Daiana Costa
Everson Sete
Kaique Luiz
Luana Santos
Maira Conceição
Natasha Sales

**Equipe Editorial**
Ana Clara Tambasco
Andreza Moraes
Arthur Candreva
Beatriz de Assis
Beatriz Frohe
Betânia Santos
Brenda Rodrigues
Caroline David
Erick Brandão
Elton Manhães
Fernanda Teixeira
Gabriela Paiva
Henrique Waldez
Karolayne Alves
Kelry Oliveira
Lorrahn Candido
Luana Maura
Marcelli Ferreira
Mariana Portugal
Matheus Mello
Milena Soares
Patricia Silvestre
Viviane Corrêa
Yasmin Sayonara

**Marketing Editorial**
Amanda Mucci
Guilherme Nunes
Livia Carvalho
Pedro Guimarães
Thiago Brito

---

## Atuaram na edição desta obra:

**Tradução**
Beatriz Guterman

**Copidesque**
Wendy Campos

**Revisão Gramatical**
Denise Elisabeth Himpel
Alessandro Thomé

**Diagramação**
Natalia Curupana

Editora afiliada à:

Rua Viúva Cláudio, 291 — Bairro Industrial do Jacaré
CEP: 20.970-031 — Rio de Janeiro (RJ)
Tels.: (21) 3278-8069 / 3278-8419
www.altabooks.com.br — altabooks@altabooks.com.br
Ouvidoria: ouvidoria@altabooks.com.br

*Em memória dos corajosos estudantes romenos.*
21 de dezembro de 1989

**Outros livros de Ruta Sepetys**
*A Vida em Tons de Cinza*
*Sonhos de Papel*
*O Sal das Lágrimas*

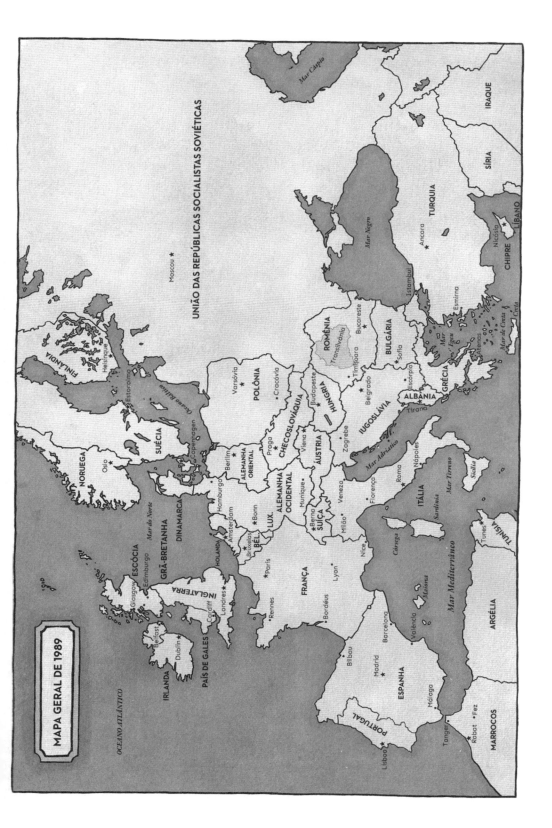

# DEBAIXO DA MOLDURA DOURADA

## SUB RAMA POLEITĂ

Eles viviam na escuridão.
Respirando sombras.
As mãos enfiadas no fundo dos bolsos, escondendo dedos congelados fechados em punhos.

Evitavam os olhares dos outros. Encarar o rosto do medo trazia o risco de ser aprisionado em sua armadilha. Mas, de alguma forma, olhos invisíveis estavam sempre sobre eles. Mesmo na escuridão mais profunda.

Observando.

Sempre observando.

*A sensação constante de vigilância da Romênia.*

É assim que foi descrito: o peso de uma tempestade secreta.

Isso não vem de uma lembrança.

Havia um estudante, um jovem na capital Bucareste. Ele escreveu tudo.

Então temeu ter cometido um erro.

Falamos sobre erros. Alguns acham que o Drácula é o personagem mais assustador relacionado à Romênia. Quando souberem da verdade, ela irá assombrá-los?

Drácula é ficção, sem nenhuma conexão real com a história romena. Mas já existiu um monstro sedento por sangue em um castelo da Romênia. Ele permaneceu em sua torre por 24 anos. Enquanto Drácula escolhia suas vítimas a dedo, esse monstro decidiu que seria perverso e cruel...

Com todos.

Ele lhes negava comida, eletricidade, verdade e liberdade.

Os cidadãos da Romênia eram estoicos e resilientes, mas sofreram com o terror da tirania.

Quantos? Você pergunta.

Vinte e três milhões de pessoas.

Seus nomes e suas histórias desconhecidos. Até que...

Uma caixa de metal. Encontrada ao lado de um túmulo. Dentro dela havia um manuscrito.

Foi assim que um garoto contou a história.

**Din biroul lui
Cristian Florescu**

# CIORNĂ

# BUCARESTE, ROMÊNIA, 1989

# 1

## UNU

O medo chegou às 17h.
Era outubro. Uma sexta-feira cinzenta.
Se eu já soubesse? Teria corrido. Tentado me esconder.
Mas não sabia.
Sob a meia-luz do corredor da escola, vi meu melhor amigo, Luca. Ele andou até mim, passando pelo enfadonho cartaz na parede de concreto.

*Novos Homens da Romênia:*
*Vida longa ao Comunismo — o resplandecente futuro da humanidade*

Naquele momento, minha mente estava preocupada com algo muito além do comunismo. Algo mais urgente.

A escola acabava às 19h. Se eu saísse na hora certa, conseguiria andar ao lado dela: a garota quieta cujo cabelo cobria os olhos. Pareceria uma coincidência, e não algo forçado.

O corpo alto e esguio de Luca surgiu ao meu lado.

— É oficial. Meu estômago está se autoconsumindo.

— Toma. — Dei meu saquinho de sementes de girassol a ele.

— Obrigado. Ficou sabendo? A bibliotecária disse que você é uma má influência.

Eu ri. Talvez fosse verdade. Os professores se referiam a Luca como "doce", mas me chamavam de sarcástico. Se eu era do tipo que começaria uma briga, Luca era do tipo que a separaria. Havia uma certa avidez nele, enquanto eu preferia analisar e observar de longe.

Paramos para que Luca pudesse falar com um grupo de garotas barulhentas. Eu esperei impaciente.

— *Ei*, Cristian. — Uma das garotas sorriu. — Cabelo legal, cortou com uma faca de cozinha?

— Cortei — falei baixo. — E vendado. — Assenti para Luca e segui pelo corredor sozinho.

— Estudante Florescu!

A voz era do diretor da escola. Ele aguardava no corredor, conversando com um colega. O Camarada Diretor alternou o peso do corpo de uma perna para a outra, tentando parecer descontraído.

Mas nada era descontraído.

Nas aulas, sentávamos eretos. O Camarada Professor ensinava aos berros para nosso grupo de quarenta alunos. Escutávamos parados feito pedra e apertando os olhos sob a luz pálida. Na chamada, nossos nomes eram marcados como "presente", mas estávamos frequentemente ausentes de nós mesmos.

Eu e Luca usávamos gravata e terno azul-marinho para o *liceu*. Todos os garotos usavam. As garotas, salopetes azul-marinho e arcos de cabelo brancos. Os distintivos costurados nos nossos uniformes identificavam a qual escola pertencíamos. Mas no outono e no inverno, nossos uniformes não ficavam à vista. Eram cobertos por casacos, cachecóis de lã e luvas usadas para combater o frio cortante do prédio de cimento sem calefação.

Frio e escuro. As juntas doloridas. É difícil fazer anotações quando não se sente os dedos. É difícil se concentrar quando a eletricidade acaba.

O diretor limpou a garganta.

— Estudante Florescu — repetiu. — Vá até a secretaria. Seu pai deixou uma mensagem para você.

Meu pai? Meu pai nunca vinha à escola. Eu raramente o via. Ele trabalha turnos de doze horas, por seis dias na semana, na fábrica de móveis.

Senti um nó se contrair em meu estômago.

— Sim, Camarada Diretor.

Segui para o escritório, como me foi dito.

Será que pessoas de fora entenderiam? Na Romênia, fazemos o que nos dizem.

E nos diziam muitas coisas.

Eles nos diziam que no comunismo somos todos irmãos e irmãs. Dirigir-se a todos com o termo "camarada" reforçava que éramos todos iguais, sem nenhuma classe social para nos dividir. Bons irmãos e irmãs do comunismo seguiam regras.

Eu fingia seguir as regras. Escondia algumas coisas, como meu interesse em poesia e filosofia. Fingia outras coisas também. Fingia perder meu pente, quando, na verdade, preferia meu cabelo espetado. Fingia não perceber quando as garotas olhavam para mim. E isto: fingia que estudar inglês era um compromisso com meu país.

— As palavras são como armas. Também vou poder enfrentar nossos inimigos norte-americanos e britânicos com palavras, não só com tiros.

Foi o que eu disse.

Nossa disciplina de combate se chamava Preparando a Juventude para Defender o País. Começamos a treinar com armas na escola aos 14 anos. Isso é muito jovem ou muito velho, comparado aos outros países? Lembro-me de anotar essa pergunta no meu diário secreto.

Na realidade, meu desejo de falar inglês nada tinha a ver com enfrentar nossos inimigos. Quantos inimigos nós tínhamos, afinal? Eu realmente não sabia. A verdade era que a aula de inglês estava lotada de garotas quietas e inteligentes. Garotas que eu fingia não notar. E se eu falasse inglês, podia entender melhor as letras das músicas que ouvia ilegalmente nas transmissões da Voice of America.

Sim, ilegalmente. Muitas coisas eram ilegais na Romênia, inclusive meus pensamentos e meu diário. Mas eu estava convencido de que podia esconder tudo. Afinal, o manto da melancolia é denso e pesado. Ótimo para encobrir as coisas, certo?

Segui pelo corredor escuro até o escritório.

Eu era um idiota.

Só não sabia ainda.

## 2
## DOI

Entrei na secretaria da escola. A secretária idosa e severa me olhou de relance e desviou os olhos para o próprio colo. Não fez contato visual. Apontou um dedo enrugado na direção do escritório do diretor.

Meu estômago se contraiu ainda mais.

Uma caixa sem janelas. O teto estava manchado de fumaça. O cheiro rançoso e disperso de papel mofado. Acima da mesa simples e quadrada do diretor havia um retrato dentro de uma moldura dourada. Retratos idênticos àquele decoravam toda a Romênia: salas de aula, estações de trem, lojas, hospitais e até mesmo capas de livros.

Ele.

Nicolae Ceaușescu.

Nosso amado líder. Nosso herói. Dissidente do grande Partido Comunista da Romênia e sugador de sangue do pescoço de milhões. Metáfora ilegal? Com certeza.

O novo retrato mostrava nosso herói com bochechas coradas e vastos cabelos castanhos ondulados. Ele e sua esposa, Heroína Mãe Elena, haviam liderado a Romênia por 24 anos. Não me demorei na imagem que mostrava uma versão muito mais jovem de nosso líder. Em vez disso, meus olhos se voltaram para o estranho sentado embaixo do retrato.

Trinta e poucos anos. Uma cicatriz na sobrancelha. Mais entradas do que cabelo. Cada mão do tamanho de uma raquete de tênis e ombros que passavam da largura da cadeira.

— Feche a porta — instruiu o homem.

Fechei a porta de madeira, mas não me sentei. Não me foi dito para fazê-lo.

O estranho abriu uma pasta que estava a sua frente. Uma foto grampeada no canto de cima do arquivo mostrava um jovem de cabelo escuro bagunçado e olhos claros. E foi então que senti um buraco se abrir em meu estômago.

A um metro de mim não estava apenas um homem enorme com uma só sobrancelha e pás no lugar das mãos.

Não.

Esse homem era um carrasco, um cavaleiro negro, um espião. Ele era um agente da Securitate, a temida polícia secreta da Romênia. Ao seu alcance havia um arquivo e uma foto.

Minha.

— Dizem que há um Secu para cada cinquenta romenos — minha irmã Cici me alertara uma vez. — Há 23 milhões de romenos. Faça as contas. Os agentes da Securitate estão por toda a parte.

Nós os chamávamos de "garotos de olhos azuis". Com ou sem apelido, eles costumavam ser fáceis de reconhecer. Na Romênia, se sua família fosse sortuda o suficiente para poder comprar um carro e pudesse esperar cinco anos até que um estivesse disponível, você já sabia qual teria. Só havia uma marca de carros: Dacia. Eles poderiam ser de algumas cores, como branco, azul ou verde. Mas a polícia secreta, eles dirigiam Dacias pretos. Havia um jovem no nosso bloco que dirigia um Dacia preto. Eu o observava da varanda. De longe, eu ficava intrigado.

O homem na minha frente dirigia um Dacia preto. Eu tinha certeza. Mas eu não estava intrigado.

Estava assustado.

O agente se recostou, gerando protestos da frágil cadeira de metal. Silenciosamente seus olhos perfuravam buracos em mim, rachando as paredes da minha confiança. Ele esperou, e esperou, fazendo com que os buracos fossem preenchidos por medo.

De repente, ele se mexeu, batendo as pernas dianteiras da cadeira no chão. Ele se inclinou sobre a mesa, exalando o odor rançoso da nicotina impregnada em sua língua pastosa e amarela. Suas palavras ainda me assombram.

— Você é Cristian Florescu — disse ele —, e sei o que você fez.

# 3
## TREI

Ele sabia o que eu havia feito.
O que eu havia feito?
A verdade é que a maioria dos romenos quebrava as regras de um jeito ou de outro. Havia muitas regras a se quebrar. E muitas pessoas para delatar que você as havia quebrado.

Um compositor escreveu letras negativas sobre a vida na Romênia. Ele foi internado em um manicômio.

Um universitário foi encontrado com uma máquina de escrever não registrada. Ele foi mandado para a prisão.

Se reclamasse em voz alta, você poderia ser preso como "agitador político". Mas eu não havia reclamado em voz alta. Eu fazia a maioria das coisas discretamente. Em segredo. Então o que o agente havia descoberto?

A antena de rádio que eu fiz em casa? As piadas que escrevi? Foi o guia de viagens?

Eu comprava coisas em inglês às escondidas, de um contrabandista da vizinhança chamado Estrela-do-mar. Ler material contrabandeado em inglês melhorava o meu vocabulário. Minha última compra havia sido um punhado de páginas arrancadas de um guia de viagens em inglês. Guias de viagens e mapas vindos do exterior costumavam ser confiscados dos turistas. Ao ler aquelas páginas, entendi o porquê:

> *Condições terríveis na Romênia.*
> *Nicolae Ceaușescu. Líder impiedoso. Megalomaníaco.*
> *Todos vivem sob vigilância.*
> *O país do Bloco Leste em que mais pessoas estão sofrendo.*

E isto:

> *O povo da Romênia é inteligente, bonito e simpático, mas estão proibidos de interagir com estrangeiros. Imagine um hospital psiquiátrico em que os insanos dão as ordens e os*

*funcionários são punidos por sua sanidade. É melhor evitar a Romênia. Em vez disso, visite a Hungria ou a Bulgária, onde as condições são melhores.*

A observação sobre a vigilância... era verdade. Todos eram possíveis alvos da vigilância. Ela, Mãe Elena Ceauşescu, chegou a decretar que as varandas dos apartamentos deveriam permitir uma visão total. O Partido Comunista tinha o direito de ver tudo o tempo todo. Tudo pertencia ao Partido. E o Partido pertencia aos Ceauşescus.

— Bom para eles. Não têm que viver dentro de um pedaço de cimento — zombei uma vez.

— Shh. Nunca mais repita isso em voz alta — arquejou minha mãe.

Eu nunca mais falei aquilo, mas escrevi no meu caderno.

Meu caderno. Espera. Isso era por causa do meu caderno?

O agente gesticulou para que eu me sentasse. Obedeci.

— Sabe por que está aqui? — perguntou.

— Não, Camarada Tenente.

— Camarada Major.

Engoli em seco.

— Não, Camarada Major, não sei por que estou aqui.

— Então me permita esclarecer. Você tem uma coleção de selos impressionante. Vendeu um selo romeno antigo. A negociação foi com um estrangeiro, e você aceitou moeda estrangeira. Isso te torna culpado por tráfico ilegal e você será julgado.

Um arrepio percorreu minha nuca. Meu cérebro começou a trabalhar.

O selo velho.

O dólar americano.

Aquilo havia sido dois meses antes. Há quanto tempo eles sabiam?

— Eu não vendi o selo — disse. — Eu dei a ele. Eu só encontrei o...

Parei. Na Romênia, era ilegal dizer a palavra "dólar".

— Só encontrei a... moeda... vários dias depois, quando abri o álbum. Ele deve ter enfiado ela ali quando eu não estava olhando.

— Como entrou em contato com o adolescente, em primeiro lugar? Interagir com estrangeiros é ilegal. Qualquer contato com estrangeiros deve ser relatado imediatamente. Você sabe disso.

— Sim, Camarada Major. Mas minha mãe limpa os apartamentos de dois diplomatas dos Estados Unidos. Isso está nos registros.

Mas havia coisas que *não* estavam registradas. Ou era o que eu pensava. Eu havia conhecido o filho de um dos diplomatas enquanto esperava minha mãe. Fizemos amizade. Trocamos selos. Conversamos. Dei uma olhada em seu diário... e decidi começar um também.

— Sua mãe limpa os apartamentos de diplomatas dos EUA. Como ela conseguiu esse trabalho?

— Acho que... foi uma amiga? — Eu realmente não lembrava. — Eu conheci o norte-americano enquanto esperava minha mãe. Costumo acompanhá-la até em casa. Minha mãe tem dificuldade para enxergar no escuro. É assustador para ela.

— Está alegando que se envolveu em uma negociação ilegal com um adolescente norte-americano porque sua mãe tem medo do escuro? A deficiência de sua mãe nada tem a ver com seu crime. Mas a punição se *estenderá* para toda sua família.

Um crime? Toda minha família?

Mas eu não havia aceitado o dólar. Ele só... apareceu.

Como ele sequer ficou sabendo?

As súplicas da minha mãe e irmã surgiram em coro.

*Nunca diga nada... a ninguém.*
*Não se esqueça, Cristian, nunca se sabe quem está ouvindo.*
*Por favor, não chame a atenção para nossa família.*

Encarei o agente à minha frente. Um suor arrepiante umedeceu a palma das minhas mãos e uma mariposa invisível se agitou na minha traqueia. Na Romênia, a Securitate tinha mais poder que os militares. Esse homem poderia nos destruir. Poderia aumentar a vigilância sobre nossa família. Poderia acabar com minhas chances de ir à universidade. Poderia fazer com que meus pais fossem demitidos. Ou pior.

O agente se inclinou para a frente, pousando suas enormes raquetes carnudas na mesa.

— Vejo que entendeu a seriedade da situação. Me disseram que você é um bom aluno, talentoso, um observador entre seus colegas. Hoje estou me sentindo generoso.

Ele iria me liberar com uma advertência. Soltei o ar em gratidão.

— *Mulțumesc.* Eu...

— Já está agradecendo? Ainda nem ouviu minha proposta. Ela é simples e, como eu disse, bem generosa. Você vai continuar a encontrar sua mãe e acompanhá-la até em casa. Vai continuar a interagir com o filho do diplomata norte-americano. E vai relatar detalhes da casa e da família do diplomata para mim.

Não era uma proposta. Era uma ordem. Uma que colocava todos os meus princípios em jogo. Eu forneceria informações sobre a vida privada dos outros em segredo, seria um traidor, um *turnător*.

Nunca poderia contar a minha família. Eu viveria em constante dissimulação. Deveria recusar. Mas se recusasse, minha família sofreria. Disso eu tinha certeza. E então, em meio ao silêncio, o agente fez sua jogada final.

— Me diga, como vai seu *bunu*?

*Şahmat.* Xeque-mate. Essa simples menção me fez fraquejar.

Ele sabia do meu avô. Bunu era uma luz, cheio de sabedoria e filosofia. Bunu sabia do meu interesse em poesia e literatura. Ele o encorajava. Silenciosamente.

— Eles roubam nosso poder nos fazendo acreditar que somos fracos — Bunu disse. — Mas as palavras e a criatividade têm poder, Cristian. Explore esse poder na sua mente.

A coleção de selos era o tesouro de Bunu. Durante anos, aquele havia sido nosso projeto secreto.

Tínhamos outros segredos. Como a leucemia de Bunu, que o acometera rapidamente.

— Não conte a ninguém — implorou nossa mãe, sempre apreensiva.

Não precisávamos. Qualquer um poderia perceber que um homem animado e saudável de repente havia ficado pálido e abatido. Não podia levantar uma frigideira sem deslocar o pulso.

Mãos de Raquete limpou a garganta.

— É uma proposta generosa. Faremos uma parceria. Você me traz informações, e eu te dou medicamentos para o Bunu. Ele não vai sofrer.

E foi assim que começou.
Eu era Cristian Florescu. Codinome "OSCAR".
Um espião de 17 anos.
Um informante.

## RELATÓRIO OFICIAL DE RECRUTAMENTO DE "OSCAR"

**Ministério do Interior**  
**Departamento de Segurança do Estado**  
**Diretoria III, Divisão 330**

ULTRASSECRETO  
[15 de outubro de 1989]

Recebemos por meio da Fonte "FRITZI" a indicação de Cristian Florescu (17), estudante do Colégio MF3, para supervisão informativa do diplomata norte-americano Nicholas Van Dorn (nome do alvo: "VAIDA"). A mãe de Florescu trabalha para Van Dorn como doméstica e tem acesso à família. Florescu foi descrito como um jovem inteligente, observador e discreto, com grande facilidade para a língua inglesa. Ele também tem acesso ao apartamento e à família de Van Dorn. A abordagem aconteceu nos perímetros da escola, e o contrabando ilegal de selos foi usado como pretexto para seu recrutamento. Florescu pareceu desconfiado, mas quando foi apresentada a opção de fornecimento de medicamentos para seu avô, concordou em prover informações sob o codinome OSCAR. OSCAR será utilizado para:

- interagir com Dan (16), filho de Van Dorn

- definir os padrões na rotina da família Van Dorn

- definir quem frequenta a residência

- fornecer um mapa e um esboço detalhado da residência dos Van Dorn

- verificar as crenças gerais dos Van Dorn em relação à Romênia

# 4
# PATRU

A culpa anda em quatro patas.
Espreita, rondeia e domina. Pressiona as garras contra sua garganta.
E espera.

Deixei a escola, feliz pela caminhada de dois quilômetros até nosso prédio. Porém, a cada passo, o medo e a culpa se transformavam em raiva.

Que tipo de ser humano se aproveita de adolescentes e usa um avô doente como moeda de troca? Por que eu não me recusei e disse a ele para ir com o Darcia preto direto para o inferno? Por que cedi tão fácil?

O agente tinha um arquivo. Quem havia me delatado? Por cima do ombro, olhei rapidamente para as sombras. Eu estava sendo seguido?

Eu ainda não sabia a verdade: muitos de nós estavam sendo seguidos.

A noite chegou entre nuvens dispersas. O céu estava negro e sem luz. Edifícios altos e cinzentos se erguiam em cada lado da rua, me oprimindo. Morar em Bucareste era como viver em uma fotografia em preto e branco. A vida em tons frios e monocromáticos. Você sabia que havia cor em algum lugar além da paleta de cimento e carvão da cidade, mas não conseguia chegar até lá — além do cinza. Até minha culpa tinha um gosto cinza, como se eu tivesse engolido um punhado de fuligem.

Será que era algo tão cruel como parecia? Eu só espiaria uma família norte-americana, não romenos como eu. Os livros de espionagem romenos representavam os Securitate como defensores contra as malignas forças ocidentais. Mas se as histórias eram verídicas, os agentes eram previsíveis. Talvez eu pudesse enganá-los.

Sim, eu realmente pensei isso. Eu podia enfrentar os Securitate.

Mas como eu poderia viver com a culpa? Ela não desapareceria com uma noite de sono. Minha família perceberia que algo estava errado.

Eu conseguiria enganar meus pais. Meu pai nunca estava em casa, sempre trabalhando. Nos últimos anos, parecia mais uma sombra do que um homem. Mamãe estava sempre distraída e preocupada, constantemente fazendo listas. Eu acho que ela fazia listas de coisas com que se preocupar. Mas eu não conseguiria enganar Bunu. E eu com certeza não conseguiria enganar minha irmã mais velha, Cici.

Então inventei uma história sobre provas de admissão.

As provas para entrar na universidade eram extremamente competitivas. Trinta alunos concorriam a quatro vagas na área da educação. Setenta alunos disputavam apenas uma vaga em medicina.

— Filosofia — assentiu Bunu — é alimento para a alma. Tente uma vaga em filosofia. Sabe, o comunismo é um estado de espírito — explicava batucando um dedo na têmpora. — O Estado controla a quantidade de alimento que comemos, nossa eletricidade, transporte, as informações que recebemos. Mas, com a filosofia, temos controle da nossa mente. E se nós pudéssemos construir e pintar nossa paisagem interna?

Bunu costumava falar de "e se" animadores. Eu os anotava em meu caderno. Como poderíamos pintar ou desenhar de forma criativa? Se o Ocidente era uma caixa de giz de cera colorido, minha vida era um estojo com lápis sem ponta.

Minha família sabia que eu queria ir para a universidade. Eu fingiria estar chateado porque as vagas disponíveis em filosofia foram cortadas pela metade. Cici reviraria os olhos.

— Você leva as coisas muito a sério, Cristi — diria ela. — Muitos romenos têm diplomas de pós-graduação que agora não servem de nada. Ser considerado intelectual pode ser perigoso agora. Queria que você deixasse isso de lado.

Achei que minha história funcionaria. Fingiria estar preocupado, ocupado estudando para as provas. Eles não fariam perguntas.

Mas Bunu sempre fazia perguntas.

E se ele descobrisse? Ele nunca entenderia por que eu me tornei um informante. Um traidor. Eu era pior que o câncer que o consumia.

E então ouvi os passos.

Minha pergunta foi respondida.

Eu *estava* sendo seguido.

# 5
## CINCI

Respirei fundo, ouvindo atentamente. Arrisquei olhar por cima do ombro.

Uma figura espreitava nas sombras. Uma garota. Ela carregava uma grande vareta embaixo do braço. E então sua voz baixa surgiu, dizendo olá.

— *Bună*.

— *Bună* — assenti.

Ela se aproximou, e, de repente, estávamos lado a lado.

Minha pulsação se acalmou.

Liliana Pavel. A garota cujo cabelo cobria os olhos. A garota com quem eu queria me encontrar por "coincidência" depois da escola. Eu havia elaborado um grande plano, com um cronograma preciso, mas ele havia evaporado depois do meu encontro com o Agente Mãos de Raquete.

Liliana morava no prédio de Luca e também estudava inglês. Ela era reservada, inteligente, um mistério sob a franja castanha e tinha um senso de humor perspicaz. Quando minhas respostas continham uma ironia que o Camarada Professor não captava, Liliana as entendia. Seus esforços para esconder um sorriso a entregavam.

A maioria dos estudantes andava em grupos, mas Liliana costumava vaguear para ler em algum lugar. As capas de seus cadernos eram lotadas de flores e de signos do zodíaco desenhados à mão. Às vezes, pelo jeito que ela me olhava, eu sentia que ela podia ler minha mente. E eu gostava.

Os nossos prédios ficavam um de frente para o outro no fim de uma rua sem saída. O pai de Liliana era gerente de uma mercearia: um trabalho muito invejável em uma cidade onde a maioria das pessoas estava morrendo de fome.

Diferente de algumas meninas tagarelas, Liliana não falava com qualquer um. Uma vez, quando éramos mais jovens, ela prestou atenção em mim. Eu estava com um grupo de amigos na rua, e, do nada, ela veio até mim e me deu um pedaço de *Gumela*.

— Pra você — disse ela. Meus amigos soltaram risadinhas.

Por dentro, eu fiquei feliz, mas não queria que meus amigos soubessem.

— É só chiclete cinza. Vira areia dentro da boca — eu disse, dando de ombros.

Naquela época, eu já era um idiota.

Ainda me lembro da expressão triste no rosto dela. Só agora, dois anos depois, ela se aproximou de mim de novo. Será que eu deveria me desculpar por ter sido um otário em relação ao chiclete? Não, ela provavelmente nem se lembrava.

Andamos em silêncio, a escuridão acentuada pela batida ocasional da vareta que Liliana carregava. Ela apontou a vareta, gesticulando.

— Qual é o nome disso em inglês?

— *Streetlights* — respondi. — Mas adivinha? Acho que em outros países os postes de luz realmente funcionam.

Ela riu.

Os postes de luz em Bucareste não funcionavam. Era muito caro. A Romênia tinha muitos recursos, mas durante anos nosso "herói" exportou todos eles para quitar as dívidas do país. Como resultado, a eletricidade e a alimentação eram racionadas.

Passamos por uma longa fila de pessoas em frente a uma loja controlada pelo Estado. Elas estavam em pé, encolhidas contra o frio, agarrando seus cartões de alimentação enquanto esperavam por alguma sobra de comida que nenhum outro país queria.

— A Rússia fica com toda nossa carne. Não é injusto? — perguntou Luca certa vez. — Ficamos só com os patriotas.

Às vezes, os pés de porcos e galinhas abatidos ficavam disponíveis nas lojas. Nós os chamávamos de "patriotas", pois aquela era a única parte do animal que continuava na Romênia. Humor ácido nos divertia.

Apontei para a loja.

— Uma porção diária de ótimos patriotas, não é?

— Patriotas... e aquela *Gumela* que você ama — disse Liliana.

Ela olhou séria para mim e, então, caiu na gargalhada.

Eu também ri e balancei a cabeça.

— Desculpa, fui um otário.

Ela assentiu sem dizer nada. Então, sorriu.

Tentei não ficar encarando, mas dei umas olhadelas enquanto andávamos. Seu cachecol roxo não era algo que se encontrava para comprar. Ela mesma o havia tricotado? Eu deveria perguntar? Eu sabia que por baixo do cachecol estava o colar que ela sempre usava: um cordão de camurça com um amuleto de prata. Seu cabelo estava solto em ondas suaves e sedosas, passando um pouco dos ombros.

Liliana olhou a fila para a comida, fazendo careta. Com o passar dos anos, a sensação de escuridão ia muito além da eletricidade. Para mim, a escuridão era como um veneno, se apossando de tudo. Ela também sentia?

Ela lançou um olhar por cima do ombro e falou baixo.

— Meu pai me contou que Bucareste era chamada de "Pequena Paris". Havia árvores por toda parte, muitos pássaros e até a arquitetura da Belle Époque. Se lembra de como a cidade era? — sussurrou.

— Lembro algumas coisas. Meu *bunu* tinha uma casa. Ele me contou que Bucareste já foi uma parada de luxo do Expresso do Oriente.

— Sério?

Assenti.

Estava acontecendo. Eu estava indo para casa com Liliana Pavel. Estávamos conversando. Se eu pudesse falar livremente, diria: É, Bunu disse que depois de visitar a Coreia do Norte, Ceaușescu decidiu demolir nossa cidade para construir "a Casa do Povo" e blocos de apartamento. Nosso amado líder destruiu igrejas, escolas e mais de 30 mil lares, incluindo o de Bunu. O que acha disso?

Mas eu não podia falar livremente.

Ninguém podia.

— Queria que nosso bairro tivesse mais árvores — disse Liliana —, sinto falta dos pássaros.

Havia árvores nos parques e nas grandes avenidas, onde podiam ser desfrutadas por todos. As famílias, como a minha, de cinco pessoas, eram enfiadas em apartamentos de um dormitório, do tamanho de um cinzeiro. Olhei para os blocos de apartamento pelos quais passamos. Alguns nem estavam prontos. Não tinham portas, elevadores ou corrimões nas escadas. Esqueletos de concreto similares pairavam pela cidade, escadas que chegavam a lugar algum. Paredes de concreto que davam origem a fachadas de concreto.

Mas ninguém comentava.

O lema era: *Todos viverão juntos! Tudo será coletivo, compartilhado pelo Partido!* Ceaușescu cortava o ar com a mão quando dizia essas palavras. Os *Aplaudacci*, seus fiéis apoiadores, aplaudem sem parar. Aqueles aclamadores estremeciam quando um vento frio batia em seus corações vazios e almas abandonadas? Pesquisei por palavras em inglês que pudessem descrever os *Aplaudacci* e as escrevi em meu caderno:

**BOOTLICKER. BUTT-KISSER. FAWNER.**

Lambe-botas. Puxa-saco. Bajulador.

Liliana puxou meu braço, me tirando de meus pensamentos.

— Cristian! Ah, não!

# 6

## ŞASE

Vira-latas estavam perseguindo uma garotinha do outro lado da rua.
— Não corra! — gritei. Peguei a vareta de Liliana. Um grito surgiu da escuridão.
Cheguei tarde demais.
Os animais avançaram na garota, seus rosnados selvagens e guturais. Ela virou o tronco freneticamente, colocando os punhos pequenos em frente ao pescoço para protegê-lo. Dentes aterraram, se aferraram e rasgaram. O som ainda ecoa em meus ouvidos.
Corri e me coloquei na frente dela, tentando bloquear os cães.
— *Culcat* — ordenei, esticando a vareta para que os cães a mordessem, falando baixo para acalmá-los. Outros se apressaram para se juntar a nós, batendo os pés. Os cachorros, agora em número menor, fugiram atrás de uma presa mais fácil. Uma conversa agitada se seguiu, discussões sobre os vira-latas.
— Se não os matarmos, eles *nos* matarão! — gritou uma mulher.
— Não é culpa deles — respondeu Liliana.
Vira-latas. Estavam por toda a parte. E Liliana tinha razão. Não era culpa deles.
Quando o regime dizimou a cidade, os cachorros foram abandonados nas ruas. Com fome e não domesticados, as pobres criaturas ficaram à deriva e começaram a caçar em matilhas.
No mês anterior, o bebê de nossa professora havia sido dilacerado até a morte dentro de seu carrinho. Algumas pessoas, como Liliana, carregavam varetas para se proteger.
O casaco da garotinha agora estava em farrapos. Sua luva de lã estava no chão, com pingos de sangue.
— Você foi mordida? — Liliana perguntou.
— Não ligo pra mordidas. — A garota soluçou. — Minha mãe passou meses na fila pra me conseguir um casaco. E agora ele está arruinado. E se ela ficar brava?

— Ela vai entender. Vamos te levar até em casa — disse Liliana. Ela olhou para mim. Concordei.

Liliana passou a mão no rasgo da minha jaqueta.

— Também te pegaram — sussurrou. — Está bem?

Seu toque na minha jaqueta. Sua preocupação. De repente, os cães, meu casaco e o encontro com o agente: tudo se dissipou.

— Estou bem. Você está bem? — perguntei. Ela assentiu.

Não dissemos nada depois de deixar a garota em casa. Eu me perguntei se os pensamentos de Liliana eram os mesmos que os meus. Ser comido por cães selvagens — as crianças de outros países precisavam se preocupar com isso?

Viramos na nossa rua e reconheci a silhueta de pernas tortas.

Estrela-do-mar.

Ele era alguns anos mais velho que eu e usava Levi's, Adidas e camisetas de shows do Ocidente compradas no mercado clandestino. Às vezes, usava botas pretas com rebites prateados. Usar roupas do Ocidente não era ilegal, mas era difícil encontrá-las. E muito caro. E muito descolado.

Quando as pessoas perguntavam onde ele conseguia as roupas, Estrela-do-mar dava de ombros e respondia:

— Conheço um cara.

Tentei encontrar uma palavra em inglês para descrever Estrela-do-mar e achei que *operator* — usada para descrever uma pessoa esperta e malandra, que sabe encontrar meios de se dar bem — se encaixava perfeitamente.

Ele morava no meu prédio. Nós o chamávamos de Estrela-do-mar porque perdeu um olho e os pontos feitos para fechar sua cavidade ocular haviam deixado uma cicatriz na forma de uma estrela retorcida. Atrás dele vinham os cachorros da comunidade dos blocos, Fetița e Turbatu. O prédio de Liliana alimentava Fetița. Nós alimentávamos Turbatu. Mas, por algum motivo, era de Estrela-do-mar que os cachorros mais gostavam.

Paramos em frente aos blocos de apartamentos.

O meu ficava à direita.

O dela, à esquerda.

— Noite de filme — sussurrou Estrela-do-mar. — Sábado. Na minha casa. Tá dentro?

— Temos aula — respondeu Liliana.

— Vocês têm aula de dia — disse Estrela-do-mar. — Isso vai ser amanhã à noite. Topam?

Não conseguia ver o rosto de Liliana em meio à escuridão. Arrisquei.

— Vamos sim — respondi.

— Ok, vou colocar vocês na lista. Chama sua irmã bonitinha.
— Chama você — retruquei.
— Tragam dinheiro. Cinco *lei* cada um — avisou Estrela-do-mar. E foi embora, desaparecendo com os cachorros através de uma cortina de escuridão.

Eu nunca tinha visto Liliana na noite de filmes. Talvez os pais dela conhecessem alguém com um aparelho de videocassete? Assim como máquinas de escrever, reprodutores de vídeo não eram ilegais. Mas eram caros e difíceis de encontrar. O mais barato custava 35 mil *lei*, metade do preço de um carro. A maioria das famílias precisava mais de um Dacia do que de um reprodutor de vídeos.

— Você não precisa ir amanhã — expliquei.
— Ok. Mas... e se eu quiser ir? — ela respondeu. — Posso ir com você?

Ela disse isso mesmo? Tentei ver sua expressão entre as sombras.

— Claro. Me encontre aqui fora às nove.

Ficamos parados, sentindo a presença de outras pessoas ao nosso redor, mas incapazes de vê-las. Éramos só nós dois, envoltos em uma escuridão particular.

— Cristian — ela sussurrou de repente —, você já se perguntou... se aquelas coisas são reais?
— Se o que é real?
— As coisas que vemos nos vídeos... nos filmes norte-americanos.

Era uma pergunta estranha. Ou talvez parecesse estranha porque eu já havia me feito aquela mesma pergunta, mas nunca havia tido a coragem de fazê-la em voz alta. Mas também parecia... suspeita, de alguma forma. Sincera demais.

E então, fiquei com raiva de novo. Não dela... de mim mesmo.

Tentei falar com Liliana Pavel durante meses. Finalmente estávamos sozinhos, conversando, combinando de nos vermos no sábado à noite, e, em vez de entusiasmado, eu estava desconfiado?

Bunu estava certo. O comunismo era um estado de espírito.

Mas as noites de filmes eram um escape. Reunir-se em segredo para assistir a filmes norte-americanos dublados em romeno: parecia perigoso e animador, como ganhar um prêmio proibido. Os mundos que víamos retratados nos filmes estavam a oceanos de distância. E as vidas incríveis que víamos nas telas eram só faz de conta.

Eram, não eram?

# 7

## ŞAPTE

Peixes marinhos! *Não existe refeição sem peixe!*
A eletricidade do nosso prédio estava ligada.
Por entre as portas fechadas, as televisões zuniam com os conselhos de saúde para consumo de peixes marinhos. Já que não havia carne, éramos orientados a comer peixes marinhos. Porém, não tínhamos peixes frescos, só suas espinhas eram usadas para fazer sopas ralas. Isso contava? Não prestava muita atenção à televisão. O guia de turismo em inglês resumia bem:

> *Existe somente um canal televisivo na Romênia. E uma marca de televisores. O Estado transmite apenas duas horas de televisão por dia, principalmente propagandas e elogios a Ceaușescu.*

Subi as escadas de concreto até nosso apartamento, que ficava no último andar. A vida em um bloco de apartamentos era como morar em uma caixa de cimento com gavetas. Cada andar igualmente dividido em pequenas unidades familiares. Subi os degraus, sendo atingido pelo cheiro de querosene e pelas informações indesejadas.

Primeiro andar: um bebê chorando de fome.

Segundo andar: um homem bêbado gritando com a mulher.

Terceiro andar: o cordão da descarga sendo puxado.

Quarto andar: um avô com leucemia tossindo.

Para mim, tão óbvia quanto a falta de privacidade era a certeza de que o síndico do prédio relatava tudo para a Securitate.

Afinal, o Partido tinha direito de saber de *tudo*.

*Tudo* pertencia ao Partido.

E o Partido matinha o controle de *tudo*.

— Escutas, escutas por toda parte — Bunu reclamava. — Philips aqui dentro e lá fora.

Philips eram aparelhos de escuta que, segundo os rumores, estavam por toda a parte: escondidos nas paredes, nos telefones, nos cinzeiros. Então todas as famílias seguiam o mesmo lema:

*Em casa, falamos sussurrando.*

A constante ameaça de estar sendo vigiada consumia nossa mãe. Suas mãos tremiam. Seus olhares eram desconfiados. Sua imagem lembrava os cigarros que ela fumava. Procurei por palavras e expressões em inglês que pudessem descrevê-la e as anotei no meu diário:

**JITTERY. DISTRESS. FLUSTERED. FREAKED OUT.**

Ansiosa. Aflita. Assustada. Perturbada.

Ficar perto de Mamãe era como viver com uma granada. Nas raras ocasiões em que o pino de segurança era retirado, ela explodia, dizia coisas horríveis e então começava a chorar. Em nossa foto de família, Mamãe estava olhando para uma direção diferente, como se visse algo que ninguém mais via. Ela constantemente pedia para que sussurrássemos, para que tudo fosse mantido em segredo.

Eu devia ter dado ouvidos a ela.

Mas eu me sentia tão esperto naquela época! Não percebia que havia confundido inteligência com arrogância. Um erro grave. E o primeiro de muitos. Mas eu *era* sábio o suficiente para sussurrar.

Nosso apartamento era lar de quatro "sussurradores" e Bunu.

Bunu se recusava a sussurrar. Se a bibliotecária me considerava uma má influência, ela precisava conhecer meu herói, Bunu. Eu admirava sua coragem. E também sua ingenuidade. Por causa dele, tínhamos um sofá abarrotando nossa cozinha minúscula.

— Não ligo se é contra as regras — anunciou Bunu quando se mudou. — Cinco pessoas neste cubículo? Preciso de um lugar para dormir, e a cozinha é o lugar mais quente.

Com um sofá na cozinha, tínhamos menos de meio metro para circular entre o fogão de duas bocas e a pequena pia de ferro, ou para escutar o rádio.

Com exceção do sofá na cozinha e a máquina de costura de Cici, da icônica marca Ilena, nosso apartamento comunista era igual ao de todo mundo. A sala de estar continha uma mesa oval com cadeiras, um aparador e um sofá-cama. Antes de Bunu se mudar, minha mãe e minha irmã dormiam no quarto, e eu dormia com meu pai no sofá-cama. Quando Bunu chegou, ele argumentou que o arranjo estava totalmente errado.

— Casais devem dormir juntos. Gabriel e Mioara, fiquem com o quarto. A Cicilia tem o horário dela para costurar, então ela fica com o sofá-cama. Eu vou dormir na cozinha.

— Se a Cici vai ficar com o sofá, onde eu vou dormir? — perguntei.

— Ahh — disse Bunu, balançando um dedo. — Um garoto jovem precisa do seu próprio espaço, não precisa?

Eu precisava, mas torci para que Bunu não se explicasse e me envergonhasse. Não se explicou. Em vez disso, negociou com meus pais, e foi então que consegui meu próprio "espaço". Ao lado da porta da frente, todos os apartamentos tinham um armário. Uma abertura estreita que funcionava como armário para o apartamento inteiro.

— Se formos criativos, podemos nos reorganizar para que Cristi tenha o próprio quarto.

Meu próprio quarto. Sim, isso significa que eu morava em um armário.

Anotei a disposição da casa no meu diário:

- UM AVÔ DOENTE, PORÉM CORAJOSO, EM UM SOFÁ ILEGAL NA COZINHA.

- OS ITENS DO ARMÁRIO REMOVIDOS E ENTULHADOS CLANDESTINAMENTE NA VARANDA DA MÃE ELENA.

- UM ADOLESCENTE ACAMPADO EM UM ARMÁRIO, CONSTRUINDO ANTENAS DE RÁDIO, ESCREVENDO PIADAS ILEGAIS E ESCONDENDO UM CADERNO DE ANOTAÇÕES SECRETO COM RELATOS E OPINIÕES SOBRE A ROMÊNIA.

As transgressões me fizeram pensar no agente da Securitate. Esse era o tipo de coisa que eu provavelmente teria que relatar sobre a família norte-americana. Coisas das quais eu mesmo era culpado.

Sim, eu era culpado.

E ao subir as escadas aquele dia, de repente, percebi...

Eu sabia quem havia me entregado.

# 8
## OPT

E stá atrasado — sussurrou minha mãe. — Cristian, sua jaqueta. O que aconteceu?
— Uma matilha de cachorros atacou uma garotinha. A levamos pra casa — respondi.
— "Levamos?" — perguntou Cici, virando de sua máquina de costura. — Você e quem?

Ignorei seu questionamento. Entrei na cozinha para ver como Bunu estava e ouvir a piada do dia.

— Como você está hoje, Bunu?

Eu não precisava perguntar. Ele era uma mistura estranha de cinza com verde. Sua voz era um murmúrio.

— Estou muito bem — mentiu. — Na verdade, Bulă me deu ótimas notícias.

Um sorriso tomou seu rosto.

Contar piadas à custa do regime era ilegal e podia garantir uma passagem direto para o quartel-general dos Securitate. Mas as pessoas contavam piadas mesmo assim. Em um país sem liberdade de expressão, cada piada era como uma pequena revolução. Algumas piadas eram difundidas por meio de um personagem fictício chamado Bulă.

Meu avô acenou para que eu fosse ouvir a piada. Agora, as veias azuis nas mãos de Bunu corriam acima da pele, e não abaixo.

Eu me aproximei.

— Boas notícias. — Sorriu. — Bulă disse que a Romênia está consertando os tanques de guerra do país: todos os dois.

Nosso riso foi momentâneo. A falta de fôlego de Bunu fez com que ele tossisse tão forte que meus pais vieram correndo. A tosse soava dolorosa e cruel, como se cachorros selvagens tivessem se apossado do peito de Bunu, latindo e rasgando suas entranhas. Como isso havia acontecido? Bunu já havia sido tão saudável e em forma!

— Tomou os comprimidos de iodo? Todos? — perguntou meu pai.

— Gabriel — bufou Bunu —, o que está acontecendo comigo... não é por causa de Chernobyl.

— Cristian, vá até o armário. Rápido. Conte os maços de Kent. — Minha mãe mandou enquanto se ajoelhou, tremendo, na frente do meu avô.

Kents.

Kents eram cigarros ocidentais.

Kents eram usados como moeda de troca. Em subornos. Em negociações. No mercado clandestino.

Precisávamos de Kents para muitas coisas: consultas médicas, receber bônus dos nossos professores, subornar o síndico do prédio. Se estiver doente, e também não tiver Kents, é um azarado. Mas saiba usar seus Kents. Precisa mesmo de pontos ou desse dedo do pé? Guarde os Kents para o que realmente importa. Uma vez, escolhi não gastar meus Kents em uma obturação. Em vez de usar Novocaína, o dentista colocou o joelho no meu peito enquanto perfurava e retorcia meu dente. O alvéolo ficou infeccionado, e meu rosto ficou inchado por um mês. Minha alma ainda está abalada. Não deixe de subornar o dentista.

Mercadorias tinham valor. Tínhamos o *lei* romeno, mas de que valia a moeda romena se não havia nada para comprar nas lojas locais? As prateleiras estavam sempre vazias, mas os apartamentos dos médicos e dentistas provavelmente eram como lojas bem abastecidas.

Fui até o armário do quarto dos meus pais, mas eu já sabia a quantidade. Uma recente anotação em meu caderno registrava o inventário da minha família:

**TRÊS PACOTES DE KENT, DOIS PACOTES DE CAFÉ ALVORADA EXTRAFORTE, UMA BARRA DE SABONETE FA E UMA GARRAFA DE UÍSQUE QUEEN ANNE.**

Vodca russa também era valiosa, mas estávamos sem nada. Trocamos nossa vodca por um raio-X quando meu pai teve pneumonia e estava tossindo sangue no ano passado.

— Devia ter tomado a vodca — Bunu disse ao meu pai. — É melhor que remédio.

Até minha irmã se metia com o mercado clandestino. Cici trabalhava na fábrica de tecidos. Após o expediente, fazia e remendava roupas para outras pessoas. Seu talento especial era copiar os modelos do catálogo da Neckermann, uma loja de compras pelo correio da Alemanha Ocidental. Às vezes, Cici costurava em troca de itens do mercado paralelo. Embaixo de seu sofá-cama, ela escondia uma caixa com vários itens incomuns e proibidos.

A tosse de Bunu parou. E então, o barulho de vômito começou.

Aquele som era agonizante. Como cacos de vidro sendo agitados.

Fiquei no quarto dos meus pais, batendo a testa contra o armário. O sofrimento de Bunu fazia o meu próprio peito se agitar e pesar. O pensamento de perder Bunu me aterrorizava.

Mas isso era temporário.

Eu daria as informações que o agente queria.

O agente me daria os medicamentos para curar Bunu.

Eu havia tomado a decisão certa. Não havia?

Eu era esperto. Um ótimo ator. E se eu virasse o jogo? E se eu espionasse o agente em segredo, juntasse informações que me colocassem em vantagem de alguma forma? Eu dominaria o jogo e derrotaria meu adversário.

É isso mesmo, eu realmente achava que poderia ser mais esperto que Mãos de Raquete.

Será que essa ideia era ignorância cega ou coragem cega?

Em retrospecto, um pouco dos dois.

Coragem ignorante, cega.

# 9
# NOUĂ

As sombras me seguiram para dentro do armário, para minha cama feita de tapetes e pela noite adentro. Mas consegui chegar à escola no sábado sem pensar em agentes, espionagem ou Bunu.

Pensei na noite de filmes.

Quais seriam os filmes que um motorista de dedos grossos havia contrabandeado pela Alemanha Ocidental, Áustria e Hungria até chegar à Romênia? Nunca sabíamos quando os vídeos chegariam. A maioria dos filmes ocidentais era dublada para o romeno pela mesma mulher. Ninguém sabia qual era seu nome, porém mais de 20 milhões de pessoas conheciam sua voz. Ela nos levava a um mundo secreto e proibido de inspiração.

— Então, te vejo hoje à noite? — perguntara Liliana aquele dia na escola.

— Sim, te encontro às nove — respondi.

Estava acontecendo. Liliana Pavel ia para a noite de filmes.

Comigo.

Cheguei em casa da escola e vi Mirel, um garoto romani do meu prédio, parado na calçada.

As famílias romani moravam no primeiro andar, em apartamentos térreo.

Sem mexer a cabeça, Mirel sinalizou com os olhos. Eu assenti como se estivesse o cumprimentando, mas, na verdade, estava enviando uma confirmação secreta.

As Repórteres.

O segundo andar e os apartamentos de cima tinham varandas, assim como o nosso. E nas varandas ficavam as "Repórteres": mulheres que assistiam ao ir e vir e conversavam sem parar.

Escutei com atenção. Uma delas estava fofocando. Sobre mim. Sua voz chegava aqui embaixo.

— É quietinho, mas fala inglês, sabe. Seria bonito se penteasse o cabelo.

Reconheci a voz sem precisar olhar: a mulher com paralisia facial. Diferente das outras Repórteres, que tinham o rosto marcado pela idade e pela exaustão, essa mulher não era velha. Seu filho havia nascido prematuramente e morrido na incubadora do hospital quando Ceaușescu cortou a energia uma noite. Em questão de dias, seu rosto envelheceu vinte anos. Cici sempre queria ajudá-la. Eu queria escrever um poema sobre ela. A mulher com o rosto caído.

Havia energia elétrica quando cheguei em casa, então escolhi pegar o elevador até o quarto andar. As portas barulhentas do elevador se fecharam, apresentando uma nova poesia comunista gravada no metal:

## VIAȚĂ DE RAHAT

A vida é uma merda.

Dei risada. Na maioria das vezes, era. Mas não essa noite.

Meus pais ainda estavam trabalhando, e Bunu estava roncando na cozinha. Cici estava sentada à máquina de costura, usando uma cortina para fazer uma camisa.

— Estrela-do-mar está torcendo para que você vá na noite de filmes — sussurrei. — Falei que ele mesmo tinha que te convidar.

— Não posso — respondeu por cima do ombro. — Vou na casa dos Popescus. O filho deles precisa fazer alterações em um terno.

O filho deles provavelmente também estava interessado na Cici. Minha irmã tinha 21 anos, era alta e bonita, com pernas longas, cabelo preto e olhos cinzas como os meus. As pessoas diziam que éramos parecidos. Para mim, ela parecia uma boneca exótica, do tipo colecionável, e não do tipo que as crianças carregam para todos os lugares. Cici remendava as roupas de outros trabalhadores e de vizinhos. Ela cuidava das pessoas idosas no nosso prédio, e elas a adoravam.

E eu também.

Geralmente, garotas bonitas como Cici eram arrogantes. Usavam a beleza como estratégia. Mas Cici não era assim. Minha irmã era desconfiada e alerta, mas também divertida e gentil. Ela se espremia na cozinha comigo, e juntos ouvíamos as músicas que eu gravava ilegalmente da Voice of America. Ela implorava para que eu traduzisse as letras das músicas, e então cantarolava as palavras totalmente erradas. Ela tinha dificuldade em entender inglês, e isso me fazia rir. E quando eu ria, Cici também ria.

E quando Cici ria — ria de verdade — era como se o sol estivesse cantando. O céu azul, a felicidade livre. Eu imaginava que a liberdade fosse assim. Algo que desejaríamos que durasse para sempre.

Mas hoje Cici não estava rindo. Ela estava imóvel em frente a sua máquina de costura, e seus ombros começaram a tremer.

— Cici, o que...

Ela balançou a cabeça rapidamente.

E colocou um dedo contra os lábios.

# 10
## ZECE

— Cici, o que foi? — sussurrei.

Ela ergueu uma mão para que eu parasse de falar. Pegou uma almofada do sofá e a colocou em cima do telefone. E então colocou um livro em cima da almofada.

Havia rumores de que todos os telefones romenos tinham escutas embutidas. Só por segurança, colocávamos almofadas em cima do aparelho quando sussurrar não era o suficiente. Geralmente também ligávamos o rádio, mas o nosso estava com defeito.

Cici voltou a se sentar. Puxei uma cadeira da mesa para que ela pudesse sussurrar no meu ouvido.

Mas ela não disse nada. Passou os braços em volta do meu pescoço. E chorou. O que a havia chateado? Finalmente, colocou o rosto no mesmo nível que o meu, as lágrimas rolando por suas bochechas.

— Ah, *Pui* — murmurou ela.

*Pui*. Galinho. Era o apelido que ela tinha me dado. Olhei para o rosto manchado de lágrimas da minha irmã e arrisquei.

— Teve exame na fábrica?

Ela parou, com vergonha e evitando me olhar, então assentiu e voltou a chorar no meu ombro.

Eu não sabia o que dizer para ajudar, então só a deixei chorar — como ela provavelmente chorou durante o exame feito pelos "policiais de bebês". Periodicamente, as mulheres passavam por exames de gravidez em seus locais de trabalho. Os exames ginecológicos improvisados realizados pelos inspetores de saúde eram repulsivos e humilhantes, além de insalubres.

Ceaușescu queria aumentar a população, para criar mais trabalhadores. O aumento da população significava o aumento da economia. Quem não tivesse filhos era taxado.

Todos conheciam as proclamações de Ceaușescu:

*O feto é propriedade de toda a sociedade!*
*Mulheres heroicas dão filhos à pátria!*

*Aqueles que evitam ter filhos são traidores!*

Mamãe só conseguiu ter dois filhos. E se sentia culpada por isso.

— Fertilidade sob controle do Estado? Isso é uma violação dos direitos humanos! — lamentava Bunu. — Como as famílias podem cuidar de várias crianças sem eletricidade e com tão pouca comida? Cristian, não existe final feliz aqui.

Bunu estava certo. Alguns bebês eram deixados em orfanatos, onde era garantido às famílias que eles seriam bem cuidados e criados como bons camaradas. Seriam mesmo? As condições dos orfanatos eram melhores do que nos blocos de apartamento? Anotei essas perguntas no meu caderno secreto.

— Ah, *Pui*. — Cici respirou fundo, juntando forças. Ela secou os olhos com a mão. — Desculpa.

— Pare. Não tem pelo que se desculpar.

O que eu poderia dizer para minha irmã? O que eu poderia dizer para minha mãe que teve que sofrer a mesma humilhação? Seus corpos eram propriedade do Estado. Eu não podia prometer que as coisas melhorariam. Nos últimos anos, só tinham piorado. Eu não tinha como intervir ou ajudar. Mas eu realmente queria aplacar a sua dor. Então me aproximei de seu ouvido.

— Ei, ficou sabendo? Bulă disse que a Romênia está consertando os tanques de guerra do país: todos os dois.

Cici me olhou com seus olhos azuis-acinzentados. Ficou parada, como se suspensa no tempo. E então riu, aquela risada que eu amava, e me deu um tapa no ombro.

Seu sorriso desapareceu lentamente. Ela respirou fundo.

— Me prometa que nunca vai mudar. Prometa, *Pui*. Temos que continuar unidos.

Ela me encarou com um olhar tão desesperado, me implorando! Meu estômago se contorceu de culpa. E se Cici descobrisse que eu havia me tornado um espião?

Certamente me odiaria.

Nunca mais falaria comigo.

Mas que escolha eu tinha?

Engoli em seco. Acho que consegui abrir um leve sorriso.

— É claro — sussurrei. — Prometo.

Mentira. Traição. Hipocrisia.

Menti para minha irmã. A pessoa que eu mais amava.

Mas naquele momento, não me culpei por nada daquilo.

Culpei Ele.

# 11

## UNSPREZECE

2 0h50.
Esperei na escadaria. Adiantado. Ansioso. Talvez um pouco nervoso. Minha irmã percebeu que eu estava agitado por algum motivo, mas não se intrometeu.

— Não temos água quente. A ducha vai estar congelante. Quer que eu ferva um pouco de água? — perguntou.

— Não, guarde a água para Bunu.

Tomei banho sob o chuveiro congelante. Pelo menos havia água. Ela poderia ser cortada a qualquer instante. Arrumei e penteei o cabelo com os dedos. Não precisava de pente.

— Luca ligou — disse minha irmã.

Assenti, mas não disse nada. Estive evitando Luca. E ele sabia.

Cici passou as mãos em meus ombros e se despediu com um sussurro.

— Tenha cuidado. Não fale muito perto do Estrela-do-mar. Não dá pra confiar nele.

Enquanto esperava na escadaria, espiei o agente da Securitate que morava no nosso prédio. Ele desceu as escadas fazendo barulho, usava um casaco preto comprido e deixava um espectro da fumaça de cigarro por onde passava. O casaco de couro preto, o Dacia preto. Agentes secretos não eram tão secretos assim.

Entrei na rua enegrecida tentando enxergar Liliana na escuridão. Meu cabelo ainda estava molhado, mas eu estava acostumado com o frio. Torci para que não fosse óbvio, ter tomado banho e tal. Também torci para que ela não tivesse mudado de ideia.

Mas não. Lá estava ela me esperando na frente de seu bloco de apartamentos. De repente, as nuvens mudaram de lugar, despejando o brilho pálido do luar.

— *Bună* — eu disse.

— *Bună*.

Fetița, a cachorra de seu prédio, estava sentada ao seu lado.

— Deram comida a ela?

— Pelo jeito, sim. Ou ela estaria comendo meu sapato. Ela é um bom amuleto. A maioria das pessoas tem medo dela.

— Eu não tenho.

— É porque o cachorro do seu prédio é um lobo! — Ela riu.

— Ele não é um lobo.

— Turbatu? Ele tem um nome bem intimidador.

*Turbatu*. O raivoso.

— É. — Esfreguei uma coceira inexistente em meu cabelo molhado. — Acho que ele assusta as pessoas.

— Ei, eu trouxe uma coisa — ela disse, abrindo o bolso da jaqueta.

Aproximei-me para ver. Ficar tão perto de Liliana... precisava me forçar a me concentrar. Mal conseguia ver a lata, mas vi as letras em branco.

Não. Não era possível.

*Coca-Cola*.

— O quê?! — murmurei. — É de verdade? Onde conseguiu?

— Meu pai pegou no trabalho. Uma pessoa conseguiu para ele. Ele me deu de Natal.

— Ah, não podemos beber seu presente de Natal.

— Por que não? — perguntou Liliana. — Você já experimentou?

Balancei a cabeça. Eu nunca tinha experimentado muitas coisas.

— *Você* já experimentou? — perguntei.

— Não — respondeu —, mas os personagens dos filmes sempre estão tomando isso, então pensei que seria divertido.

Uma Coca-Cola de verdade. E ela ia dividir comigo.

Olhei na direção das varandas. Estava tarde para que as Repórteres estivessem à espreita, mas não dava para ter certeza.

— Bem, não podemos abrir aqui. Nem mesmo com um cão de guarda.

— Certo. Para onde vamos então?

O FIM DOS SUSSURROS  51

Andamos pela lateral de prédio, Fetiţa nos seguindo. Encontramos uma sombra e nos agachamos, aconchegados um no outro contra a parede fria de cimento.

Liliana abriu a lata, que soltou um *shhhhhhhh* que fez a cachorra latir. Demos risada. Ela ofereceu a lata para mim.

— Nem pensar. Você primeiro. É seu presente de Natal. Está esperando por isso há dez meses.

Ela tomou um gole. Forcei os olhos para poder assistir. Sua franja estava cobrindo as sobrancelhas, mas pude ver seus olhos se fechando. Esperei.

— E então? — perguntei finalmente.

Seus olhos se arregalaram e um sorriso se abriu em seu rosto.

— *Uau*! É muito bom. Doce, mas forte. Sem dúvida valeu a pena esperar.

— Ela passou a lata para mim.

Tomei um gole. Borbulhava e estalava. Era uma revolução na minha língua. Eu fiquei sem palavras. Só dei risada. E Liliana riu comigo.

— Se pudesse experimentar qualquer coisa — perguntou, dando outro gole —, o que seria? — Passou a lata de volta para mim.

— Uma banana — respondi sem precisar pensar. — Já comeu alguma vez?

— Sim. — Sua voz chiou, tentando disfarçar um arroto e uma risada animada causados pela Coca.

— Meus pais dizem que havia bananas quando eu era pequeno — eu disse. — Mas eu não lembro. Uma menina levou uma para a escola quando eu tinha 13 anos. Consegui sentir o cheiro do outro lado da sala. Depois disso, fiquei implorando por uma banana o tempo todo. Até que é uma história engraçada.

Tomei um gole da Coca e a entreguei de volta para Liliana. As bolhas e o açúcar — era tudo muito incrível.

— O que aconteceu? — perguntou ela.

— Bem, minha mãe tenta deixar os feriados especiais, sabe? Então ela se esforçou muito no meu aniversário de 15 anos.

— Pra te dar uma banana. — Liliana assentiu.

— Bem, não exatamente. Ela não conseguiu uma banana. Mas, de algum jeito, conseguiu um shampoo vindo da Alemanha Ocidental no mercado clandestino... e ele tinha cheiro de banana.

— Ah... — Ela se conteve.

— Pois é. Mas eu fiquei muito feliz e... — A Coca com certeza estava me afetando. — Vou te contar um segredo.

Liliana esperou com os olhos atentos.

— O cheiro daquele shampoo era tão bom — Diminuí o tom da minha voz para um sussurro — que tomei um pouco quando ninguém estava olhando, só para poder dizer que já tinha experimentado uma banana.

— Ah, Christian!

— Eu sei, é uma vergonha. Se um dia contar a alguém, talvez eu tenha que te matar.

— Não se preocupe. Talvez eu nem sobreviva a essa Coca. — Ela riu.

Eu penso naquele momento com frequência, revivendo sua perfeição na minha cabeça.

Liliana. Uma Coca-Cola de verdade. Shampoo de banana.

Às vezes não percebemos quais são os momentos perfeitos da vida.

Até que seja tarde demais.

## RELATÓRIO DO INFORMANTE
### [17 de outubro de 1989]

Cristian Florescu (17), estudante do colégio MF3.

Foi observado na noite de sexta-feira com Liliana Pavel (17) no 3º setor, em Salajan. Depois de se encontrarem na rua, os dois rapidamente seguiram para um local escondido, onde se envolveram em uma conversa secreta e compartilharam artigos ilegais.

Aconselhável monitoramento.

# 12

## DOISPREZECE

Não conseguíamos parar de rir, bêbados de ilegalidade e açúcar.
Quando chegamos à noite de filmes, mal havia espaço para nos sentarmos.
— Está atrasado — sussurrou Estrela-do-mar. — O filme vai começar. Vai ter que ficar em pé lá atrás. Sua irmã vai vir?
— Ela não vem. Qual é o filme? — perguntei.
— O primeiro se chama *Duro de Matar*.
Inclinei-me e murmurei para Liliana.
— *Duro de Matar*. Bulă diz que estão fazendo um filme de ação sobre a Romênia. Se chama *Duro de Viver*.
Demos risada, e Estrela-do-mar mandou calarmos a boca. Queria afastar o cabelo de Liliana de seu rosto para poder ver seus olhos quando ela ria. Mas me contive.
Mais de trinta pessoas estavam sentadas espremidas em uma sala de estar pequena e mofada. Garotas na frente e garotos atrás. Vi Luca entre os garotos. Chegar tarde me deu uma vantagem. Pude ficar encostado na parede, ao lado de Liliana. No escuro, com apenas o brilho da pequena televisão nos iluminando, senti a pressão do seu braço contra o meu. Ela também estava sentindo?
As noites de filmes eram proibidas. A qualquer momento, a Securitate podia invadir o local e nos levar para os quartéis. Isso só aumentava a emoção. O nervosismo zumbia no ambiente como estática por todo o meu corpo. Como essa rede de fitas funcionava? Tinha que ser um grande negócio. Quem fazia cópias dos filmes e os distribuía para os "malandros" do bairro como Estrela-do-mar? Estrela-do-mar provavelmente ganhava mais dinheiro em uma noite do que a maioria dos romenos ganhava em um mês. Uma vez, estava espiando o agente da Securitate em nosso prédio e o vi com várias fitas. Elas haviam sido confiscadas de alguma noite de filmes ou pertenciam a ele mesmo?
Todos estavam sentados, hipnotizados pela tela e pela voz da mulher que vinha dela, proferindo a dublagem em romeno. Ninguém se importava que as

cópias eram de má qualidade e cheias de chuviscos. Assistíamos a quatro filmes por noite, e pela manhã ficávamos com os olhos enevoados pelo cansaço.

Liliana se inclinou para sussurrar.

— Ela está trocando os palavrões. Está ouvindo? Ela diz "Dá o fora" toda vez que alguém xinga.

Sua boca estava tão próxima da minha orelha! Liliana tinha cheiro de flores: daquelas que exalam seu perfume na primavera, porém nunca sabemos onde elas estão. Aquele aroma, seu braço contra o meu, tornava difícil me concentrar e olhar para a televisão. Em vez disso, queria olhar para ela. Mas Liliana tinha razão. A mulher dublando do inglês para o romeno estava substituindo os palavrões.

— Se prestar atenção — disse a ela —, às vezes também dá para ouvir palavras em inglês proibidas, como "padre" ou "Deus".

Ela assentiu e então tocou na minha mão.

— Olha! Estão tomando uma Coca.

— Fiquem quietos ou vão embora! — disse uma garota que estava ao nosso lado.

Rimos, mas paramos de falar. Não queríamos ser expulsos.

Quando eu assistia aos filmes, geralmente acompanhava a trama. As histórias eram improváveis, mas fascinantes. Mas Liliana absorvia os detalhes. Decidi assistir ao filme como eu imaginava que ela fazia. E percebi uma coisa.

Escolhas.

Opções.

Os personagens dos filmes estrangeiros tinham ambos.

Na Romênia, os empregos eram atribuídos. Os apartamentos eram atribuídos. Não tínhamos escolha.

Mas os personagens dos filmes tomavam suas próprias decisões: o que comer, onde morar, qual carro dirigir, que tipo de carreira seguir, com quem falar. Não tinham que esperar em uma fila por comida. Se abriam uma torneira, saía água quente. Se não gostavam de algo, reclamavam em voz alta. Era loucura.

Loucura maior ainda: as interações. Eles se encaravam por longos períodos sem desviar os olhos.

Havia uma tranquilidade entre eles. Um conforto não comunicado.

Não estavam preocupados com a possibilidade de estarem ao lado de um informante.

Como eu.

# 13

## TREISPREZECE

Dan Van Dorn. Filho do diplomata norte-americano Nick Van Dorn. Um encontro por acaso havia se tornado minha missão. Os apartamentos dos diplomatas que minha mãe limpava ficavam perto da Embaixada dos Estados Unidos, na Strada Tudor Arghezi. A família Van Dorn havia chegado quatro meses antes, em junho.

Depois de ler as críticas no guia de viagens britânico, com frequência eu me perguntava o que os estrangeiros pensavam da Romênia. O regime afirmava que nosso amado líder era respeitado no Ocidente — que era considerado o dissidente do Bloco de Leste —, pois discordava da liderança da União Soviética. Vimos notícias de Ceaușescu sendo convidado para encontrar com presidentes norte-americanos. Diziam-nos que os norte-americanos admiravam nosso herói e a Heroína Mãe.

Então, quando dei uma olhada no caderno de Dan Van Dorn pouco depois de nos conhecermos, fiquei surpreso. Eu estava sentado perto dele na sala de estar esperando por minha mãe, enquanto ele escrevia.

— Lição de casa? — perguntei.

— Não, anotações para a dissertação de admissão da faculdade.

— Sobre o que é a dissertação?

— Romênia. Mas as dissertações são uma perda de tempo. Já sei que vou para Princeton.

— Já foi aceito?

— Não, mas meu pai estudou lá. Ele vai dar um jeito — disse Dan com tranquilidade.

Ele vai dar um jeito. O que isso significava?

Estava curioso para ver como eram as anotações para uma dissertação de uma faculdade norte-americana, então dei uma olhada em seu caderno quando ele foi ao banheiro. Estava esperando que estivesse escrito que os romenos eram descendentes de romanos e dácios. Ou talvez algo sobre a Transilvânia e nossos castelos. Mas não era isso que estava escrito.

**Romênia — Sério:**
- *A obediência é atingida por meio do medo. Dissidentes são colocados em hospitais psiquiátricos.*
- *A Anistia Internacional denuncia as violações dos direitos humanos.*
- *Ceauşescu e sua esposa (que só estudaram até a terceira série) disseminam propaganda à população e a mantêm em um estado de ignorância.*
- *Um embaixador dos EUA se afastou do cargo depois de Washington se recusar a acreditar nos relatórios que diziam que os Estados Unidos haviam sido enganados por Ceauşescu.*

**Romênia — Engraçado:**
- *Os EUA enviaram uma remessa com vinte mil bíblias para a Romênia — Ceauşescu as transformou em papel higiênico.*
- *O presidente da França denunciou que os Ceauşescus roubaram tudo da suíte diplomática em Paris: abajures, obras de artes e até as torneiras!*
- *Depois dos furtos na França, a Rainha Elizabeth retirou os itens valiosos do Palácio de Buckingham, por medo de que os Ceauşescus os roubassem durante sua estadia. A Rainha concedeu o título de cavaleiro à "Draculescu" mesmo assim.*

Foi tudo que tive tempo para ler.

Primeiro, me senti ofendido. O norte-americano maligno. Mas as palavras rondaram meus pensamentos. *Violação dos direitos humanos. Propaganda. Ignorância. Draculescu.*

Foi depois de ver o caderno de Dan que decidi começar o meu. Escrevi com uma letra pequena, em inglês. E o deixei escondido. Levantei o carpete vinílico que ficava embaixo do meu colchão de tapetes para criar um esconderijo secreto. À noite, no meu armário, eu despejava meus pensamentos e sentimentos naquele caderno. Tentava usar frases e pensamentos criativos, como Bunu havia sugerido:

VOCÊ ME OUVE?
CONTANDO PIADAS,
RINDO PARA ESCONDER AS
LÁGRIMAS DA REALIDADE
DE UM PRESENTE QUE NOS É NEGADO
COM PROMESSAS VAZIAS
DE UM FUTURO SEM PROMESSA.

Eu pensava constantemente na lista no caderno de Dan. Cheguei até a perguntar a respeito para Bunu alguns meses antes, quando ele ainda estava saudável o suficiente para tomar ar fora de casa.

— *Salutare*, garotas! — Da calçada, Bunu cumprimentava as Repórteres. Ele diminuiu o tom de voz e deu risada. — Um velho disse olá. Vão falar sobre isso por pelo menos trinta minutos, não é? País maluco...

Essa era minha oportunidade.

— Falando em maluquice, ouvi umas piadas que diziam umas loucuras.

O rosto fino e enrugado de Bunu se virou em direção ao meu.

— Que tipo de coisa?

— Que os Ceaușescus roubaram algumas coisas durante a visita à França. Ah, e que transformaram as bíblias vindas dos Estados Unidos em papel higiênico.

— Disse que ouviu isso em piadas? — Bunu disse olhando diretamente para a frente.

Não respondi. Segurei Bunu pelo braço enquanto ele andava lentamente pela calçada. E quando falou, a habitual vivacidade desaparecera de sua voz.

— Não repita essas "piadas". Nunca. Entendeu, Cristi? Para ninguém. Nem para sua irmã, nem para um amigo, e especialmente não as repita em público.

Ele estava insinuando o que eu pensava? Eu precisava saber.

— Bunu, Ceaușescu enganou os Estados Unidos?

Meu avô parou na calçada. Sua mão frágil procurou a minha, e seus dedos frios e magros a apertaram, tremendo contra a minha palma.

Ele me encarou diretamente.

— Você é inteligente, Cristian. Sabedoria: ainda bem que isso é algo que esse país não pode tirar de você. Mas não confie em ninguém. Entendeu? Ninguém. Neste momento, não existem "confidentes".

Suas palavras. Ecoam em minha mente com frequência.

Lembro-me de caminhar com Bunu, conversando sobre confiança. Em quem poderíamos realmente confiar? O que continua escondido, espreitando pelas sombras?

Eu não fazia ideia de que dentro de alguns meses eu me tornaria um informante e as palavras de Bunu fariam tanto sentido.

Eu não podia confiar em ninguém.

Nem em mim mesmo.

# 14
## PAISPREZECE

Depois de duas semanas e duas visitas, eu ainda não tinha visto Dan. Eu esperava por mamãe no corredor do lado de fora do apartamento dos Van Dorn. Não havia tido notícias do Agente Mãos de Raquete, mas se quisesse medicamentos para Bunu, precisava de algo para lhe dar em troca. E, finalmente, naquela noite, Dan colocou a cabeça para fora da porta.

— Oi, Cristian. Achei que estaria aqui. Entra. Sua mãe está esperando por meus pais.

O apartamento dos Van Dorn ocupava praticamente o andar inteiro do prédio. Era como um limão amarelo brilhante cuja iluminação era distribuída pela rede elétrica da Embaixada dos EUA, descendo a rua.

Móveis antigos. Prateleiras altas lotadas com livros proibidos: Müller, Blandiana, Pacepa. Pinturas estrangeiras caras. Retratos coloridos decoravam as prateleiras. As fotos eram reveladas com cor nos Estados Unidos? Todos os norte-americanos tinham coisas caras e proibidas? E contratavam alguém para tirar o pó delas?

— Quer beber alguma coisa? — Dan perguntou.

É claro que eu queria. Também queria comer alguma coisa.

— Tenho que te mostrar uns selos novos — disse ele.

Selos. Foi isso que começou todo o problema. Eu o segui pelo corredor.

Dan não morava em um armário. Ele tinha um quarto grande próprio, do tamanho da nossa sala de estar. Na parede havia um poster de uma banda chamada Bon Jovi e uma camisa de time autografada. Ele percebeu que eu estava olhando.

— Dallas Cowboys. Do Texas. Futebol americano.

— Texas? Achei que você era de Nova Jersey — respondi.

— Sou. Mas meu padrinho mora em Dallas. Meu nome é em homenagem a ele. — Dan indicou uma foto emoldurada na prateleira. — Sua petrolífera é patrocinadora dos Cowboys.

Eu não fazia ideia do que aquilo significava, mas fingi que havia entendido. A foto mostrava Dan e o Sr. Van Dorn ao lado de um casal glamoroso de cabelos escuros dentro de um enorme estádio. Eles pareciam tranquilos e relaxados, como as pessoas que víamos nos filmes.

Observei o quarto enquanto Dan foi buscar o selo, fazendo anotações em minha cabeça:

- Apartamento grande, no segundo andar. Mesa sob a janela do quarto. Abajur na mesa. Jaqueta de couro na cadeira.
- Poster do Bon Jovi. Camisa do Dallas Cowboys. Padrinho rico petroleiro e patrocinador.
- Tocador de discos da marca SONY WALKMAN. Pilhas de fitas cassete.
- Estante com livros e pastas.
- Camiseta branca com a palavra BENETTON. Diversos pares de tênis esportivos, várias marcas diferentes.

Só havia uma fábrica de calçados em Bucareste, chamada Pionierul, então a maioria das pessoas tinha sapatos parecidos e sem graça. Meus olhos se demoraram em um par de tênis esportivos vermelho, branco e preto. O couro era acolchoado. Cheguei mais perto para ver o que dizia:

*Air Jordan.*

— Achei — Dan disse, interrompendo minha inspeção.

Ele trouxe uma folha com quatro selos dos EUA.

— O Serviço Postal dos Estados Unidos os lançou este ano. Dinossauros. Mas olhe bem. A legenda deste é "Brontossauro", mas ele é um Apatossauro. Virou colecionável porque cometeram um erro. Pode valer muito.

— O serviço postal norte-americano comete erros?

Dan assentiu. Ele tocou no peito e apontou para o teto.

— Às vezes — disse, aumentando o tom de voz. — Mas as agências do governo norte-americano fazem o melhor que podem. — Ele sorriu e direcionou suas palavras para a luminária no teto. — Mas, cara, os Estados Unidos têm muito a aprender com a Romênia!

Ele tinha uma jaqueta de couro, um walkman, Air Jordan e algo mais.

Informação.

Dan Van Dorn sabia que estava sendo vigiado.

# 15

## CINCISPREZECE

M inha respiração tropeçou e falhou.
As luminárias no teto. Havia escutas nelas? Havia escutas nas nossas? Por que nunca pensei nisso? Fazia mais sentido ter escutas nas luminárias do que nos telefones. Não era possível colocar uma almofada no teto. Com que frequência a Securitate entrava nos apartamentos para instalar dispositivos?

Vozes surgiram do corredor.

— Acho que seus pais chegaram — eu disse.

Acompanhei Dan para fora do quarto. Mamãe estava falando com a mãe de Dan no hall de entrada.

— Oi, amigão — O Sr. Van Dorn deu um soquinho de leve no ombro de Dan. — E você deve ser o filho de Miora. Como se chama?

— Cristian. É um prazer conhecê-lo.

Sr. Van Dorn assentiu lentamente, me avaliando.

— Nick Van Dorn. É um prazer conhecê-lo também. Seu inglês... é muito bom, Cristian.

Ele falou com uma certa hesitação, havia uma pergunta ou curiosidade em sua voz.

— O inglês dele sem dúvidas é melhor que o seu romeno, pai. — Dan riu. Sua mãe fez um comentário, mas não em inglês. Falou com Dan em outra língua.

Sr. Van Dorn se inclinou, timidamente.

— Meu romeno é bem ruim. Mas minha esposa nos ajuda. Ela tem dom para línguas românicas.

Assenti. O Sr. Van Dorn tinha feito seu dever de casa. Algumas pessoas presumiam que o romeno era uma língua eslávica por nossa proximidade a países eslavos. Mas a língua romena era românica, assim como o francês e o italiano. Bunu sabia falar as três.

Fiquei quieto, tentando guardar as informações na memória para contar ao Agente Mãos de Raquete.

Van Dorn colocou a mão no ombro da esposa. Instintivamente, seus dedos se juntaram aos do marido. O afeto deles era natural e descomplicado, não tinha a tensão constante que cercava as interações dos meus pais. Qual foi a última vez que meus pais deram as mãos? Às vezes parecia que passavam a noite se evitando, e pela manhã, o cansaço desse esforço transparecia.

O cansaço do Sr. Van Dorn era de outro tipo. Seu terno azul estava bem passado, mas ele não parecia tão bem-disposto quanto a maioria dos norte-americanos. Provavelmente passava muitas horas na Embaixada dos Estados Unidos e longas noites com a esposa. Dava para perceber pelo jeito que beijava os dedos dela com naturalidade.

Ele me viu observando e levantou uma sobrancelha. Rapidamente desviei o olhar.

O calor subindo pelo meu pescoço era visível?

Sr. Van Dorn olhou para mim com uma expressão sincera.

— Acompanhar sua mãe até em casa é gentil da sua parte. Bucareste é perigosa à noite, não? — perguntou.

— Não, não é perigosa.

Assentiu. Prolongando o contato visual. Avaliando. Era muito desconfortável, mas me forcei a não olhar para a luminária no teto.

— Não. Você tem razão, Cristian. Bucareste não é perigosa. Só pouco... iluminada — disse Sr. Van Dorn.

— Não precisa vir aqui tanto — sussurrou minha mãe quando estávamos na rua. — É longe demais. Pode ser perigoso. Eu estou autorizada a interagir com estrangeiros, mas você não. — Ela lançou um olhar nervoso para trás.

— A esposa. Não é norte-americana, é? — perguntei.

— Não, é da Espanha.

— O que eles acham da Romênia?

— Como vou saber? — disse minha mãe. — Só lavo o banheiro deles.

— O marido. Ele parece... cansado.

Ela virou a cabeça para mim rapidamente.

— Ele é um homem muito bom.

Interessante.

Se só lavava o banheiro deles, como saberia disso?

# 16
## ŞAISPREZECE

—Um presente? Pra que precisa de um presente? — murmurou Cici no dia seguinte.
— Uma pessoa dividiu uma coisa comigo. Quero retribuir.
— Essa *pessoa* era uma garota? Quem é? — pressionou minha irmã.
Mordi o lábio para impedir o sorriso que senti despontando em meu rosto.
— Liliana Pavel.
— Ahh! A Lili é legal. Inteligente. O que ela dividiu com você? Anotações?
Balancei a cabeça e falei ainda mais baixo do que um sussurro.
— Uma Coca.
Cici me encarou. Piscou. Formou as palavras com a boca.
— Uma Coca?
Assenti.
— Foi seu presente de Natal.
— Uma Coca.
— Shh...
Cici entenderia. Eu precisava *reciprocate* — retribuir, essa era a palavra em inglês. Não podia deixar Liliana compartilhar seu presente de Natal sem dar nada em troca. Mas o que eu podia oferecer? Fazer gato na antena da TV deles para que captasse sinais da Bulgária? Não se comparava a uma Coca.
Cici lançou um olhar para ter certeza de que Bunu não estava observando. Colocou a mão debaixo do sofá e pegou sua caixa fechada. Colocou-a no colo para destrancá-la, a tampa escondendo seu conteúdo. Eu me sentei mais perto dela, mas ela gesticulou para que eu ficasse onde estava.
— De que tipo de coisa ela gosta? — Cici perguntou.
Dei de ombros.
— Não sei. Do que uma garota gostaria?

— Sendo sincera, disto. — Cici segurou dois tubos estreitos enrolados em papel branco.

— O que é isso?

— Se chama absorvente interno. Em vez de usar algodão velho enrolado ou forro durante a menstruação, usamos isso. É bem mais eficiente.

— Qual é, não posso dar isso. — O nojo fez eu aumentar meu tom de voz.

— Perguntou do que uma garota gostaria. — Ela remexeu na caixa e mostrou outra opção. — Chocolate?

— Isso!

— E o que você vai me dar em troca?

Puxei minha irmã para longe da luminária sobre nós para poder sussurrar em seu ouvido.

— Tenho um dólar norte-americano. Mas você poderia se meter em problemas com uma moeda estrangeira.

Seus olhos ficaram alarmados.

— É claro que sim. Onde conseguiu um dólar?

— É uma longa história.

— Vou ficar com ele. Deixarei escondido na caixa. Talvez possamos trocá-lo pelos remédios de Bunu. — Cici olhou para mim descontente. — Uma Coca-Cola e um dólar. O que está acontecendo, *Pui*?

— Nada — tranquilizei-a —, apenas sorte e azar.

Cici assentiu devagar, desconfiada.

— Mas se lembre, *Pui*, a sorte vem com um preço. O azar é de graça.

Essa frase. Eu deveria ter anotado, refletido sobre ela. Mas não o fiz.

Quando terminei minha transação com Cici, fui à cozinha ver Bunu. Ele estava fora do sofá, examinando nosso rádio quebrado.

— Preciso tomar um ar — disse Bunu. — Me ajude a ir até a varanda.

Ajudei-o a ir lá fora e fiquei em pé, tremendo.

— Precisamos daquele rádio — disse Bunu. — Odeio perder os informes.

— Sabe o que eu odeio? O frio. Cansei de ter que esquentar tijolos no forno antes de ir para cama.

— Não te culpo — Bunu respondeu. — Essa miséria, não foi sempre tão ruim, sabe.

Revirei os olhos.

— É verdade. Quando Ceaușescu chegou ao poder nos anos 1960, as coisas estavam medianas, as condições até melhoraram por diversos anos.

— O que mudou? — perguntei, esfregando uma mão na outra para aquecê-las. — A dívida?

— Sim, a necessidade de pagar a dívida do país, mas outra coisa. — Bunu se aproximou. O tom de sua voz baixou para um raro murmúrio. — A construção de um culto, o culto de personalidade. Conhece essa expressão?

Balancei a cabeça.

— Olha, Ceaușescu pode até ser semianalfabeto, mas até eu devo admitir que ele é um estadista e um gênio. Lentamente, fez as pessoas acreditarem que ele é um deus e que devemos segui-lo sem pensar duas vezes. E pense bem, Cristi, ele começa com as crianças. Os pequenos têm só 4 anos quando são doutrinados.

Falcões da Pátria. Este é o nome do grupo comunista infantil. E quando chegam ao segundo grau, as crianças se tornam Pioneiros e usam um lenço vermelho no pescoço.

— Aos 4 anos. É engenhoso. Mais do que uma ditadura comunista. Se lembre disso.

Assenti. Escreveria isso no meu diário.

— Mas vamos falar de coisas mais importantes. A conversa que teve com Cici. Quem é *ela* e o que não podia dar a ela? — Um brilho apareceu em seu olhar. — Arranjou uma namorada, é?

Eu o encarei.

— Por favor. Estou morrendo, mas ainda não estou surdo, Cristian.

Senti um nó no estômago. Se Bunu havia escutado nossos sussurros da cozinha, o que os microfones do teto haviam conseguido captar?

# 17

## ŞAPTESPREZECE

Voluntariado obrigatório.

Era assim que chamavam. Um oximoro. Como podia ser considerado trabalho voluntário se era compulsório? Era exigido que os estudantes se dedicassem a ajudar a era de ouro da Romênia. Às vezes isso significava carpir grandes lotes ou selecionar caixas de vegetais fora da cidade. Era isso que deveríamos estar fazendo naquela manhã da temporada do "Dia da Colheita".

Os melhores e maiores produtos da safra eram separados para exportação. Os vegetais deformados e pequenos ficavam para os romenos. Costumávamos chamá-los de "grão de batatas" por serem tão pequenos.

Eu e Luca fomos enviados a um campo para coletarmos caixas de alimentos. Inspirei, tentando me acalmar. Estive ignorando Luca, fingindo que ele não existe. Mas, caminhando sozinho ao seu lado, não podia mais fingir. E, de repente, fiquei com mais raiva do que tinha percebido.

Era Luca quem tinha me denunciado. Eu tinha certeza. Ele era o único que sabia sobre o dólar norte-americano.

— Tem alguma coisa errada? — ele perguntou.

Parei de andar e o encarei.

— Não. Tem alguma coisa errada com você, Luca? Achei que éramos amigos.

Ele me lançou um olhar estranho, como se estivesse chateado mas tentasse fingir o contrário. Garotos bonzinhos como Luca eram péssimos mentirosos. Balancei a cabeça e continuei andando.

Eu era amigo de Luca desde os 10 anos. Ele tinha planos de fazer a prova para a faculdade de medicina. Ele era inteligente e provavelmente passaria. Queria que passasse. Luca era gentil. Seria um ótimo médico, que não rejeitaria pacientes sem Kents. Eu nunca, nunca imaginei que ele fosse um traidor.

Mas talvez tenham usado alguma fraqueza para atingir Luca, como fizeram comigo. Ou talvez o tenham convencido que denunciar era um dever à pátria. Eu era OSCAR. Qual era o codinome do Luca? Eu devia ter dado ouvidos a minha irmã.

— Não sei — dissera Cici. — Alguma coisa em Luca me incomoda. Ele é tão afoito! Faz tantas perguntas! Sou muito desconfiada?

Todos nós éramos muito desconfiados.

Era assim que o regime enfraquecia tudo. Desenhei um diagrama da Securitate no meu diário — um mecanismo monstruoso com grandes tentáculos giratórios que plantava dúvidas, espalhava rumores e gerava medo. Lembro-me do meu pai e Bunu brigando por causa disso.

— Você percebe o que eles estão fazendo, não é, Gabriel? — Bunu perguntou. — Desconfiança é uma maneira de aterrorizar. O regime nos coloca uns contra os outros. Não podemos nos unir porque não sabemos em quem confiar ou quem é um informante.

— Chega dessa conversa — respondeu meu pai.

— Viu só, está com medo de falar com seu próprio pai no meio da rua! Você se tornou um homem sem voz. A desconfiança é traiçoeira. Causa síndrome de múltipla personalidade e acaba com as relações. Em casa, você é uma pessoa, falando em sussurros. Lá fora, na rua, nas filas das lojas, é outra. Me diga, quem é você?

A pergunta de Bunu ficou no ar. *Quem é você?*

Eu achava que sabia. Eu sempre havia sido eu mesmo perto de Luca. Até agora.

Agora eu o odiava por ter me entregado, não só porque como consequência eu havia sido forçado a ser um informante para os Secu, mas porque isso também resultava no fim da primeira amizade real que eu tinha.

Chegamos ao campo.

— Espera, acho que estamos no lugar errado — eu disse.

— Não, é aqui mesmo — respondeu Luca.

Os momentos em que nos damos conta de algo grande ficam na memória, especialmente quando isso envolve nossa própria estupidez. A Romênia era cheia de belos recursos naturais. Os majestosos Cárpatos, o Mar Negro, os campos exuberantes da Transilvânia. Eu os havia visto quando criança. E ao longo dos últimos anos, os informes televisivos também mostravam plantações da altura do peito de um homem, densas e esplêndidas. Se entrasse nos campos, talvez nunca conseguisse retornar.

O campo na nossa frente não era um campo. Era um amontoado de ervas daninhas. Uma vaca magricela gemia em meio à sujeira. Um enxame de moscas se alimentava na costela protuberante do animal.

Não.

Eu queria os campos mostrados nas nossas duas patéticas horas de televisão. Eu queria as plantações exuberantes e as grandes colheitas. É claro que eu não acreditava em tudo que nos era dito, mas eu *havia* acreditado que os campos estavam abarrotados. Não só havia acreditado, como precisava que fosse verdade.

Era nos dito que os romenos faziam sacrifícios, mas tínhamos muito de que nos orgulhar. O país precisava de mais crianças porque precisávamos de mais trabalhadores para as colheitas abundantes. A vida era difícil, mas era um conforto pensar que a natureza não havia virado as costas para nós.

Olhei para o campo escasso à minha frente. Até a natureza havia nos traído. Mas talvez essa seja a consequência de cobrir a grama com cimento, derrubar as árvores, deslocar os pássaros e deixar os cachorros passando fome. Punição.

Mas a pessoa responsável por isso — ela não estava sofrendo.

Nós estávamos.

Nosso herói, Draculescu, sentava em seu castelo de papel com uma coroa oca na cabeça, cercado por aclamadores que se curvavam e o consideravam o Homem de Ouro dos Cárpatos, enquanto seu povo sofria, passava fome e vivia com medo.

Pisquei, tentando me conter. Esses meros pensamentos já eram garantia de uma pena de morte.

Virei de costas para Luca e para o campo. Uma raiva até então dormente borbulhou dentro de mim, um grito que eu não sabia que existia. Uma pressão surgiu na parte inferior da minha costela. A pressão aumentou, quente, e se transformou em completa fúria.

A natureza estava me traindo.

Meu amigo estava me traindo.

A vida estava me traindo.

— Cristian, você está bravo comigo. Eu posso explicar...

Eu me virei e lancei o punho.

Soquei meu melhor amigo.

# 18
## OPTSPREZECE

Você acha que conhece uma pessoa. E quando percebe que está errado, a humilhação tira algo de você. Sua mente se torna uma floresta de pensamentos sombrios, e você passa a questionar: o que mais não estou percebendo? Mas não consegui descobrir. Com quem eu estava mais bravo? Com Luca ou comigo mesmo?

Ignorei seu rosto machucado e o jeito que as pessoas recuavam enquanto eu andava pelos corredores da escola. Disse a mim mesmo que não importava. Eles não entendiam. Além disso, meu foco era Liliana. Eu queria acompanhá-la até em casa e lhe dar o chocolate.

— Estudante Florescu.

Droga.

O diretor da escola me sinalizou no corredor. Ele estava conversando amenidades com os alunos que saíam do prédio. Vi Liliana se aproximar, então olhei para baixo e falei de provas.

— Obrigado, mas professores particulares são caros, Camarada Diretor. Meus pais não têm como pagar. — Assim que Liliana passou por nós, fiquei em silêncio, esperando.

Ele me entregou um pedaço de papel com um endereço.

— Na esquina — disse o diretor.

Olhei para o papel. Um "local de encontro". Eu havia lido sobre isso em livros de espionagem. Às vezes a Securitate fazia suas reuniões em um apartamento próximo. O "local" era geralmente de um informante que dava acesso ao próprio apartamento enquanto estava no trabalho. Ótimo. Se tinha que me encontrar com um agente, preferia que fosse longe das dependências escolares.

Enrolei até que todos os outros alunos fossem embora, preocupado que alguém pudesse me ver. Conferi o endereço no papel novamente e parti pela rua escura. O frio úmido e gelado invadiu minha jaqueta. Estremeci. Dacias passaram zunindo, os freios gastos guinchando. Um ônibus vermelho antigo soltou fumaça ao virar a esquina. Com a cabeça baixa, andei até o monstro de pedra que era o bloco de apartamento.

Subi as escadas. Segundo andar.

A porta estava entreaberta.

O agente estava sentado a uma mesa, fumando. Os tufos de cabelo que lhe restavam haviam sido alisados com alguma pomada oleosa. Bocejou. O cigarro queimava como se fosse um palito de dente branco em suas mãos gigantes, e a fumaça subia em direção ao teto como um espírito curioso. Sim, sua patente era de major, mas um agente designado para lidar com adolescentes? Só podia ser de segunda categoria. Eu podia passar a perna nele, não podia?

— Feche a porta e sente-se.

Fiz como me foi dito. Tomei fôlego e relembrei meu plano. Nos livros romenos de espionagem, as pessoas falavam muito quando estavam nervosas. Isso sempre fazia os agentes desconfiarem. Falavam demais, emitindo as próprias opiniões e, no final, acabavam se entregando.

Eu ficaria calmo. Falaria pouco. Manteria o controle.

Ou isso era o que eu pensava.

— Visitou o alvo?

— Sim.

— Esteve dentro da casa dele?

— Sim.

O agente empurrou um papel por cima da mesa para mim.

— Desenhe a planta do apartamento.

Comecei a desenhar um esboço do apartamento, sendo deliberadamente simplista e básico. Paredes. Portas. Janelas. Fui rápido, na esperança de ir embora logo.

Ele me assistiu desenhar enquanto alternava o cigarro entre a boca e as pontas dos dedos. O pescoço do agente era grosso, seu corpo inflado pela cerveja e pelo mercado clandestino.

— O quarto do adolescente. Indique na planta.

Obedeci.

— Indique e sinalize todos os aparelhos eletrônicos que você viu e onde eles estavam.

— Aparelhos eletrônicos?

— Aparelhos fixos, como lâmpadas, telefones e televisores. E também portáteis, como câmeras ou rádios.

Sinalizei aquilo de que me lembrava. Se eles haviam colocado escutas no apartamento dos Van Dorn como Dan suspeitava, o agente já não saberia onde o telefone e as lâmpadas estavam?

— Que outros detalhes observou?

Eu estava preparado. Havia anotado tudo no meu diário, revisado e decidido com antecedência o que contaria a ele: coisas que não eram segredo ou que não iriam interessá-lo. Franzi as sobrancelhas para parecer que estava pensando. Comecei a recitar.

— A mãe fala com o filho em espanhol. O pai parece cansado. O filho é loiro e tem olhos azuis, tem tênis esportivos chamados Air Jordans, uma jaqueta de couro e uma camiseta escrito Benetton. Ele gosta de futebol norte-americano...

— Como é a relação entre o Van Dorn e sua esposa?

Uma visão da mão de Van Dorn se juntando à da esposa surgiu em minha mente. Afetuosos. Conectados. Parecia algo privado, não era da conta do agente. Por que ele queria saber?

Dei de ombros.

— Não sei. Uma relação comum de pais, eu acho.

— Quando vai estar lá de novo?

— Não sei quando minha mãe vai trabalhar.

O agente abriu a pasta que estava na sua frente.

— Na terça-feira.

— Bem, então vou na terça. Mas às vezes Dan não está lá.

— Então dê um jeito de vê-lo mais vezes. Ele frequenta a Biblioteca Norte-Americana para ler revistas dos Estados Unidos. Peça para ele te levar. Observe o que ele lê. E na próxima vez que for ao apartamento, veja se o pai tem uma mesa em algum lugar. Observe o que tem lá.

Eu me lembrei da mesa. Ficava contra a parede da sala de estar.

Não disse nada.

— Mais alguma coisa? — perguntou Agente Mãos de Raquete.

— Sim, os medicamentos para *bunu*.

— Certo, vou verificar.

— Quando?

— Quando eu verificar — respondeu, me empurrando uma folha de papel. — Anote tudo. Tudo o que acabou de me contar.

Encarei-o. Anotar? Ele queria uma declaração oficial por escrito? É claro. Assim ele tinha provas. Prova do meu testemunho traidor contra algo que ele inventou.

Colocou a caneta na minha frente.

— Escreva e depois assine ao fim da declaração.

Parei, pensando, e então peguei a caneta e comecei a escrever. Escrevi uma lista simples, em itens, e inclinei minhas letras para a esquerda, ao invés de à direita, para disfarçar minha caligrafia. O agente se levantou e se espreguiçou. Acendeu outro cigarro e andou lentamente pelo aposento. Espiei por cima do papel enquanto escrevia, o observando secretamente.

— Terminei, Camarada Major.

Ele se inclinou sobre mim. Seu corpo pesado e fumacento se aproximou. Senti o cheiro da pomada oleosa em seu cabelo. Almíscar e suor. Nojento.

— Esqueceu de assinar. — Apontou para o fim da página.

— Ah, desculpa. — Rabisquei uma coisa ilegível. Impressionante. Quase artístico.

E então a reunião acabou.

Deixei o apartamento, fazendo anotações mentais:

O agente não fumava Carpati, os cigarros romenos. Fumava BTs, cigarros búlgaros. Não usava aliança. Suas unhas eram meticulosamente limpas e polidas, o que era estranho em mãos tão grandes e cheias de calos. Saindo do bolso da sua jaqueta de couro, havia um pedaço de papel com uma palavra que todos conhecíamos: Steaua.

O time nacional. O agente era fã de futebol.

Muitos ocidentais não sabiam onde a Romênia ficava no mapa, mas sabíamos que alguns associavam nosso país aos esportes. Apesar de a ginástica e o tênis terem levado a Romênia para as Olimpíadas, nenhum time de um país comunista havia vencido o prêmio mais estimado no futebol europeu. Não até Steaua Bucureşti.

As grandes luvas do agente, talvez Mãos de Raquetes quisesse ser goleiro? De qualquer forma, agora eu sabia mais sobre ele: Cigarros BT. Solteiro. Steaua.

Sabia o que fazer em seguida.

## RELATÓRIO OFICIAL

**Ministério do Interior**　　　　　　　　　　**ULTRASSECRETO**
**Departamento de**　　　　　　　　　　**[28 de outubro de 1989]**
**Segurança do Estado**
**Diretório III, Divisão 330**

Conversa com a fonte OSCAR no local de encontro próximo ao Colégio MF3. OSCAR estava calculista, convencido. Acha que está com a vantagem. Forneceu as seguintes informações sobre o alvo VAIDA:

- um diagrama do apartamento dos VAIDA desenhado a mão

- a localização dos eletrônicos fixos e móveis

- os interesses do filho

Para informações adicionais, agora as tarefas de OSCAR são as seguintes:

- tentar acompanhar o filho de VAIDA até a Biblioteca Norte-Americana para coletar informações

- identificar a localização da mesa de VAIDA na residência

OBSERVAÇÃO: Uma fonte recente relatou que OSCAR participou de uma briga física com seu amigo e colega de escola Luca Oprea. Recomendo maior vigilância.

# 19
# NOUĂSPREZECE

*Fahrenheit și Celsius, douǎ cǎi de a mǎsura același lucru.*
Fahrenheit e Celsius, duas maneiras de medir a mesma coisa.

Fiz essa tradução na aula de inglês. A primavera e o verão eram agradáveis em Bucareste. Mas o inverno se aproximava, e o frio ficaria ainda mais frio. Não havia um cronograma para a eletricidade. Ou anúncios para que pudéssemos nos preparar.

— Essa incerteza nos enfraquece — Bunu diria. — É uma forma de controle. Eles sabem exatamente o que estão fazendo.

Quando a energia acabava durante o inverno, a escuridão ficava profunda instantaneamente. Uma película de gelo se formava do lado de dentro e de fora das janelas. A temperatura de nosso apartamento raramente passava de 12 graus, mesmo quando a eletricidade estava ligada.

— A vida das pessoas de outras cidades e do interior é mais fácil — disse Cici. — Elas têm fazendas, mais comida, menos limitações. Tudo é pior em Bucareste.

Então por que morávamos em Bucareste?

Tentei descrever no meu diário:

VOCÊ ME VÊ?
TENTANDO ENXERGAR À MEIA-LUZ,
PROCURANDO UMA CHAVE PARA
A PORTA TRANCADA DO MUNDO
PERDIDO DENTRO DA MINHA
PRÓPRIA SOMBRA
EM MEIO A UM IMPÉRIO DE MEDO.

Durante o dia, as ruas do bairro se enchiam de gente. Amigos se reuniam ao ar livre. Afinal, por que se sentar em um apartamento nebuloso, congelante e do tamanho de uma lata de sardinha se você podia tomar ar fresco e ter privacidade na rua congelante?

Luca e eu continuávamos a nos evitar. Tudo bem por mim. Seu rosto machucado trazia espasmos aos nós dos meus dedos e à minha consciência. No dia seguinte, procurei por Liliana depois da escola, mas não consegui encontrá-la. Ela foi embora mais cedo? Eu estava andando com o chocolate por aí e queria entregar a ela. Quando cheguei à nossa rua, ela estava parada na calçada em frente ao seu prédio.

— Cristian, você precisa alimentar seu cachorro.

— É? Você tem alguma coisa pra dar a ele?

Sua resposta e seu sorriso me surpreenderam.

— Claro. Vem comigo.

Ela se virou e foi em direção à entrada do seu bloco de apartamento.

Ela queria mesmo que eu a seguisse? Eu queria segui-la.

Então a segui.

Estávamos sem eletricidade. Começamos a subir os degraus, indo em direção à escuridão.

— Minha mãe fica apavorada em escadas escuras — falei.

— Eu também fico — Liliana respondeu.

Eu deveria segurar sua mão? Antes que pudesse decidir, havíamos chegado ao segundo andar.

— A vista do seu apartamento dá para as ruas, mas o nosso dá para o pátio.

— Como sabe que o nosso dá para a rua?

— Porque te vi na varanda. Do quarto andar. Observando o agente do Dacia preto ir e vir. Está espionando ele?

— Estou planejando um roubo de Kents. Ele tem um estoque na varanda. Tá dentro? — brinquei.

Ela riu.

— Então — falei com a voz suave — esteve me observando, é?

— Eu não disse isso — ela respondeu enquanto abria a porta. Não pude ver seu rosto, mas consegui ouvir o sorriso em sua voz.

Fiquei esperando na entrada de seu apartamento escuro e silencioso.

Ela se apoiou na porta aberta, me observando. Um pequeno coração de prata estava pendurado no cordão de camurça em volta do seu pescoço, perfeitamente encaixado na cavidade de sua garganta.

— Pode entrar — sussurrou. — Não tem ninguém em casa. Meus pais e meu irmão estão trabalhando.

Assenti e entrei. Um fósforo foi aceso. Sua mão se moveu para acender um cotoco de vela. A família dela comprava velas em feiras de rua ou em igrejas? No meio da mesa, embaixo de uma capa de crochê feita à mão, estava a bateria de um carro. Ela notou meu olhar.

— Meu irmão usa para criar iluminação para fazer o dever de casa. É melhor do que as velas. — Ela foi para a cozinha.

— Ei, está com fome? — perguntei.

— Achei que íamos alimentar os cachorros. — Liliana voltou da cozinha e colocou um osso em cima da mesa. — Meu pai traz ossos do trabalho.

— Vamos alimentar os cachorros. Mas também podemos dividir isto. — Tirei a pequena barra de chocolate do meu bolso. — Não é uma Coca, mas...

— *Uau!* Eu nunca experimentei um dessa marca! Onde você conseguiu?

Dei de ombros e entreguei o chocolate a ela.

— Tenho meus contatos.

Ela o quebrou na metade. Ficamos perto da mesa, a vela nos iluminando enquanto comíamos chocolate.

Seus dedos passaram pela barra da minha jaqueta.

— Os cachorros a haviam destruído. Você a remendou?

— Foi minha irmã. Ela tem uma máquina de costura.

— Ouvi falar. — E então ficamos em silêncio. — Gosta de música? — perguntou de repente.

— Claro, e você?

— Aham. Gosto das... letras do Springsteen. — Olhou para mim ao dizer isso.

A luz da vela dançou e lançou formas sombreadas no seu cabelo e rosto. Meu coração deu um salto. Ela era ainda mais bonita de perto.

— Springsteen nasceu em setembro. Ele é de libra — disse Liliana.

— Ah, é? — Recostei na cadeira. — Consegue adivinhar qual é meu signo?

— Não preciso adivinhar. — Ela sorriu. — Eu sei. — Ela aproximou a mão da vela. No centro da sua mão havia um pequeno símbolo. Parecia um "m" minúsculo com uma vírgula. — Você é de virgem.

Ela havia desenhado meu signo na palma da mão?

— Uau, como sabia? — perguntei.

— Simplesmente sei.

Assenti, sem saber o que dizer.

— Ei — sussurrei. — Qual é a cor dos seus olhos?

— Os seus são de um azul-acinzentado estranho.

— Estranho?

— Desculpa. — Riu. — Estranho não. Diferente. Quero dizer, único. São únicos.

— E os seus são de que cor? — repeti.

Ela tirou a vela da mesa e a segurou na frente do rosto.

— Me diz você. Qual é a cor dos meus olhos?

A chama da vela oscilou.

— Não consigo ver por baixo do seu cabelo — sussurrei.

— Não?

— Não.

Ela se aproximou de mim.

E então se aproximou mais.

O silêncio e a luz de vela cintilaram entre nós. Hesitei e então afastei o cabelo dos olhos dela com cuidado. Uma pulsação de energia passou por mim. Ela sentiu? Pensei que alguma coisa poderia cair de uma das prateleiras.

— Castanhos — sussurrei. — São castanhos. Muito bonitos.

— Você acha?

— Acho.

Ela sorriu.

E então assoprou a vela.

Ficamos ali, silhuetas na escuridão. Ouvi o tique suave de um relógio em algum lugar do cômodo.

Passei meus braços ao redor dela gentilmente.

Ela me puxou para mais perto e colocou a lateral do rosto contra meu peito. E nos abraçamos. Quietos, mas de alguma forma um só. E naquele silêncio, todas as dificuldades se dispersaram. Pela primeira vez, as sombras não eram tenebrosas. Davam privacidade. Abraçar Liliana na quietude daquele apartamento escuro, sentir sua respiração, era tudo.

Eu tinha tudo.

Fechei os olhos, aproveitei o momento e, pela primeira vez, agradeci aos céus pela escuridão do comunismo.

# 20

## DOUĂSZECI

Cinco da manhã.

Camadas.

Dois pares de meia. Três camisas. Touca. Luvas. Jaqueta. Cartão de alimentação.

Puxei a touca de lã para baixo até que cobrisse minhas orelhas e fechei minha jaqueta. Preparar-se para sair não demora muito quando você já dorme vestido para se manter aquecido. O termômetro de parede de Bunu dizia que a temperatura dentro do apartamento havia caído para 8 graus Celsius durante a noite.

Saí em silêncio. Como se fosse coreografado, as portas dos outros apartamentos se abriram, e uma fila de residentes segurando sacolas de compras de tecido apareceu. Descemos as escadas de cimento e nos juntamos à multidão de humanos que ia em direção à escuridão congelante: o desolador desperdício de tempo.

Esperar em filas.

Cada família tinha seu próprio sistema para ir ao *Alimentara*, a mercearia do bairro. O nosso era o seguinte:

Eu ficava na fila em três dias da semana antes de ir à escola.

Cici ficava na fila em três dias da semana antes de ir ao trabalho.

Mamãe ficava na fila depois do trabalho.

Nosso pai revezava com mamãe durante as noites.

Tremer de frio. Esperar na fila por absolutamente tudo. Era com isso que eu estava acostumado.

Era com isso que todos nós estávamos acostumados.

Qual era o tamanho da fila nos outros países?

Pensei no conselho que li no guia de viagens britânico:

*É melhor evitar a Romênia. Em vez disso, visite a Hungria ou a Bulgária, onde as condições são melhores.*

Melhores como? Lá tinha garotos de olhos azuis e adolescentes informantes?

O vento soprou em arfadas geladas. Um garotinho que estava sozinho na minha frente tremia, apertando sua sacola amarrotada como se fosse um cobertor. Ele bocejou, despertando uma onda de catarro. Sua tosse foi tão cortante que senti a infecção no meu próprio peito. Perto dele, uma silhueta esguia se encolhia contra o vento, fumando um cigarro cuja chama era protegida pela palma da sua mão. Na frente do fumante estava o aluno quieto da minha aula de cálculo que usava um cachecol marrom maltrapilho. Eu finalmente havia encontrado uma palavra em inglês para ele: *loner* — solitário. Perto dele, uma mulher idosa, com um lenço enrolado na cabeça, movia-se com dificuldade, amparada pela artrite e uma bengala. A idade ou doenças não eram motivos para não ficar na fila.

Se alguém de fora chegasse, não veria a Romênia — outrora bela e exuberante terra dos romanos e dácios. Não. Veria uma fila crescente de comunistas congelados, encolhidos contra o frio em uma rua escura e cheia de buracos.

Olhei para o começo da fila. Luca estava atrás da mulher com paralisia facial. Os vincos em seu rosto reluziam em um sinistro tom de azul sob a luz da *Alimentara*. Se Luca passasse no exame para medicina, passaria as manhãs tomando café e contando Kents, em vez de ficar em uma fila. Ele curaria tosses, salvaria bebês de incubadoras quebradas — talvez até salvaria mulheres de paralisias faciais.

Eu? Eu seria um forjador de palavras filosóficas. Um traidor poético.

Meu estômago resmungou, lembrando-me de que estava vazio.

Haveria alguma coisa na loja hoje? Ficávamos na fila, como era programado, mas nunca sabíamos. Se uma fila se formasse em uma loja próxima, a maioria das pessoas se apressava para se juntar a ela. Na noite passada, depois de passar três horas na fila, meu pai chegou em casa exausto segurando uma lata de feijões amassada e coberta de poeira.

— A data de validade é de 1987. Há dois anos — disse Cici.

Meu pai não disse nada, só deu de ombros. Meu pai ficava quieto quando estava bravo, ficava quieto quando estava cansado, ficava quieto quando estava feliz e ficava quieto quando estava pensando. Ele era inacessível, e eu odiava isso. Ele era completamente diferente de Bunu. Como pai e filho podiam ser tão diferentes?

— Seu pai está com fome, Cristian, literal e figurativamente. Cartões de alimentação nos anos 1980? Tínhamos mais comida durante a Segunda Guerra Mundial — reclamou Bunu. — Não vê como isso é loucura? Passamos por uma lavagem cerebral que nos faz ficar esperando em filas por horas, felizes ao conseguirmos feijões podres. Mas quando custa a dignidade?

Eu não tinha uma resposta. Minha dignidade estava temporariamente se esvaindo pelo esgoto.

O irmão de Liliana estava um pouco mais à frente. Ele olhou na minha direção. Se ele estava na fila, Liliana ainda estava dormindo. Ele sabia que sua irmã havia me convidado para o seu apartamento? Ele sabia que eu a havia abraçado na escuridão? Ele sabia que eu pensava nela a noite toda?

Senti um puxão na minha jaqueta e me virei. Atrás de mim estava um senhor com quem Bunu costumava jogar xadrez. O homem achatado de nariz largo.

— Como seu *bunu* está? — sussurrou.

— Está bem — menti.

— Ótimo, ótimo — O rosto protuberante assentiu. Ele se inclinou. — Passe uma mensagem pra ele. Diga que o café não é tão bom quanto eu esperava. Vou visitá-lo.

Olhei para ele, confuso. Seus olhos se voltaram para os pés.

— Eles estão observando. O café, fala pra ele?

— Claro — eu disse.

— Você também — sussurrou. — Nada de café.

Eu me virei para a frente. Estavam observando? É claro que estavam. E café? Ninguém tomava café, só usávamos café nos subornos. Ele estava falando de um suborno? Ou talvez fosse uma piada.

Ou talvez todos estivessem enlouquecendo um pouco.

# 21
# DOUĂZECI ȘI UNU

O mês de novembro chegou. Eu estava na entrada do apartamento dos Van Dorn, tentando ignorar a queimação nos meus dedos enquanto eles descongelavam. Os lares de todos os norte-americanos pareciam com o verão? A temperatura dentro do apartamento devia estar próxima dos 18 graus Celsius.

— Oi, Cristian — chamou Dan do fim do corredor. — Bem que eu pensei ter ouvido a porta. Chega aqui.

"Chega aqui" parecia algo que eu ouviria em um filme norte-americano na noite de filmes. Pelo jeito que ele acenou para mim, pude assumir que por "chega aqui", ele queria dizer para eu me juntar a ele.

O aposento tinha uma grande televisão em cores — sem dúvida, diferente das TVs romenas em preto e branco. Também havia um reprodutor de vídeos e uma pilha alta de fitas VHS. Um fio com fones de ouvido estava conectado ao reprodutor de vídeos.

— É assim que assiste filmes?

— Não, coisas de família. — Dan apontou para a luminária e pegou um papel e uma caneta.

Escreveu: *São vídeos que amigos enviam pra nós de casa.*

Peguei o papel dele: *Seus amigos te enviam filmes norte-americanos?*

Escreveu: *Não, eles filmam a si mesmos com câmeras de vídeo.*

— Não recebemos muita gente aqui — disse em voz alta. — É bom ver pessoas de vez em quando.

Espera. Então os norte-americanos não só tinham reprodutores de vídeo e televisores em cores, como também tinham *câmeras* com as quais podiam fazer seus próprios filmes? Olhei para Dan, confuso. A imagem na tela estava congelada. Ele me passou os fones. Eu os coloquei, e ele apertou um botão no reprodutor de vídeos.

De repente, uma cena ganhou vida. Três norte-americanos em uma grande cozinha ricamente iluminada. Só o teto tinha quatro lâmpadas. E estavam todas acesas.

— O Super Bowl vai ser em Nova Orleans esse ano, mas eu não apostaria nos seus amados Cowboys, Dan.

As vozes ecoaram pelos fones de ouvido. Eu os ouvi falando, mas meus olhos estavam colados na tela. Presos ao canto inferior direito. Encarando uma mesa e uma grande vasilha...

De bananas.

Não só uma. Várias bananas. Bananas grandes.

Uma mulher entrou na cozinha e um garoto começou a reclamar.

— Ai, mãe! Você entrou na frente da câmera. Estamos fazendo um vídeo pra animar o Dan.

— É, pelo jeito o comunismo é uma droga. — Um outro garoto riu.

— Não tem graça — disse a mulher. — O pai de Dan disse que as coisas são bem difíceis na Romênia. Oi, Dan! — falou para a câmera enquanto andava pela cozinha. — Fale pros seus pais que mandamos um oi e que estamos com saudades! E deseje um feliz Dia de Ação de Graças também.

Enquanto a mãe falava, ela abriu a porta de uma geladeira gigante. Até mesmo a parte interna da geladeira tinha uma luz. E então eu vi. Senti minha boca abrindo. As prateleiras eram grandes e estavam todas cheias. Lotadas de cima a baixo.

Com comida.

Todo tipo de comida. Em garrafas, latas, caixas de papelão, divisores e gavetas. Eram tantas cores e tanta abundância!

De comida.

Eu me aproximei da tela.

Frescas. Maduras. Só esperando serem consumidas.

Uma pontada desesperadora de tristeza preencheu meu peito e subiu até minha garganta.

Aquela geladeira tinha comida suficiente para alimentar um romeno por um ano.

A mulher na tela pegou um engradado de latas de Coca-Cola da geladeira. Levou-o para a mesa, junto com um prato de biscoitos salgados, frios e queijo. Ninguém se empurrou ou fez fila. Os garotos petiscavam a comida enquanto continuavam a falar para a câmera. Eu encarei.

As bananas. Não iam comer as bananas? Mas as bananas continuaram na vasilha.

Intocadas.

Uma mão no meu ombro. Sobressaltei. Retirei os fones de ouvido.

— Desculpa, não queria te assustar. — Dan gesticulou para a televisão. — Legal, né? Estão longe, mas parecem tão perto.

— É, legal — falei tentando engolir o nó na minha garganta.

— Tenho que ir — disse Dan.

— Vai para a Biblioteca Norte-Americana?

— Não, vou encontrar meus pais na embaixada. — Ele parou, me olhando. — Como sabia que costumo ir à biblioteca?

Droga. Fiquei tão chocado com a comida que me descuidei.

— Ah, todo mundo já ouviu falar da Biblioteca Norte-Americana — menti —, acho que seria um bom lugar para eu treinar meu inglês.

— Tudo bem — assentiu Dan. — Eu estava pensando em ir lá no sábado para ver se chegou alguma revista nova. Pode vir comigo se quiser. Passa aqui depois da escola e vamos juntos.

— Ok.

Segui Dan para fora do quarto. Minha cabeça parecia estar descolada, girando com pensamentos. A pergunta de Liliana me veio à mente.

*Cristian, você já se perguntou se aquelas coisas são reais? As coisas que vemos nos filmes norte-americanos?*

O vídeo que vi essa tarde não vinha de um roteiro inventado.

Os garotos na tela não eram atores.

Eram pessoas reais, em uma casa real no Ocidente, com comida real.

Era tudo verdade.

E tudo que nos foi dito?

Era tudo mentira.

# 22
# DOUĂZECI ȘI DOI

Fomos em direção à parada de ônibus em meio à escuridão gélida. O granizo salpicava minha jaqueta e o frio adentrava meus sapatos. Os olhos da minha mãe estavam ansiosos. Ela apertava a bolsa com firmeza, cravando o cotovelo. Senti pena da bolsa.

E me perguntei o quanto ela sabia.

— Dan me mostrou um vídeo hoje — falei baixo —, seus amigos norte-americanos têm uma câmera de vídeo própria. Filmaram uma saudação da casa deles e enviaram a fita pra ele.

Minha mãe não disse nada.

— Você viu o televisor em cores e o reprodutor de vídeos deles? — perguntei.

— Não fico olhando para as coisas deles, só limpo. Não é da minha conta.

Minha mãe estava trabalhando para os Van Dorn desde junho. Depois de tantos meses, ela havia visto muito mais do que eu. Qual era sua opinião sobre a disparidade? A mamãe havia assistido aos filmes do Ocidente. Há quanto tempo ela sabia que as vidas mostradas nas telas não eram fantasia? Alguma vez ela já se questionou o porquê de outras pessoas comerem bananas enquanto nós vivíamos em um deserto de carvão?

— No vídeo, os amigos dele estavam em uma cozinha. Mamãe, a comida...

— Não é da sua conta. Não quero mais que venha me buscar. Não devia estar interagindo com um estrangeiro. Vai acabar sendo interrogado pela Securitate.

Eu deveria contar a ela? *Já fui interrogado. Sou um turnător. Estou espionando para eles, mamãe. Eles sabiam que eu viria ao apartamento hoje. Amanhã, o Agente Mãos de Raquete provavelmente vai estar me esperando depois da escola. Acham que sou um bom camarada. Mas vou vencê-los no próprio jogo. Vou conseguir os medicamentos que podem salvar Bunu.*

O que ela diria se eu lhe contasse isso? Como minha mãe conseguia ignorar tudo que estava bem debaixo do seu nariz? Como meus pais conseguiam aceitar viver embaixo da sola do regime, a cada dia mais esmagados e empurrados contra a sujeira, se alimentando apenas de mentiras e medo?

— Você não quer algo melhor para os seus filhos? — perguntei.

Ela parou de repente e me encarou. Sua chaminé de paciência começou a soltar fumaça.

— Não ouse dizer o que eu devo desejar para os meus filhos. Isso não é um jogo, Cristian. É perigoso. Não adianta sonhar com coisas que nunca poderemos ter.

— Quem disse que nunca poderemos tê-las?

— Eu! Eu estou te dizendo! Nunca poderemos tê-las!

Finalmente. Ela estava com raiva.

— Ótimo, pelo menos está demonstrando alguma emoção.

— Sabe o que estou expressando, Cristi? Exaustão. Eu e seu pai, nós estamos cansados demais. Estamos sempre trabalhando, e quando não estamos trabalhando, estamos esperando em filas. Nunca estamos em casa. Nunca estamos juntos. E não podemos fazer nada quanto a isso.

— Você está errada. Eles roubam nosso poder nos fazendo acreditar que somos fracos. Nos controlam por meio do nosso medo.

Sua palma se chocou contra minha bochecha. Forte. Ela falou através de dentes semicerrados.

— *Nunca* mais fale algo assim. Quer acabar como seu avô? Consegue imaginar o que isso causou à nossa família?

O quê? Ela estava brava com Bunu por ele ter leucemia? Isso não fazia sentido.

Mas antes que eu pudesse responder, ela saiu em disparada pela calçada escura e escorregadia.

Sozinha.

# 23

## DOUĂZECI ȘI TREI

Pensando palavras. Proferindo palavras. Escrevendo palavras. Escrever era o que mais ajudava. Ver meus pensamentos em um pedaço de papel os colocava a uma distância amigável, longe da minha mente e da minha boca. *Processing*. É a palavra em inglês que achei para isso. Processar me ajudava a avaliar e analisar a situação. Então sentei no meu armário e fiz anotações:

**O ROSTO DE MAMÃE ESTÁ PERMANENTEMENTE TENSO. ELA ESTÁ BRAVA COM BUNU POR FICAR DOENTE.**

**PAPAI É UM FANTASMA E A POBRE DA CICI FICA MAIS MAGRA A CADA DIA QUE PASSA. APOSTO QUE SE EU CUTUCASSE SUA BARRIGA, CONSEGUIRIA SENTIA O OSSO DA SUA COLUNA. BUNU É O MAIS FELIZ DE NÓS E ESTÁ COM LEUCEMIA.**

**A FAMÍLIA FLORESCU NÃO É DIVERTIDA?!**

Os professores tinham razão. Eu era sarcástico.
Mas nossa família parecia ser mais triste do que as outras. Ou talvez o triste fosse eu.

**VER O VÍDEO DOS AMIGOS DE DAN — E TANTAS BANANAS — ME FEZ SENTIR RAIVA, TRISTEZA.**

**SONHEI COM LILIANA NA NOITE PASSADA. COM O QUE ELA SONHA?**

Era sexta-feira. Eu sabia o que estava por vir. Se o agente estava esperando por mim, ia querer um relatório. Deveria dizer que sem querer mencionei a biblioteca para Dan? Estava indeciso. Isso podia funcionar a meu favor? Fazer com que eu parecesse honesto?

De novo, teria que esperar e sair sem ninguém perceber. Principalmente Liliana. Não costumávamos interagir na escola. Ela era quieta e reservada, assim como eu. Então nos comunicávamos secretamente nos corredores: um sorriso discreto, um esbarrão de mãos acidental. Mas depois da nossa conversa em seu apartamento, queria acompanhá-la até em casa. Queria vê-la. Quase tanto quanto queria beijá-la.

E se eu faltasse no encontro com o agente? Podia inventar alguma desculpa estranha.

Falando em estranho, como o agente podia circular tão perto da escola? Alguém o via? Ele estacionava o Dacia preto na frente do prédio? A secretária me viu encontrando o agente. Ela sabia que eu era um informante. Ela contou a alguém?

Espera.

É claro.

A secretária idosa e irritadiça. Ela também era uma informante.

O Camarada Professor estava na frente da sala, falando longamente sobre cálculo. Eu havia encontrado novos termos em inglês para descrever a iluminação fraca da nossa sala de aula: *feeble, piss yellow* — tênue, amarelo-xixi. Acima do quadro-negro sujo de pó de giz estava Ceaușescu, sorrindo presunçosamente em sua moldura dourada. Quando éramos mais jovens, o retrato era utilizado como uma ferramenta de punição.

— Cuidado com o que faz. Nosso amado Líder está observando. Você sabe que ele vê tudo.

A foto na nossa sala de aula era um retrato antigo em que nosso herói estava sem uma orelha. Ele estava posicionado em meio perfil, então só era possível ver uma de suas orelhas. Na Romênia, dizer que alguém era "sem orelha" era uma expressão que significava louco ou insano. As piadas sussurradas devem ter chegado até a avenida da Vitória, porque na maioria dos lugares os retratos antigos haviam sido substituídos por uma versão do nosso líder em que as duas orelhas eram visíveis.

Um aluno atrasado apareceu na porta — o garoto solitário que usava um puído cachecol marrom. Ele entregou um bilhete ao professor e foi se sentar. Ele parecia estar doente, seu rosto da cor de leite. Ele não conseguia parar quieto. Ou ia vomitar ou desmaiar. Observei, esperando para descobrir. Com certeza era mais interessante do que cálculo. Depois de muitos minutos, ele levantou da cadeira, balançando os braços e gaguejando feito um louco.

— Não! Não! NÃO!

— Camarada Nistor, sente-se agora mesmo — gritou o professor.

Ele não se sentou. Ele se virou com os olhos arregalados para a turma, puxando e arrancando os próprios fios de cabelo. Começou a chorar. Os alunos arquejaram de medo.

— Camarada Nistor, se recomponha!

— Não consigo. Não consigo. Vocês sabem?

— Sabemos o quê? — perguntou uma garota.

Suas mãos começaram a tremer, e então seu corpo inteiro se retorceu em convulsão.

— QUE SOU UM INFORMANTE!

A temperatura na sala de aula fria caiu ainda mais no silêncio gélido.

Ninguém tentou consolá-lo. Ninguém emitiu som algum.

O Camarada Professor apontou para a porta. Nosso colega foi até ela tropeçando e soluçando, e saiu.

A aula continuou.

E foi aí que percebi:

O professor provavelmente era um informante. Informava a respeito dos estudantes.

O diretor da escola era um informante. Informava a respeito dos professores.

A secretária era uma informante. Informava a respeito do diretor.

Luca era um informante. Informava a respeito de mim.

Eu era um informante. Informava a respeito dos norte-americanos.

Quanta inocência! Eu realmente achei que Luca e eu éramos os únicos alunos informantes? Provavelmente havia muitos outros.

Então senti um aperto no estômago.

Espera, Liliana era uma informante?

# 24
## DOUĂZECI ȘI PATRU

Enrolei depois da escola, mas o Camarada Diretor não veio até mim. Era por causa do surto do nosso colega de sala? O agente havia recuado por medo de que os estudantes estivessem mais atentos? Apesar de ter considerado faltar à minha reunião com o agente, percebi que estava falhando na minha missão original.

Conseguir a medicação para Bunu.

Se eu não visse o agente, não conseguiria medicamento algum.

Fui para casa, meus pensamentos embaralhados entre dilema e paranoia. Senti empatia pelo aluno que surtou. Poderia ter sido eu ali. E eu não havia feito nada para consolá-lo. Só continuei sentado, coração e expressão vazios, e me senti aliviado quando o Camarada Professor ordenou que ele deixasse a sala. O que aconteceria com ele agora? E o que estava acontecendo comigo?

Perdi a chance de ir embora com Liliana enquanto esperava depois da escola. Ela havia ouvido falar sobre o que aconteceu na aula? Por mais que quisesse, não conseguia afastar a pergunta da minha mente. Havia sinais de que Liliana fosse uma informante? Talvez. Ela era quieta. Reservada. Fazia perguntas incomuns. E no primeiro dia em que fomos embora juntos, ela estava atrás de mim, o que quer dizer que deixou a escola depois de mim. O que quer dizer...

Que também havia encontrado o Secu.

Liliana se importava comigo ou só precisava de informações? Eu poderia dar um tapa em mim mesmo. Como eu poderia ser tão hipócrita a ponto de fazer essa pergunta?

Aproximei-me do nosso prédio e vi Cici na calçada. Ela se apressou para vir até mim.

— Estava te esperando. Não podemos conversar lá dentro.

Levantei uma sobrancelha.

— Aconteceu alguma coisa. Não sei quando ou como. Alguém veio ver Bunu.

Pensei no idoso de nariz largo. A mensagem dele sobre café. Quando eu contei a Bunu, ele simplesmente deu de ombros e respondeu: "Eu já sabia disso."

— Foi o amigo com quem ele joga xadrez? — perguntei.

— Não sei. Eu não estava. Mas Bunu está... melhorando. *Pui*, acha que alguém negociou por tratamentos ou medicamentos? E se sim, como?

— Medicamentos? — Tentei fingir estar pensando profundamente. — Conferiu o estoque de Kents?

— Sim, continuam lá. Mas fiquei pensando. Bunu fica sozinho o dia todo. Como saberíamos se alguém fosse visitá-lo?

— De que importa? Bunu tem amigos.

— A mamãe não ia querer que Bunu tivesse encontros no apartamento.

Pensei no comentário de mamãe sobre Bunu.

— Cici, em vez de ficar triste, a mamãe parece brava porque Bunu tem leucemia. Não acha estranho?

Antes que Cici pudesse responder, uma silhueta surgiu das sombras. Estrela-do-mar.

— Cici, querida, vou poder te encontrar na noite dos filmes desse fim de semana?

— Desculpa, estou ocupada.

— Ah, é mesmo. Você tem um encontro com Alex.

Virei para Cici.

— Alex Pavel?

Alex era irmão de Liliana.

— Não sabia? — zombou Estrela-do-mar. — Achei que tinham combinado. Coisa de família.

— Cala a boca, Estrela-do-mar. Ele me chamou há dez minutos — disse Cici.

— É, e ele tá bem animado. Disse que foi você quem o convidou.

— Dá o fora. Estou tentando falar com meu irmão.

Estrela-do-mar desapareceu.

— Esse foi o outro motivo pelo qual esperei por você. Sei que tem passado tempo com Liliana. Se eu sair com o Alex for estranho pra você, não vou mais.

Hesitei.

— É um pouco estranho.

— Ok. Vou cancelar.

E então me senti mal. A maioria dos caras queria sair com Cici, mas ela nunca queria sair com eles. Alex era arrogante, mas se ela queria sair com ele, eu não ia impedir.

— Não, não cancela. Tá tudo bem.

— Tem certeza, *Pui*? Não é nada de mais.

— Aham, tenho certeza.

Foi por isso que Alex olhou para mim na fila da manhã? Ele estava planejando chamar minha irmã para sair?

— Como foi a escola hoje? — perguntou.

A história provavelmente havia circulado.

— Estranha — sussurrei —, um aluno da minha sala surtou completamente. Ele levantou e gritou pra todo mundo que é um informante.

— O quê? — Seu rosto franziu em agitação. — Você sabia?

— Não fazia ideia.

— Fique longe dele, *Pui*. Bem longe. — Ela entrelaçou os dedos, ansiosa. — E sem dúvida ele não é o único aluno informante. Tá vendo, é por isso que eu e mamãe sempre te falamos pra ficar quieto. Nunca se sabe quem está observando e informando.

A culpa subiu por meu estômago já amargo.

— Tem razão — respondi —, nunca se sabe.

# 25

## DOUĂZECI ȘI CINCI

Em vez de estar deitado no sofá, Bunu estava em pé na cozinha, mexendo no rádio quebrado.

— Se sentindo melhor? — perguntei.

— Vou me sentir melhor quando pudermos ouvir o rádio. Preciso tomar um ar. Me ajude a ir até a varanda.

Coloquei meu braço em volta de Bunu e o levei em direção à porta de correr de vidro.

— A Romênia é tão prática nos invernos — disse Bunu —, não ter que colocar um casaco economiza muito tempo.

Dei risada. Uma nuvem de vapor saiu da minha boca. Nunca colocávamos casacos porque nunca os tirávamos.

— Feche a porta — disse meu avô —, não quero que aqui fique mais frio. — Ele deu um sorriso travesso.

— Bunu — sussurrei —, o que é mais frio que a água fria?

— A água quente. — Ele sorriu — Estou surpreso por você ainda lembrar dessa.

Lancei um olhar para o outro lado da rua, na direção do prédio de Liliana. Ela havia mencionado ter me visto na varanda. Com que frequência ela ficava me observando?

Bunu limpou a garganta.

— Alguma coisa vai acontecer — disse —, estou sentindo. Mas precisamos do rádio para ouvir as novidades e os planos.

— Está falando do plano de reestruturação? O que mencionaram na Radio Free Europe?

— Perestroika? Pfft — zombou Bunu. — Talvez em outros países. Mas aqui não. Ceaușescu nunca permitiria que isso acontecesse na Romênia. Diluiria sua autoridade. — Bunu balançou a cabeça em frustração. — Esse homenzinho de um metro e meio tem controle psicológico absoluto sobre mais de 23 milhões de pessoas. E sua esposa também detém esse poder. Temos dois ditadores, e eles nos isolaram e encurralaram.

— Algumas pessoas parecem não se incomodar. — Dei de ombros.

— Isso é porque fomos governados durante décadas com tanto totalitarismo que é impossível para a maioria imaginar qualquer coisa diferente. Mas eu sou mais velho. Vi mais coisas. Viajei. Sei o que existe lá fora. Mas você, meu querido menino... você é jovem. Mas essa seita de comunismo, qual é a consequência desse tipo de vida para você e para as pessoas da sua idade?

— Acho que está aumentando nossa resistência.

— É mesmo? — A voz de Bunu falhou. — Essa é a consequência? Ou está corroendo seus julgamentos e sua percepção? — A emoção por trás de sua voz o fez tossir. Coloquei meu braço em volta dele até que parasse.

— Cristian, preciso te dizer uma coisa. Alguém me trouxe um pacote recentemente.

Esperei, sem saber como responder.

— Parece que estão sabendo que não estou... bem. Está chamando muita atenção.

Eu era um idiota.

Achei mesmo que Mãos de Raquete ia me dar os medicamentos de Bunu durante nosso encontro? Não. Ele havia enviado alguém. Para nos espionar ainda mais. Mas se Bunu recebeu os medicamentos, então isso significava que o agente achava que eu estava entregando as informações?

O apartamento dos Van Dorn. Com certeza estava grampeado. Talvez o agente tivesse me escutado quando perguntei sobre a Biblioteca Norte-Americana. Mas se ele estava seguindo todos os meus passos, por que eu precisava encontrá-lo e reportar a ele?

Minha cabeça estava girando.

Bunu olhou para fora da varanda e balançou a cabeça de novo.

— A maldita Secu. Esse regime não funcionaria sem eles. E esse morcego que vive embaixo de nós tem um apartamento só para ele. Todo aquele espaço, mas tem tanta mercadoria que precisa guardar uma parte na varanda?

— Acha que seu limite de ovos é de cinco por mês?

— Ele provavelmente caga cinco ovos a cada manhã — disse. Agentes. Informantes. Ratos. O país está cheio deles. Estamos infestados. E eles continuam se multiplicando. Estão nas nossas ruas, em nossas escolas, rastejando para dentro dos locais de trabalho, e agora roeram as paredes — Bunu olhou diretamente para mim — do nosso apartamento.

Apertei a grade da varanda com força. O pânico percorreu meu corpo.

Bunu me encarou.

— Sim — sussurrou —, um informante. No *nosso* apartamento. Bem aqui. Dá pra imaginar, Cristian? E de repente aparecem com medicamentos. Mas a que custo?

— Bunu...

— Xiu. Não fale nada. Eu sou o único que percebeu. Falar sobre isso é muito doloroso. Além disso, não faço ideia do que engoli. Pelo que sei, pode ser o sopro que vai apagar a vela. — Bunu mancou até a porta, e eu o ajudei a entrar. Seu murmúrio ecoou na escuridão.

— Quer saber, Cristian? Dante estava errado. O inferno não é quente. É frio.

# 26
## DOUĂZECI ȘI ȘASE

Nós nos sentamos na escadaria escura, sussurrando. O braço de Liliana estava nas minhas costas. Seus dedos alisavam as mechas de cabelo que saíam debaixo do meu gorro. O seu toque na minha nuca estava me enlouquecendo. Eu queria soltar o ar e relaxar contra seu toque. Mas assim que fechei os olhos, o sentimento de culpa se revirou e chiou. A conversa com Bunu parecia ter ficado presa no fundo da minha garganta.

Levantei a ponta do cachecol roxo de Liliana. Tinha o cheiro dela.

— Alex chamou Cici para um encontro — sussurrei.

— Ele disse que Cici o chamou.

— É?

— É o que ele quer que eu acredite — disse Liliana —, você sabe que meu irmão não é nem um pouco tímido.

— Cici veio falar comigo sobre isso, disse que ia cancelar se eu achasse estranho.

— O que você respondeu?

— Que era estranho.

Liliana riu.

— Mas disse pra ela não cancelar. Tudo bem por você?

— Sim. Mas é um pouco estranho, não é? Talvez tenhamos colocado a ideia na cabeça de Alex. Ele nos viu na noite de filme. Ele disse que parecíamos confortáveis saindo juntos e perguntou do que estávamos rindo.

— Saindo juntos — sussurrei. — É isso que estamos fazendo?

Ela deitou a cabeça no meu ombro em resposta e juntou sua mão à minha. Sorri.

— Diga a Alex que estávamos rindo por causa da *Gumela*. E de como eu já gostava de você naquela época, mas não tinha coragem de admitir.

— Não precisava admitir — ela disse baixo —, eu sabia.

Assenti. Era provável que sim. Havia coisas que eu queria saber sobre ela.

— Ei, se morássemos no Ocidente e você pudesse escolher qualquer profissão, qual seria? — perguntei.

— Essa é fácil — respondeu —, amo livros. Trabalharia em uma biblioteca.

— É, você poderia me dar livros censurados por debaixo dos panos. Falando em bibliotecárias, ficou sabendo? A bibliotecária da escola falou para Luca que ela me acha uma má influência.

— Você é. — Ela riu. — Algumas pessoas ficam intrigadas pela sua aparência, mas também não te entendem.

E eu podia culpá-los? Às vezes, nem eu me entendia.

— Então, senhor má influência, se você morasse no Ocidente e pudesse escolher qualquer profissão, qual seria?

Eu podia contar para ela? Eu deveria contar para ela? Eu mal conseguia confessar para mim mesmo.

— Um escritor — sussurrei.

Ela assentiu.

— Faz sentido.

— Faz?

— É claro. Escritores são perigosos. E você é um virginiano filosófico e angustiado. Não é um seguidor. Até seu cabelo é uma revolução.

— Mas e se eu for um péssimo escritor?

— E se eu for uma péssima bibliotecária?

Sorri e puxei sua mão, trazendo-a até mim.

— Acho que vou gostar de você do mesmo jeito — sussurrei.

Cheguei mais perto. Ela levantou o rosto para encontrar o meu.

Passos.

Sons ecoaram na escadaria.

A mão de Liliana se afastou da minha. Esperamos com as mãos abaixadas na escuridão.

Os passos pararam. Alguém havia nos escutado.

Era o agente da Secu do nosso prédio que estava escutando?

Quem estava nas escadas?

# 27

## DOUĂZECI ȘI ȘAPTE

Mais dois passos. Pararam. Ouvi uma respiração. Liliana pressionou o corpo junto ao meu. Coloquei o braço ao redor dela.
Mais um passo.
Estava mais perto.
Liliana estremeceu.
— Quem está aí?! — gritei.
Um grito preencheu a escadaria, seguido pelo som de vidro se quebrando. Choros abafados surgiram dos degraus, seguidos pela voz de uma mulher.
— *Vă rog. Vă rog.*
Por favor. Por favor.
Levantei em sobressalto.
— Mamãe?
— *Vă rog.*
Desci os degraus correndo. Minha mãe estava deitada e encolhida.
— Cristian? — sussurrou.
— Sim, sou eu. Mamãe, o que aconteceu?
Liliana apareceu ao meu lado.
— Cheguei em casa e as escadas estavam muito escuras. Comecei a subir e ouvi alguma coisa. Alguém estava por perto, consegui sentir. Fiquei tão assustada! E então ouvi um grito e entrei em pânico.
— Era eu. Estava conversando com Liliana e achei que alguém estava ouvindo. Deixa eu te ajudar a levantar. — Coloquei os braços sob os de minha mãe.
— *Au*! Cuidado, tem cacos de vidro.

Nós a ajudamos a subir as escadas e a entrar no apartamento.

— Mamãe! O que aconteceu? — perguntou Cici.

Os ombros de mamãe se curvaram. Seus braços pendiam, trêmulos, nas laterais de seu corpo.

— Passei três horas na fila. Finalmente tinham porções de óleo de cozinha. Mas fiquei assustada na escadaria escura e caí. A garrafa quebrou. Me ajude com os cortes na minha perna, Cici. Cristian, limpe o vidro e o óleo das escadas.

Fingi não reparar na urina liberada pelo medo manchando as calças da minha mãe. Liliana havia visto? Minha irmã levou mamãe até o pequeno banheiro. Um choro abafado pôde ser ouvido por trás da porta.

Às vezes, quando a bomba explodia, nossa mãe dizia coisas maldosas e depois chorava. Mas dessa vez, não houve raiva. Ela foi direto às lágrimas.

Senti-me terrível.

— A eficácia da tirania! — anunciou Bunu da cozinha. — Nem precisam de armas para nos controlar. Nosso próprio medo é mais que o suficiente. Viu, Cristi, esse é o sentimento de ser um animal encurralado.

Liliana olhou para mim, chocada com os comentários. Rapidamente a levei em direção à porta e para fora do apartamento. A cena fez com que eu me sentisse estranho, envergonhado.

Agachamo-nos no escuro, tentando varrer o vidro e absorver o óleo com um pano de chão. Precisamos recuperar o máximo possível.

— Coitada da sua mãe. A escadaria é tão escura e assustadora! E agora sua família ficou sem a porção de óleo. É horrível!

Era mesmo horrível. E eu estava cansado de me sentir horrível.

Terminamos a limpeza e voltamos para nosso lugar na escadaria. Qualquer pensamento sobre beijo agora havia sido substituído por um silêncio desconfortável entre nós. Ela estava pensando nos comentários de Bunu?

— Ei — sussurrei —, uma mulher gritou nas escadas. Reparou numa coisa?

Assentiu.

— Ninguém veio acudir.

— Exatamente.

Mas como poderiam? Se dessem uma olhada e vissem alguma coisa, poderiam ser interrogados. Ninguém queria ser interrogado. Mas os vizinhos haviam escutado. Alguns tentariam ajudar e dividiriam o pouco que tinham.

Provavelmente já havia um vidro com óleo de cozinha na frente da porta. Ficamos sentados, tensos e desconfortáveis no labirinto escuro da escadaria.

— Cristian — sussurrou, sua voz mais fina pela vulnerabilidade —, o mundo sabe do que está acontecendo na Romênia? Se soubesse... faria alguma coisa?

Era uma ótima pergunta. As transmissões da Radio Free Europe chegavam até a Romênia. Mas que informações saíam da Romênia? Pensei no comentário do Sr. Van Dorn sobre como Bucareste era "obscura". Quanto ele realmente sabia e quanto ele informava para a embaixada?

O comentário no caderno de Dan me veio à mente:

*Um embaixador dos EUA se afastou do cargo depois de Washington se recusar a acreditar nos relatórios que diziam que os Estados Unidos haviam sido enganados por Ceaușescu.*

Havia algum jeito de eu me comunicar com o Sr. Van Dorn? Se ele de algum modo encontrasse meu diário secreto com um pedido para que ele fosse enviado para Washington... ele enviaria?

Liliana se mexeu nas escadas. As palavras saíram da minha boca antes que eu pudesse impedi-las.

— Tenho uma ideia.

# 28
# DOUĂZECI ȘI OPT

Minha ideia. Um convite à realidade.

Eu não deveria ter tocado no assunto. Mas eu me sentia tão confortável perto de Liliana que acabei falando meus pensamentos em voz alta. É claro que, uma vez que o disse, ela quis saber mais sobre o assunto. Mas o que eu deveria dizer? *Ei, eu escrevo em um diário. Quero entregá-lo para o diplomata dos EUA para me certificar de que ele saiba a verdade e a compartilhe com todos.*

Não. Eu não podia dizer isso.

Então, em vez de contar minha ideia a Liliana, me esquivei do assunto. Eu queria contar tudo que sabia a ela, mas sabia que não podia. O próprio diário já era um grande risco. Não queria colocá-la em perigo. Então fiquei em silêncio e me odiei por isso.

Ódio. Culpa. Escolhas. Naquela noite, escrevi sobre tudo isso em meu diário:

> VOCÊ SE APIEDA DE MIM?
> LÁBIOS QUE NÃO CONHECEM O
> SABOR DAS FRUTAS
> SOLITÁRIO EM UM PAÍS DE MILHÕES
> TROPEÇANDO EM DIREÇÃO AO
> CADAFALSO DAS DECISÕES ERRADAS
> ENQUANTO AS PAREDES ESCUTAM E RIEM.

O dia seguinte era sábado. Então, depois da escola, subi em um ônibus em direção ao apartamento dos Van Dorn para acompanhar Dan à Biblioteca Norte-Americana.

Observei os passageiros, prensados feito sanduíches.

Rostos enrugados.

Roupas enrugadas.

Almas enrugadas.

O serviço era muito inconsistente. Não havia um cronograma confiável e espaço suficiente. As pessoas se agarravam nas barras das escadas do ônibus, impedindo as portas de fecharem. Ficávamos pendurados e prensados, metade para dentro, metade para fora. Às vezes, o ônibus ficava tão lotado que a traseira pendia, arranhando e lapidando o asfalto.

Chegamos à parada. Torci para que Dan não tivesse se esquecido de seu convite.

O Sr. Van Dorn me recebeu na porta. Não estava vestido de terno, mas sim em roupas casuais. Encarou meu casaco, uniforme escolar e mochila.

— Sempre tenho que me lembrar, aqui tem escola aos sábados, certo?

Parecia estar tentando puxar conversa. Se as luminárias não estivessem escutando, talvez eu respondesse com meu sarcasmo de sempre e me engajasse no que os norte-americanos chamam de "bate-papo".

*Sim, Sr. Van Dorn, bons camaradas não têm folgas nos fins de semanas, feriados ou nos verões. Sabia que uma vez Ceaușescu declarou 25 de dezembro como um dia de trabalho? Falando em feriados, o Papai Noel é considerado religioso demais por aqui. Na Romênia, o substituímos por um personagem proletário chamado Moș Gerilă, o Homem Congelador. Comemoramos a temporada de inverno entrando nas fábricas para trabalhar!*

Mas não disse nada disso, só respondi:

— Sim, temos aula aos sábados.

— Dan — chamou Sr. Van Dorn do corredor —, Cristian está aqui.

Ouvi uma resposta abafada.

— Sente-se — disse o Sr. Van Dorn, gesticulando para um sofá na sala de estar. Então foi em direção a sua grande mesa. Em cima dela, havia uma máquina de escrever. Ela era registrada?

— Você tem uma irmã mais velha, não tem? — perguntou.

Assenti.

Ele mexeu nas suas pilhas de documentos, papeladas e jornais. Então tomou um gole da caneca de café que estava próxima.

Espera. Café.

O homem de nariz largo havia alertado contra café. Eu deveria impedir o Sr. Van Dorn?

Dan apareceu.

— Cristian e eu estamos indo para a Biblioteca Norte-Americana para ler as revistas de notícias.

— Boa ideia — respondeu o pai dele.

Mal havíamos saído do apartamento quando o Sr. Van Dorn de repente apareceu nas escadas.

— Dan, sua mãe quer que você coloque um gorro. Estava nevando de manhã.

Quando Dan voltou para pegar o gorro, o Sr. Van Dorn discretamente mostrou o que parecia uma revista norte-americana. O título estava em letra maiúscula:

*TIME.*

— Procure por ela na biblioteca hoje. Tente encontrar a mais recente.

Eu não disse nada. Apenas assenti.

Sr. Van Dorn voltou para dentro do apartamento. Tentei conter meu sorriso.

Meus instintos estavam corretos.

Eu podia me comunicar com o Sr. Van Dorn. Podia contar a verdade sobre a Romênia.

Eu podia enganar a Securitate.

Era o que eu pensava. No que eu acreditava de verdade.

Eu ainda não sabia que, às vezes, quando enganamos os outros, acabamos enganando a nós mesmos.

## RELATÓRIO DO INFORMANTE
### [11 de novembro de 1989]

Cristian Florescu (17), estudante do Colégio MF3.

Foi observado na tarde de sábado entrando e saindo do apartamento da família Van Dorn. Florescu participou de uma conversa privada (indecifrável) com o Sr. Van Dorn no corredor. Florescu então partiu com o filho de Van Dorn e seguiu para a Biblioteca Norte-Americana em Bucareste.

Aparentemente Florescu está tentando se comunicar de forma privada com o Sr. Van Dorn. Aconselhável verificar com outras Fontes.

# 29
## DOUĂZECI ŞI NOUĂ

Percebi o comportamento de Dan conforme andávamos pela Praça Rosetti, o jeito que parecia confortável com tudo. Balançava os braços, olhando para os lados descontraidamente, falando mais alto do que a maioria dos romenos falaria.

Eu o invejava, a coragem de ser ele mesmo. Em público.

A Biblioteca Norte-Americana ficava em dois prédios da virada do século que haviam sido poupados pelas escavadeiras. Quando entrávamos na biblioteca, precisamos apresentar nossos documentos na recepção. Dan se inclinou sobre a mesa.

— Oi, Brenda. O que está fazendo aqui na frente? — perguntou.

— A balconista está doente — disse a senhora. — É tão frio aqui perto da porta! Sinto falta do clima da Califórnia.

— Eu sei. Eu estou com saudades do clima de Nova Jersey. Só isso diz muito! — respondeu Dan.

Dan e a mulher riram junto. Ele gesticulou para mim.

— Esse é meu amigo Cristian. É meu convidado hoje. Ele fala inglês.

— Oi, Cristian — disse a mulher, sorrindo. — Só preciso dar uma olhada na sua carteira de identidade.

Uma olhada. O que aquilo significava? Dan havia entregado a identidade dele, então também dei a minha.

Ela olhou para a foto no meu documento por um segundo a mais. Finalmente, subiu o olhar e me encarou diretamente. Um sorriso gentil tomou conta de seu rosto.

— Nossa, como seus olhos são bonitos — disse.

— Ah, eles são... estranhos — deixei escapar. A conversa me deixava desconfortável, mas a memória da descrição de Liliana me trazia conforto.

— Não, não são nem um pouco estranhos — insistiu, me devolvendo a carteira de identidade —, mas talvez seja estranho que uma mulher mais velha os elogie? — E então fez algo que eu havia visto em filmes.

Piscou.

Uma mulher norte-americana me deu uma piscadela, como se estivéssemos compartilhando de uma piada secreta. Isso era tão estranho quanto parecia? Virei para Dan para ver sua reação.

— Obrigado, Brenda — disse ele, sem preocupações. — Estamos indo envenenar nossas mentes com porcarias sobre cultura pop.

E fez uma saudação.

— Se envenenem à vontade! — ela disse, com um aceno de mão.

Eu estava tendo problema para entender o inglês deles? Este era um prédio oficial. Ainda assim, eles estão sendo tão descontraídos, assim como nos filmes. Os norte-americanos nunca eram sérios? Não, refiz a pergunta. Os romenos eram sempre sérios?

Dan andou casualmente até uma mesa comprida posicionada perto de uma prateleira de jornais. Ele jogou sua mochila na mesa, que caiu com um baque.

— Você pode deixar a sua mochila aqui. Dá uma olhada por aí.

Eu não ia deixar minha mochila em lugar nenhum. Ela permaneceu pendurada no meu ombro conforme andei pelo edifício quente. Havia prateleiras de ficção, não ficção, biografia, periódicos e um setor para crianças. Também havia um setor sobre a história e a língua romena. A maioria dos livros era em inglês. Eu queria lê-los. Cada um deles.

E queria compartilhá-los com Liliana.

Continuei olhando o setor. Ao fim da prateleira, notei um púlpito de madeira contendo um álbum com aparência oficial com a bandeira da Romênia na capa. Eu o abri.

A primeira página continha o novo retrato de Ceaușescu. Com duas orelhas. Embaixo do retrato, havia um parágrafo em romeno:

> *Líder da nação, Pai da Romênia, Nicolae Ceaușescu estabeleceu relações diplomáticas por todo o mundo e visitou mais de cem países.*

O álbum continha fotos do nosso líder durante suas viagens ou recebendo delegações de outros países:

> *1969 — O presidente dos EUA, Richard Nixon, visita Bucareste. Ele é o primeiro presidente norte-americano a visitar um país comunista.*

*1975 — O presidente dos EUA, Gerald Ford, visita Bucareste.*

*1978 — O presidente dos EUA, Jimmy Carter, realiza um jantar de Estado na Casa Branca em homenagem aos Ceauşescus.*

O álbum estava cheio de fotos coloridas em que o Amado Líder e a Mãe Heroína apareciam com dignitários e chefes de Estado. Observei alguns dos nomes:

A primeira-ministra do Reino Unido, Margaret Thatcher, a Rainha Elizabeth II, a Rainha Silvia da Suécia, Indira Gandhi da Índia, Papa Paulo VI do Vaticano, o primeiro-ministro canadense Brian Mulroney, Charles de Gaulle da França, o Rei Juan Carlos da Espanha, a Rainha Margarida II da Dinamarca.

E isso:

*O presidente Nicolae Ceauşescu se juntou à longa lista de celebridades internacionais a visitar a Disneylândia, o mundialmente famoso "Magic Kingdom" na Califórnia, para conhecer o Mickey Mouse. Ceauşescu estava acompanhado da esposa e dos filhos.*

Encarei a fotografia.

Mickey Mouse.

Voltei as páginas até a frente do álbum.

Ceauşescu não havia enganado os Estados Unidos.

Não.

Ele havia enganado... o mundo todo.

Eles pensavam que ele era um ditador benevolente. Recebiam-no em seus países.

Não era nojo. Era desespero. Era isso que eu sentia ao ver fotos coloridas do nosso líder abraçando cangurus na Austrália e posando com o Mickey Mouse em um sonho cítrico chamado Califórnia.

E... a Disneylândia. Era um lugar real?

Ceauşescu e sua família tinham liberdade para viajar para todos os continentes e aproveitar tudo o que o mundo tinha a oferecer, mas ele mantinha seu povo trancafiado dentro das fronteiras do país, trabalhando, cheios de medo, atormentados caso pedissem um passaporte. Meus pais queriam muito voltar ao litoral da Romênia ou passar um tempo nas montanhas. Mas as recentes ordens de trabalho e a quota de gasolina de Ceaușescu tornavam isso difícil.

Queria que minha mãe tivesse uma escadaria iluminada.

Queria que meu pai tivesse férias de verdade ou um carro.

Queria que Liliana tivesse os pássaros de que sentia falta.

Fechei o álbum e fui até as prateleiras de revistas, procurando pela que o Sr. Van Dorn havia sugerido.

*TIME.*

Encontrei-a. O momento ficou gravado na minha memória para sempre.

A manchete da edição:

### A GRANDE QUEBRA
*Moscou Deixa a Europa Oriental Seguir o Próprio Caminho*

Lancei um olhar rápido sobre meu ombro. Meu pulso começou a palpitar.

A capa da revista continha a imagem de uma grande multidão com um adolescente balançando uma bandeira.

Uma bandeira húngara.

A Hungria fazia fronteira com a Romênia.

Espera.

A Hungria não era mais governada pelo comunismo?

A Hungria estava livre?

# 30

## TREIZECI

Passei os olhos rapidamente pelo artigo, com dificuldade em entender alguns termos. Mas reconhecia algumas palavras das transmissões da Radio Free Europe:

Democracia. Perestroika. Glasnost.

Quanto havíamos perdido com o rádio quebrado? Sabíamos que a Polônia havia tido sucesso com o movimento de Solidariedade, mas a Hungria? Eles realmente haviam se libertado do comunismo? Meus pais sabiam? Tentei decorar os detalhes para compartilhar com Bunu.

Voltei para perto de Dan, que estava debruçado sobre uma revista. Frustrado, me lembrei do agente. Mentalmente, anotei as revistas que Dan pegava para ler: *Rolling Stones, Sports Illustrated, Billboard.*

— Te apresento o amor da minha vida — disse Dan, apontando para a foto de uma mulher tocando guitarra. — Ela é de uma banda chamada The Bangles. — Ele soltou um suspiro exagerado e apaixonado e, então, deu risada. — Você tem namorada?

Tinha? Assenti ligeiramente. E talvez tenha sorrido um pouco também.

— É? Como ela chama? — Dan perguntou.

Parei. Deveria contar a ele?

— Liliana — finalmente disse. — Você tem namorada?

Ele balançou a cabeça.

— Eu gostava de uma garota alemã que estava hospedada no nosso prédio, mas a família dela só estava visitando. Mas ela me envia cartas com selos legais.

Ele mexeu na revista.

— A Liliana gosta de música? — perguntou.

— Sim. De Springsteen.

— Springsteen, é? — Dan voltou as páginas até um artigo com uma foto de Bruce Springsteen. Sem pestanejar, arrancou a página da revista.

Dei um passo para trás. Dan Van Dorn arrancou a página da revista sem mais nem menos. Não pediu permissão. Isso não podia ser permitido — em nenhuma biblioteca, de lugar algum. Era puro vandalismo. Ele viu meus olhos arregalarem e deu risada.

— Ouvi dizer que a Embaixada dos EUA precisa muito dessa informação — sussurrou, enrolando a página e a enfiando por uma abertura em sua mochila. — Sabe, essa biblioteca também é aberta para romenos. Você pode vir sozinho.

— Posso? — perguntei-me se Bunu sabia disso.

— Sim, Reagan e Bush não são muito fãs, mas antigamente Nixon fez um acordo com Ceaușescu. A Romênia conseguiu permissão para abrir um escritório cultural em Nova York, e os EUA abriram essa biblioteca em Bucareste.

*Não são muito fãs. Nixon fez um acordo.* O que isso significava? No álbum não havia nenhuma foto de Ceaușescu com presidentes recentes dos EUA. Era a isso que Dan estava se referindo?

E sim, a Biblioteca Norte-Americana existia, mas qualquer romeno que fosse lá sozinho provavelmente seria delatado para a Securitate. Alguém arriscaria?

— Obrigada por me trazer. É interessante — disse eu.

— Claro. Eu venho a cada duas semanas. Venha junto. Eu não tenho muito o que fazer em Bucareste. Você não fica entediado? — perguntou.

— Não tenho tempo pra ficar entediado.

— É, você está sempre na escola ou esperando numa fila. Ei, me leva pra ficar na fila qualquer dia. Seria interessante escrever sobre isso nas redações para a faculdade.

Ele queria esperar em uma fila? Isso parecia uma novidade para ele? Minhas sobrancelhas franziram.

— Desculpa, o que eu quis dizer é que não temos que esperar em filas nos Estados Unidos. Não temos uma economia baseada em Kents também. Semana passada, minha mãe teve que arranjar Kents para que nosso lixo fosse coletado. Cara, ela ficou uma fera. Ainda me pergunto o que meu pai fez para ser rebaixado e enviado para cá.

Os comentários de Dan me fizeram pensar muito. O que "arranjar", "ficar uma fera" e "rebaixado" queriam dizer? Mas o que estava reverberando na minha mente era a questão da Hungria: os cidadãos da Hungria ainda esperavam em filas? Podiam viajar livremente agora?

Uma vez fora da biblioteca, Dan me entregou a página enrolada da revista.

— Dê isso a sua garota. Diga que é um presente vindo de Nova Jersey.

Hesitei. O artigo era propriedade roubada, mas queria dá-lo a Liliana. Peguei-o e o coloquei na minha jaqueta rapidamente.

— Parece que você sente falta de casa.

— Muita. Ainda não existe um colégio internacional bom na Romênia, então fico preso no apartamento com um professor particular o dia todo. Queria ter ficado na minha escola dos Estados Unidos, mas meus pais insistiram que a família viajasse junta. Se as coisas ficarem tranquilas na embaixada mês que vem, prometeram que vamos passar o Natal em casa. Mal posso esperar. Trarei selos novos pra você.

— Legal.

— Ei, Cris — Dan parou —, não conte pros meus pais que arranquei uma página da revista, ok?

Do jeito que falou, parecia preocupado.

— Ok — respondi.

Parecia aliviado. Talvez o ato de desafio fosse apenas para se mostrar.

— Aliás — começou —, ouvi sua mãe te chamar de Cristi. Nos Estados Unidos, esse um é nome de garota, sabia? — Então riu e socou meu ombro.

Meu cérebro era como uma imagem estática. Eu mal conseguia processar tudo:

Ceaușescu havia visitado a Disneylândia. Havia enganado a todos.

A Hungria estava livre. Haviam se livrado do comunismo.

Sr. Van Dorn queria que eu visse a revista, que eu soubesse disso. Por quê?

Eu havia pegado um artigo sobre Bruce Springsteen para Liliana.

O que eu deveria delatar para Mãos de Raquete.

Nos Estados Unidos, Cristi era um nome de garota.

Mas minha mente gritava repetidamente...

A Hungria estava livre.

A Hungria estava livre?

## RELATÓRIO DO INFORMANTE
[11 de novembro de 1989]

Cristian Florescu (17), estudante do Colégio MF3.

Foi observado na Biblioteca Norte-Americana na tarde de sábado com Dan Van Dorn. Florescu observou livros do setor de turismo e leu uma revista norte-americana política. Então, sentou-se à mesa com o jovem. Dan Van Dorn arrancou a página de uma revista e a colocou em sua mochila. Florescu não comentou ou o delatou. Então Florescu partiu com Van Dorn.

# 31

## TREIZECI ȘI UNU

Uma mentira é como uma bola de neve. Ela rola, fica maior, mais pesada, até que se torna difícil de carregar. Eu pensava que era forte. Mas quanto peso eu realmente podia aguentar?

Eu não podia mencionar a Biblioteca Norte-Americana para Bunu. Ele faria perguntas, e minhas respostas só criariam uma bola de neve ainda maior. Decidi contar a Bunu que ouvi sobre a Hungria nas ruas e que precisávamos consertar o rádio para descobrir o que estava acontecendo.

Cheguei ao nosso apartamento e encontrei uma mulher tendo dificuldades com um grande mala na escadaria.

— *Bună!* — ela disse. — Se incomodaria em me ajudar?

— Sem problemas. Prefere o elevador?

Ela balançou a cabeça.

— Não quero arriscar que a energia acabe. Não posso ficar presa lá dentro.

Seus brincos dourados e brilhantes tinham o formato de raios. Olhei para sua mala de viagem. Uma das etiquetas na bagagem estava em inglês. *American Airlines.*

— Você é dos Estados Unidos?

— Sou daqui, mas moro em Boston.

O quê? Como uma mulher romena havia conseguido um passaporte para deixar o país e morar em Boston? As pessoas que se inscreviam para emigrar geralmente eram punidas. Severamente. Mas era nítido. Seu casaco verde-vivo, as botas vermelhas elegantes, o corte chique de seu cabelo, ela tinha o ar de ser de outro lugar.

Peguei sua mala.

— Qual andar?

— Terceiro. Estou visitando minha mãe. Irina Drucan.

Assenti.

Seu tom de voz diminui.

— Ela está morrendo, sabe.

Eu não sabia. Tenho certeza de que as Repórteres sim. Talvez Bunu e Cici também. Tudo o que eu sabia era que Sra. Drucan era idosa. Não me lembrava da última vez que a tinha visto.

Os olhos da mulher se encheram de lágrimas. Ela respirou fundo e começou a andar de um lado para o outro.

— Desculpa, só um momento.

— Não estou com pressa.

Ela me olhou com gratidão.

— Qual seu nome?

— Cristian.

— *Mersi*, Cristian. — Ela fechou a porta cuidadosamente.

Subi os degraus até o quarto andar. O sussurro exasperado de minha mãe preenchia nosso pequeno apartamento.

— Como você me enfurece, velho! Eu estava guardando isso para comprar medicamentos para você!

Olhei para Cici.

— Bunu trocou os Kents por um reparo no rádio — ela disse.

— A informação é mais importante do que remédios nesse momento! Polônia e Hungria. A Alemanha Ocidental será a próxima! — argumentou. — Precisamos do rádio. Precisamos da Radio Free Europe. Precisamos das informações de Munteanu. Diga a ela, Cristian.

— Não envolva ele nisso. Você não tinha o direito — reclamou mamãe.

— Aqueles cigarros não eram seus.

— O que é nosso de verdade, Miora? Tudo pertence ao Partido, minha querida — disse Bunu, em um tom de voz normal. — Não é essa a verdade?

Eu tinha que concordar com Bunu. Eu preferia ficar sem Kents, mas ter o rádio. Especialmente depois do que vi na biblioteca. Precisamos ouvir a Radio Free Europe.

A Radio Free Europe havia sido estabelecida pela CIA décadas atrás para movimentar informações por trás da Cortina de Ferro — a fronteira entre países comunistas e não comunistas. As transmissões só podiam ser acessadas por meio de uma antena ilegal, e praticamente todas as famílias haviam conseguido uma. Mas ninguém tocava no assunto. Era algo muito importante.

Bunu havia escutado as notícias. Ele achava que a Alemanha Oriental seria a próxima?

— E a Romênia? — perguntei a ele.

— Exatamente! Precisamos do rádio para descobrir!

— Fale mais baixo! — mamãe suplicou.

Virei para minha irmã.

— Cici, sabia que a Sra. Drucan está doente? — sussurrei. — A filha dela acaba de chegar dos Estados Unidos.

— Ah, estou tão feliz por ela ter conseguido! Sim, eu sabia. Eu lavei e costurei sua camisola semana passada. A pobrezinha está leve como uma pluma.

— A filha dela mora em Boston?

Ela assentiu.

— Ela é uma pesquisadora de Harvard. Onde você estava? — murmurou.

— A escola acabou há horas.

Dei de ombros.

— Passeando por aí.

Ela me olhou desconfiada.

— Passeando. Com alguém em particular?

— Não.

— Liliana passou aqui. Duas vezes. Pediu para eu te entregar isso.

Cici tirou um envelope fechado do bolso de trás de sua calça.

— Cartinhas de amoooor — provocou, balançando o envelope.

— Com inveja por Alex não ter te enviado uma? — Arranquei o envelope das mãos dela e fui para meu armário.

Eu usava a lanterna com moderação, mas com certeza valia a pena usá-la em uma carta de Liliana. Talvez eu colocasse o artigo de Springsteen no envelope e o entregasse em seu apartamento. Rasguei a aba selada do envelope e removi uma folha que continha apenas algumas frases:

*Você é um mentiroso.*

*Você é tudo que eu desprezo.*

*Você é um informante.*

# 32

## TREIZECI ŞI DOI

Apaguei a lanterna.
Mãos invisíveis apareceram na escuridão. Uma mão puxou meu cabelo. A outra pressionou meu nariz e minha boca. E depois pressionou de novo. Mais forte.

*Você é um mentiroso.*

Eu não conseguia respirar.

*Você é tudo que eu desprezo.*

Eu estava sufocando.

*Você é um informante.*

Clarões azuis cintilavam atrás dos meus olhos. Minha boca ficou seca com o pânico.

Saí correndo do armário e do apartamento, ainda agarrando o bilhete.

Eu não tinha plano algum. Nada traçado no meu diário. Mas algo em mim estava agitado, me levando na direção de Liliana. Ela achava que eu estava passando tempo com ela só para conseguir informações?

Bati na porta de seu apartamento.

Alex apareceu.

— Lili — disse ele sobre o ombro —, seu namorado está aqui.

Um sussurro sibilou por trás da porta.

— Ah, desculpa. — Alex deu de ombros. — Ela não está. — E fechou a porta.

Bati de novo. E de novo. E de novo e de novo, até que a porta abriu novamente.

— Olha, ela não quer te ver. Continua batendo e vou dar um jeito nessa mão. Não vai mais conseguir bater — disse Alex.

Adrenalina, coragem molecular. Cada terminação nervosa se acendeu dentro de mim.

— Ah é, Alex? Vem aqui no corredor e a gente vai ver qual mão sobrevive.
— Tá me ameaçando, Cristi? Eu acabaria com você.
— Tenta, *pămpălăule*.
— *La dracu!* — Ele me pegou pelo colarinho.
Liliana apareceu e agarrou seu irmão, o puxando para trás.
— Para!
— Com medo que eu mate seu amorzinho? — vociferou.
— Cala a boca, Alex. — Liliana passou correndo por mim e seguiu pelas escadas. Corri para segui-la.
Passamos pela porta e caminhamos pela lateral de seu prédio.
— O que, agora quer brigar com meu irmão?
— Se isso for preciso pra falar com você. — Tirei o bilhete do bolso. — O que é isso? Você que escreveu?
— Sim, escrevi.
— Por quê?
— Está me perguntando o porquê? — Sua boca abriu com desprezo. — A Secu tirou meu pai do trabalho — sussurrou —, o interrogaram sobre levar ossos para casa, o acusaram de roubar do Partido.
— O quê?
— *Sim!* — arfou, sussurrando o mais alto que podia.
— Liliana, eu não contei a ninguém. Eu juro. Alguém mais deve saber que você dá ossos aos cachorros.
— Sério? E também viram que eu tinha uma Coca-Cola de verdade?
Dei um passo para trás.
— Alguém nos viu bebendo a Coca?
— Ah, qual é! Para com a atuação, Cristian. Você me enoja.
— Liliana, você está errada. Eu não contei a ninguém.
— Estou certa. E sou uma idiota. Sabe por quê? Porque eu gostava de você. — Sua respiração ficou presa. — Gostava mesmo. *Ah, ele é tão inteligente e interessante. E nos entendemos bem.* Você realmente me enganou. Com quantas outras está saindo para conseguir informação?
— Só estou saindo com você. E não é por informação. Passo tempo com você porque gosto de você. Gosto de você há anos. Você sabe disso. Lil... — Tentei tocá-la, mas ela se afastou.

Ela me encarou, e seus olhos se encheram d'água.

— Como pôde? De verdade, Cristian, por quê? Eu gostava tanto de você! Tanto que agora te odeio.

Virou-se e saiu correndo.

Meus joelhos fraquejaram. Fiquei parado, bamboleante, ainda agarrado ao bilhete.

O que havia acontecido?

Eu havia levado anos para me aproximar de Liliana.

E agora ela me odiava. Sim.

Mas não o tanto quanto eu me odiava.

# 33

## TREIZECI ȘI TREI

Posso ouvi-los.

Os aclamadores.

Aplaudindo.

A imagem está embaçada, e então percebo.

Há um saco plástico em volta da minha cabeça, cilhado no pescoço.

De onde ele veio?

*Respire!* Gritam os aclamadores. *Respire!* Exclamam em uníssono.

Dou um puxão no saco. Puxo o elástico que aperta meu pescoço. Olho para eles.

Não consigo respirar. Não posso obedecer ao comando deles com um saco sobre minha cabeça. Estou perdendo o ar.

Um enxame de Dacias pretos chega, cheio de agentes em casacos de couro.

*Respire!* Eles gritam das janelas dos carros. *Respire!*

— Não consigo! — Tusso.

O oceano de aclamadores se abre. Um pequeno homem vestido em um terno amarrotado se aproxima.

— Líder — suplico —, me ajude.

Ceaușescu levanta a mão direita como se fosse me abençoar, me salvar.

Então se vira de costas e corta o ar com a mão, conduzindo o coro.

Respire!... Respire!... Respire!

Acordo ofegando. Tropeço para fora do armário direto para o banheiro e vomito...

Nada.

# 34

## TREIZECI ȘI PATRU

As encruzilhadas entre realidade e pesadelo. Meu colega de classe que surtou — ele vivenciou isso, tentando escapar do sufocamento que se arrastava e apertava.

Eu não queria ser um informante.

Mas também não queria que Bunu morresse.

*Double bind.* Essa era a expressão em inglês para isso. Eu estava entre a cruz e a espada.

Luca foi até mim no dia seguinte.

— Cristian, essa briga entre nós é idiota. Vamos conversar — disse. — Você não está bem.

Olhei para ele, enojado.

— *Você* está bem? Sabe como é, não sabe, Luca?

A situação de Luca era tão ruim quanto a minha? De certa forma, eu duvidava. Ele parecia disposto, provavelmente ainda reconhecia a si mesmo no espelho e em seus pesadelos. Provavelmente não passava noites no chão do banheiro. Apesar de ainda odiar Luca por ter me colocado nessa situação, uma pequena parte de mim esperava que ele não estivesse sofrendo como eu estava.

No dia seguinte, tentei abordar Liliana na escola. Ela não olhava para mim, me evitava de propósito, como se soubesse exatamente onde eu estaria. Tentei falar com ela na rua.

— Isso é um mal-entendido. Não acabou — disse a ela —, não vou desistir.

— Desista, Cristian — respondeu.

Estrela-do-mar ouviu e aconselhou.

— Esqueça ela. Um monte de garotas fala sobre você. Existem outras opções.

Eu não queria outras opções. Queria Liliana.

— Não vou desistir — repeti a Estrela-do-mar.

— Ouviram isso? — gritei para as Repórteres. — Não vou desistir.

Perturbado? Desesperado? Vai saber o que as pessoas estavam sussurrando a meu respeito.

Mas Liliana, eu sentia que ela podia ler minha mente. Ela tinha que saber que aquilo não era verdade. Sim, eu era um informante. Mas eu não havia a delatado.

Depois de alguns dias, ela não passava mais tempo do lado de fora de casa, mas eu a procurava do mesmo jeito.

Minha família havia percebido que algo estava errado, mas não sabiam o quê. Eu não podia contar a eles — ou a ninguém — o motivo de Liliana não querer me ver. Felizmente ela não havia contado a ninguém também. Ela estava tentando proteger sua família... ou a mim? Apeguei-me a essa possibilidade.

Fiquei na varanda, esperando que ela me visse. Tentando lhe mandar mensagens por telegrafia.

Uma noite, Cici se juntou a mim. Respirou fundo, juntou seu longo cabelo preto e o amarrou em um nó.

— Olha, *Pui*, não sei qual é o problema, mas sei que aconteceu alguma coisa com Liliana... e que você está sofrendo.

Senti a tristeza sufocar minha garganta. Não conseguia falar. Só assenti.

Ela colocou a mão nas minhas costas.

— Continue tentando. Ela vale a pena. E você também.

Foi gentileza da minha irmã? Suas palavras de encorajamento para que eu perseverasse? O que quer que fosse, me atingiu. E ela percebeu. E teve a compaixão me de dar privacidade naquela varanda escura e fria, sozinho com minhas lágrimas.

Pouco depois, Bunu se aproximou. A princípio, não disse nada, só ficou ao meu lado. Só sua presença era reconfortante.

— Sua dor me inspira — disse, enfim. Olhei para ele. — Sim, me inspira. O regime rouba tanto de nós! Alguns, como seu pai, são forçados a ficar em silêncio, dormentes. Mas sentir tão profundamente, essa é a própria essência de ser humano. Você me dá esperança.

Eu precisava confessar.

Ele já sabia que eu era um informante, mas eu precisava dizer em voz alta.

— Bunu...

— Já chega por hoje. Aqui fora está mais frio que o coração da Mãe Elena. — Ele me deixou na varanda e voltou para o apartamento antes que eu pudesse dizer mais uma palavra.

Com frequência, me pego pensando naquela noite e no meu desespero para confessar. Quantos outros na Romênia estavam em suas varandas naquele mesmo momento, cutucando a cola, todos tentando...

Arrancar a fita adesiva de suas bocas.

# 35

## TREIZECI ȘI CINCI

No dia seguinte, o Camarada Diretor assentiu discretamente para mim quando passei por ele no corredor. Então, depois da aula, esperei no banheiro e segui para o apartamento. O agente se encontrava com outros informantes ali? Se eu chegasse mais cedo ou ficasse esperando, eu os veria? Ele provavelmente espaçava sua agenda. Mas talvez eu visse os moradores do apartamento. Eu os reconheceria?

Cada passo atiçava mais perguntas... e raiva.

Frustração.

Bunu. Liliana. Luca. Minha vida estava um caos.

Espiei pela fresta da porta. O agente não me viu. Não a princípio. Ele estava sentado, fumando um cigarro.

Tive um momento para analisar como Mãos de Raquete deveria ser uma criatura miserável, arruinando a vida de adolescentes e os forçando a virar espiões. O que o havia motivado a vender a própria a alma? Havia sido chantageado, assim como eu? Ou o que o levava a continuar era o fluxo contínuo de Kents e o poder frívolo de dirigir um Dacia preto? Ele não usava aliança. Não, uma garrafa de *țuică*, aguardente de ameixa, o mantinha aquecido nas noites de inverno. Como Luca lidava com esse cara? Luca era gentil, mas não era esperto. Não é de se chocar que nosso colega tenha surtado.

Mas eu não ia surtar.

Acabaria com todos eles.

Se eu entregasse meu diário ao Sr. Van Dorn, a embaixada me veria como uma testemunha da verdade e informaria que Ceaușescu está enganando todo mundo.

Assisti enquanto o agente brincava com seu maço de cigarros BT. Ele havia removido o selo do topo da embalagem e o estava enrolando em torno do mindinho. A fumaça do cigarro o envolvendo como pecados, para cima e em volta de seu pescoço.

*Enforque-o.*

— Entre e feche a porta — ordenou, finalmente percebendo minha presença. — Sente-se.

Entrei e me sentei. O caderno de cálculo no meu colo.

— Então, como estão as coisas?

— Bem — menti.

Meu arquivo, cada vez maior, estava em cima da mesa, diante do agente. O que havia nele?

— Visitou o alvo?

Assenti.

— Fui com ele até a Biblioteca Norte-Americana, como instruído.

— E o que soube?

Respirei e comecei a recitar.

— Ele lê as revistas *Rolling Stone*, *Sports Illustrated* e *Billboard*. Está entediado e sente falta de casa. Tem aulas particulares com uma pessoa que vai ao seu apartamento.

— Qual o nome dessa pessoa?

Dei de ombros.

— Ele não disse.

— Homem ou mulher? O pai dele interage com esse professor?

— Ele não disse. Ele quer ir pra casa no Natal. Gosta de uma garota...

— Qual é o nome dela? É romena?

Respirei fundo e continuei.

— Gosta de uma garota que toca guitarra em uma banda norte-americana...

— Eles namoram?

Lembrei-me de Dan fazendo piada sobre sua namorada de mentira na revista. Não resisti.

— Sim, namoram. Relacionamento a distância. É sério. Ela é mais velha e mora em Nova York.

— Os pais dele sabem?

— Não. É segredo. Um baita segredo. Ele vai para Princeton, e eles planejam ficar juntos lá.

Ele assentiu, fazendo anotações.

— O filho tem acesso a dinheiro?

— Ele nunca falou de dinheiro.
— O que ele acha de garotas romenas?
— Nunca falou sobre elas. Só fala dessa garota que toca guitarra.
— O pai dele interage com mulheres romenas?
— Não faço ideia.

Por que essas perguntas sobre mulheres? Aonde ele queria chegar?

— O que viu na Biblioteca Norte-Americana?

Fiquei feliz em responder essa pergunta.

— Vi um álbum com fotografias do Amado Líder na Disneylândia, na Califórnia. Ele e Mãe Elena estavam brincando com Mickey Mouse, se divertindo no Magic Kingdom. Fiquei surpreso... achava que a Disneylândia era invenção. É um lugar real, Camarada Major?

Mãos de Raquete olhou para mim, irritado.

— O alvo retirou ou pegou algo na Biblioteca Norte-Americana?

Essa pergunta era específica demais. Ele sabia da revista. Como?

— Sim, removeu a página de uma revista.
— Qual era o conteúdo da página.
— Um artigo sobre músicos norte-americanos. — Pensei no artigo, ainda dentro do meu armário.
— O que estava escrito no artigo?
— Só o sentimento evocado por uma música — disse eu.
— E que sentimento era esse? — perguntou impaciente.

Uma das lições de Bunu voltou à minha mente, sobre como as palavras têm poder. Parei, falando a frase que inventei lentamente.

— O sentimento... acho que era algo sobre... poder àquele que não o quer.

O agente assentiu e começou a rabiscar. Ele até me pediu para repetir. Quase dei risada. Eu, sem dúvidas, estava enlouquecendo.

— Poder àquele... que não o quer — repeti.

Ele continuou escrevendo, sem captar a ironia. Eu me mexi no assento, reposicionando meu caderno no colo, fazendo questão de deixar o logo da Steaua casualmente visível. Eu o havia desenhado no meu caderno na noite seguinte do nosso último encontro. A visão do agente se voltou para a imagem. Ele abaixou a caneta para dar uma tragada rápida no cigarro. Aproveitei a oportunidade.

— Você torce para o Steaua ou para o Dinamo?

— Steaua — disse o agente, em um tom de voz baixo.

— Eu também. O Steaua é o time mais subestimado da Europa. Mais de cem jogos, nenhuma derrota.

O agente recostou, concordando. Deu outra tragada no cigarro e voltou a brincar com anel de papel que havia feito com a embalagem.

— E não se esqueça, os outros times europeus importam e compram jogadores. Mas nosso time é real... todos são romenos — disse.

— Exatamente. Quando eu era pequeno, sonhava em ser goleiro do Steaua — menti.

O agente riu baixinho.

— Não era o sonho de todo mundo?

Seu corpo de repente retesou, voltando à postura tensa, como se tivesse sido atingido por um chicote invisível. Ele largou o anel de papel e pegou a caneta. Mas eu vi, aquela minúscula rachadura momentânea em sua armadura. Eu havia talhado um caminho e o distraído por um segundo. Era possível.

— Dan Van Dorn não gosta do nosso futebol. Gosta de futebol americano — contei a ele.

— Escreva tudo. Tudo que me contou. Assine no fim da página — instruiu.

O agente fez anotações em seus registros enquanto eu escrevia. Quando terminei, entreguei o papel assinado a ele.

— Fiquei sabendo que o pai do alvo possui uma grande mesa no apartamento — ele disse. — Preciso saber o que tem nessa mesa.

— Eu preciso de medicamentos para meu *bunu*.

O agente levantou o olhar de suas anotações. Eu o encarei, sem piscar.

— Eu disse que cuidaria disso. Descubra o que tem na mesa. Acabamos por hoje.

Assenti e saí do apartamento. Escroto.

E então pensei uma coisa. Como o Mãos de Raquete tinha ficado sabendo que Sr. Van Dorn tinha uma mesa? Havia outro informante designado aos Van Dorn?

Se sim, quem era?

## RELATÓRIO OFICIAL

Ministério do Interior                         ULTRASSECRETO
Departamento de                          [14 de novembro de 1989]
Segurança do Estado
Diretoria III, Divisão 330


Conversa com a fonte OSCAR no local de encontro próximo. OSCAR demonstrou arrogância e tentou manipular a conversa. A assinatura do relatório de hoje é diferente da anterior. OSCAR forneceu as seguintes informações sobre o alvo VAIDA:

- o filho de VAIDA possui um professor particular que trabalha com ele na residência

- o filho de VAIDA está envolvido em um relacionamento clandestino com uma musicista norte-americana

- na Biblioteca Norte-Americana, o filho de VAIDA retirou um artigo que expressava sentimentos anticomunistas de uma revista

Para informações adicionais, agora as tarefas de OSCAR são as seguintes:

- conseguir informações sobre a mesa de trabalho de VAIDA

OBSERVAÇÃO: A família de OSCAR deve ser reconhecida por sua lealdade e eficiência como uma fonte constante. Os relatos recentes informam que, enquanto estava na Biblioteca Norte-Americana, OSCAR leu revistas políticas norte-americanas. Outros relatos indicam que OSCAR está angustiado com seu relacionamento romântico com sua vizinha Liliana Pavel (17).

# 36
## TREIZECI ȘI ȘASE

Andei em meio à escuridão com tanta raiva que até os cães mantiveram distância. O frio penetrou, alguns graus abaixo de zero. Havia o cheiro familiar no ar, de neve esperando para cair.

O agente sabia sobre a artigo de revista. Luca havia me seguido para a Biblioteca Norte-Americana? Presumo que ele também trabalhava para Mãos de Raquete? Se sim, Mãos de Raquete provavelmente o havia intimidado, ameaçado. Se eu perguntasse a Luca, ele me contaria? Poderíamos fazer algum tipo de aliança?

Não, essa era uma péssima ideia. Era mais seguro ficar sozinho.

Cheguei em casa e encontrei a mulher de Boston fumando aos pés da escadaria. Uma visitante norte-americana era algo extremamente incomum. Quantos moradores teriam denunciado a mulher e suas botas vermelhas pontudas?

— *Bună seara*. — Ela assentiu para mim. Sua expressão estava desgastada, cansada.

— *Bună seara*. Como sua mãe está?

— Não demora muito agora — ela respondeu enquanto soltava a fumaça final do seu cigarro. — Mas ela está confortável. Sua irmã tem ajudado muito. Pode pedir para ela dar uma passadinha quando tiver tempo? Preciso mudar um móvel de lugar.

— Eu te ajudo.

— Ah, *mersi*. Muito obrigada.

Eu a segui degraus acima.

Um balde e um esfregão estavam do lado de fora da porta. O apartamento não tinha mais um cheiro de azedo, tinha cheiro... não sei que cheiro era aquele. Eu a ajudei a colocar o sofá ao lado da porta do quarto.

Pela porta, consegui ver uma silhueta humana na cama. Pequena e frágil. Se não fossem os cabelos brancos, poderia facilmente ser confundida com uma criança.

— Com o sofá aqui, posso ficar mais perto dela à noite.

Assenti.

— Se puder responder, como foi parar em Boston?

— Fui embora de Bucareste nos anos 1970. Harvard me ofereceu uma posição. As coisas eram mais tranquilas naquela época.

— É primeira vez que você volta? — sussurrei.

— Sim. A entrada foi complicada, mas sou casada com um norte-americano, então tenho um passaporte dos Estados Unidos agora.

Casada com um norte-americano? Ah, sim. Os moradores com certeza delataram essa mulher. As gargantas das Repórteres provavelmente estavam secas de tanto falar. Ela sabia que sua família provavelmente havia sido punida quando ela deixou a Romênia?

Um gemido veio do quarto.

— Ela quer mudar de posição de novo. Pode me ajudar?

Segui-a até o quarto. A solidão absoluta do aposento pálido era aquecida por um retrato do Papa João Paulo II. Então a Sra. Drucan era católica, não ortodoxa romena. Não importava. A maioria das pessoas rezava em silêncio, de qualquer forma. O regime perseguia muitos líderes religiosos e destruía muitas igrejas. Quando Ceaușescu demoliu o centro de Bucareste, um engenheiro corajoso salvou diversas igrejas históricas. Ele as colocou sobre trilhos e as moveu para diferentes partes da cidade. Bunu o chamava de "engenheiro do céu".

— Ela gosta que os travesseiros fiquem de um jeito específico. Se puder levantar o tronco dela um pouco, vou arrumá-los. — Ela virou para falar com a mãe. — Trouxe alguém para ajudar, mamãe.

Ajudar? Eu não tinha ideia do que estava fazendo. A Sra. Drucan parecia tão frágil! Tufos de seu cabelo branco estavam faltando. A pele sensível e rosada de seu couro cabeludo lembrava um passarinho careca.

— Minha irmã seria melhor...

— É só segurar o pescoço e a cabeça dela. Traga ela um pouco mais para a frente.

Segui as instruções, morrendo de medo de que a Sra. Drucan morresse em meus braços. Quando a coloquei de volta nos travesseiros, seu olhar veio na minha direção. Era um olhar vazio, mas ainda consciente.

— Mamãe, este é Cristian Florescu. O irmão mais novo de Cicilia.

Sorri para a mulher.

Seus olhos se fecharam lentamente e então se abriram de novo.

— Ah, um reconhecimento. É mais do que ela me deu o dia todo. Descanse, mamãe, estou aqui.

Segui a filha dela para fora do quarto. Ela remexeu em um armário, se virou e esticou a mão que segurava um maço de Kents. Olhei para ela.

— Sua hesitação me diz que você é um bom garoto.

Decidi perguntar.

— As pessoas dos Estados Unidos sabem como é a vida na Romênia? — sussurrei.

— Não. Os norte-americanos sabem pouquíssimas coisas sobre a Romênia. Ceaușescu prefere assim. E no momento, os EUA estão preocupados com a Alemanha e com a perestroika na União Soviética.

Assenti, pensando nos relatos da Radio Free Europe. Bunu disse que Ceaușescu nunca permitiria que a perestroika chegasse à Romênia.

Ela limpou a garganta e colocou o maço de Kents na minha mão rapidamente.

— Olha, talvez pareça estranho aceitar cigarros por ajudar uma mulher à beira da morte. Mas vamos ser sinceros, todo mundo aqui precisa deles. Nem consigo pensar em quantos Kents vou precisar para conseguir um certificado de óbito e uma cremação decente.

Olhei para a mulher frágil embaixo das cobertas, e as palavras de Bunu vieram à mente.

*Por favor. Posso estar morrendo, mas ainda não estou surdo, Cristian.*

A Sra. Drucan conseguia ouvir a filha? Eu esperava que não.

Ela continuou a balbuciar, e seus olhos se encheram de lágrimas.

— Não posso enterrá-la. Quero levá-la comigo. Mas me disseram que, por causa da baixa pressão de gás, cremações totais são proibidas na Romênia. O que as famílias fazem com restos meio cremados? — Ela me olhou com uma dúvida desesperada. — Cristian, de quantos Kents vou precisar para garantir que aumentem o gás? — sussurrou.

Um sopro de ar entrou pela minha boca aberta. Balancei a cabeça.

— Eu... não sei.

Ela exalou o choro e se aproximou. Olhou para mim, falando tão baixo que as palavras eram meros sopros de ar.

— As coisas estão se movimentando rápido. Tome cuidado. Haverá perigo aqui.

Seus olhos se demoraram de uma maneira que me deixou desconfortável.

— Vou deixar você e sua mãe a sós — respondi. — Avisem se precisarem de alguma coisa.

Ela assentiu, enxugando os olhos com o dorso das mãos.

Fui para a porta silenciosamente.

E deixei os Kents na mesa.

# 37

## TREIZECI ȘI ȘAPTE

Nós nos sentamos na cozinha, colados à Radio Free Europe e aos relatos de revoluções em outros países.
*Haverá perigo aqui.*
Foi o que a mulher disse. O que isso queria dizer? Eu deveria contar a Bunu?
— A Polônia e depois a Hungria! — gritou Bunu.
— Shh... muito alto — disse minha mãe.
— Agora a Alemanha Oriental. Meu deus, o Muro de Berlim está caindo! — exclamou Bunu, com a mão em cima do rádio. — Sabe o que isso significa?
— Sei, poloneses, húngaros e alemães-orientais estão fazendo revoluções, enquanto tudo que nós fazemos são piadas de Bulă — respondi.
— Só espere. Seja paciente, Cristian. Confie em mim.
Eu confiava em Bunu. Mas a mulher de Boston havia dito que os Estados Unidos estavam preocupados com a Alemanha e não sabiam muito sobre a Romênia.
— Bunu, se ninguém sabe muito sobre a Romênia, como vão saber que precisamos de ajuda?
— Pelos romenos que moram fora do país, a diáspora e os exilados, eles estão do nosso lado e vão espalhar o que está acontecendo — insistiu Bunu.
— Muito alto! Fiquem quietos — sussurrou mamãe.
Meu pai se juntou a nós mais tarde, naquela noite. Normalmente, ficava em silêncio, mas começou a fazer comentários.
Palavras soltas aqui e ali.
*Coragem. Firmeza. Luta.*
O tom e a força na voz dele me pareciam tão estranhos!
Em retrospecto, isso faz sentido.
Porque, naquele momento, eu não conhecia meu pai.
Nem um pouco.

# 38

## TREIZECI ȘI OPT

Os relatos continuavam a chegar à Romênia.

Meu pai, quase sempre ausente, de repente começou a passar mais tempo em casa.

À noite, nossa família inteira se instalava na cozinha, esperando as transmissões. Eu odiava que Bunu ainda estivesse fraco e não tivéssemos Kents, mas eu estava grato por ele ter consertado nosso rádio.

— Bunu, como sabemos que essas transmissões são verdadeiras? — perguntou Cici.

— A liberdade de imprensa é democrática — respondeu Bunu.

— Mas se a Radio Free Europe foi criada pelos norte-americanos, como podemos confiar nela? — sussurrou mamãe.

Meu pai a encarou.

— Que escolha temos, Miora?

— Podemos desligar o rádio? É estressante demais! — insistiu.

— Vai ser mais estressante ainda se não tivermos informações — disse meu avô.

— Bunu — sussurrei —, acha que o regime está ouvindo os relatos?

— É claro! Eles também precisam da informação para criar estratégias.

Os acontecimentos e relatos criaram uma intensa movimentação. Nos dias seguintes, Bunu recebeu um fluxo contínuo de visitantes e colegas que pareciam muito preocupados com sua saúde. As notícias sobre a revolução e as conversas com os amigos fortaleciam meu avô, mas enfureciam minha mãe. Eu não conseguia entender o porquê.

— Bunu, por que mamãe está tão brava? — perguntei.

Ele respondeu balançando a cabeça e com uma só palavra.

— Medo.

# 39

## TREIZECI ȘI NOUĂ

O gélido ar da noite mordiscava minha pele. Uma lua cheia iluminava a rua.

Fiquei parado, escondido sob as sombras na nossa varanda. O agente da Secu que vivia no andar abaixo remexia em suas caixas. Espiei pelas grades. O agente levantou uma lona e retirou algo de um caixote. Uma garrafa de conhaque? Interessante, achava que parecia mais o tipo que bebe vodca. Talvez tivesse um encontro. Esperei, observando a rua. O agente surgiu vestindo seu longo casaco escuro e andou a passos largos em direção a seu Dacia preto.

E então a vi.

Liliana caminhava pela calçada com o irmão.

Encolhi-me nas sombras, observando. De repente, ela parou e virou, olhando para o outro lado da rua. As pontas do seu cachecol roxo esvoaçaram com o vento. Ela estava procurando por mim — ou estava procurando pelo agente? Havia vozes nos meus dois ombros.

*Você não quer Liliana.*

*Mentiroso. Você a quer mais do que nunca.*

*Fique com raiva. Fique com raiva dela.*

*Isso é besteira. Você está apaixonado por ela.*

Rapidamente, voltei para dentro do apartamento.

O murmúrio baixo do nosso rádio chilreava com as notícias. Bunu tremia. Coloquei um tijolo no forno para botar dentro de seu cobertor e aquecê-lo. E então fui escutar ao lado de Cici.

*Estados independentes, antes aliados à União Soviética, estão se libertando do comunismo rapidamente. Ainda não tivemos uma reação de outros aliados do Bloco do Leste, como Cuba, China ou Coreia do Norte.*

Balancei a cabeça. A Polônia, a Hungria e até a Alemanha Oriental, todos haviam marchado em direção à liberdade.

— E a Romênia? Vamos ficar pra trás — lamentei. — Todos esses países serão livres, e nós vamos ficar pra trás.

— Não — sussurrou Cici, colocando o braço ao meu redor —, a Tchecoslováquia e a Bulgária não estão livres.

Verdade. Não estávamos completamente sozinhos.

Será que só parecia?

# 40

## PATRUZECI

A Tchecoslováquia foi a próxima.
Dia 17 de novembro. O começo do fim.
A Revolução de Veludo, é assim que chamariam.

A Tchecoslováquia havia suportado 41 anos sob o regime de um único partido.

Quase meio século sob o comunismo.

E agora estava desmoronando.

# 41

## PATRUZECI ȘI UNU

Bulgária.
Nosso vizinho na fronteira do sul.

Seu líder há 35 anos havia forçado a minoria turca do país a assumir nomes búlgaros. Ele não era popular. Nem mesmo o secretário-geral da União Soviética aprovava o líder da Bulgária.

O país começou a... expurgá-lo do poder.

# 42

## PATRUZECI ȘI DOI

Polônia.
Hungria.
Alemanha Oriental.
Tchecoslováquia.
Bulgária.
O regime comunista de todos esses países havia caído.
— Será complicado na Iugoslávia — disse Bunu. — Precisam coordenar as seis repúblicas. Houve conflitos desde a morte de Tito.
Se seria complicado na Iugoslávia, o que isso significava? Que a Romênia seria o último pilar sustentando a Cortina de Ferro? Estremeci no meu armário, escrevendo no meu diário.

```
CONSEGUE ME SENTIR?
ESQUENTANDO UM TIJOLO
PARA AQUECER MEU SONO
DEVANEANDO SONHOS
À PROCURA DE MIM MESMO,
À PROCURA DE UMA CONSCIÊNCIA,
DE UM PAÍS.
```

No fim daquela semana, Estrela-do-mar apareceu com suas botas pretas e uma jaqueta de camurça novinha. Ele me chamou de lado na rua.
— Casaco legal. Onde conseguiu? — perguntei.
— Esquece o casaco. Ficou sabendo? Nadia Comăneci desertou. Ela caminhou pela floresta, chegou à fronteira com a Hungria e pediu asilo.

— O quê? — A estrela da ginástica olímpica romena, Nadia Comăneci, havia desertado? — Onde ouviu isso? — perguntei.

— Na Tass, a agência de notícias soviética. Tenho contatos — explicou Estrela-do-mar. — As notícias sobre isso foram censuradas aqui.

As notícias *eram* censuradas. Mas logo ouvimos a respeito no Voice of America.

Nadia Comăneci havia chegado... aos Estados Unidos.

Uma das maiores celebridades da Romênia não tinha acesso a passaporte, a privacidade ou a liberdade. É claro que não. Ela era considerada propriedade da Romênia e do Estado. Até agora.

A atenção internacional que Nadia estava recebendo provavelmente enfurecia Mãe Elena. Afinal, só havia espaço para um herói na Romênia.

Ele.

Eu comecei a caminhada lenta até a entrada cinza do bloco de apartamentos. O Sr. Van Dorn havia ajudado Nadia? Quantos outros tentavam fugir correndo na neve em direção à fronteira com a Hungria? Se as celebridades da Romênia estavam sofrendo, o mundo finalmente entenderia o apuro em que o povo romeno se encontrava?

Não. É claro que não.

Como podíamos esperar que os outros sentissem nossa dor ou que ouvissem nossos gritos de socorro quando tudo que fazíamos era sussurrar?

# 43
# PATRUZECI ȘI TREI

Eu queria liberdade. Queria que a Romênia revidasse. Enchi meu diário com declarações, listas e informações sobre nosso país, pedidos de ajuda que eu esperava que o Sr. Van Dorn compartilhasse com outros. Criei uma seção chamada *Gânduri* — Pensamentos —, que continha reflexões como esta:

**Paraíso:** *Se o comunismo é o Paraíso, por que precisamos de barreiras, muros e leis para impedir que as pessoas escapem?*

Passei as mãos pelo cabelo, pensando. Provavelmente existiam regras. Regras que impediam que diplomatas aceitassem conscientemente algo controverso. Eu precisava dar um jeito de contornar a situação, garantir que o Sr. Van Dorn não conseguisse recusar o diário. Pensar em maneiras de encorajá-lo a compartilhar a informação com outras pessoas.

E se o diário simplesmente aparecesse? O autor, anônimo?

Respirei fundo e escrevi na capa:

**SUSSURROS RETUMBANTES**
**UM ADOLESCENTE ROMENO EM BUCARESTE**

**AUTOR ANÔNIMO**

Calafrios percorreram minha nuca. Era um salto sem rede. Suicídio, alguns diriam.

Mas eu tinha que tentar. E como diz o ditado, é melhor morrer de pé do que viver de joelhos.

## 44

## PATRUZECI ȘI PATRU

Na vez seguinte que encontrei com Dan em seu apartamento para irmos à biblioteca, eu estava preparado. Usaria a tarefa que Mãos de Raquete havia me dado em benefício próprio. Não só espionei a mesa de Van Dorn como, ao terminar, havia decidido exatamente onde deixaria meu diário.

— Como estão as redações para a faculdade? — perguntei a Dan enquanto caminhávamos para a biblioteca.

— Bem — ele disse —, meu pai disse que, com os recentes eventos na Europa Oriental, elas serão apreciadas.

Hmm. Meu diário também seria apreciado?

— Vai pra casa no Natal? — perguntei.

— Eu e minha mãe vamos, mas meu pai precisa ficar. Punch Green está chegando aqui. Ele é o novo embaixador dos EUA. A embaixada está sem um embaixador há seis meses, então meu pai tem que estar lá para a transição.

Um novo embaixador. Interessante.

A Biblioteca Norte-Americana fervilhava. Os leitores estavam reunindo informações da imprensa estrangeira? Ou reunindo coragem? Talvez os dois.

Enquanto Dan pegava suas revistas musicais, voltei para o setor de periódicos de notícias mundiais. A nova edição da *TIME* mostrava jovens da Alemanha Oriental e Ocidental juntos em cima do Muro de Berlim. O título em negrito dizia só uma palavra:

**LIBERDADE**

Fiquei parado, encarando as nove letras enquanto um nó do tamanho de um punho se formava na minha garganta. Meia dúzia de regimes havia caído sucessivamente, mas a Romênia continuava intacta. Por quê?

O mundo havia se esquecido de nós? Ou Ceaușescu havia construído uma barreira engenhosa de comunismo que era impenetrável tanto de dentro quanto de fora?

Ele havia nos roubado de nós mesmos, para si próprio. Ele havia destruído a alma da Romênia e desfigurado um belo país em uma paisagem apocalíptica de perda. Meu diário contava a história verdadeira. Mas o Sr. Van Dorn faria algo a respeito?

— Você está bem? — perguntou Dan quando deixamos a biblioteca.

Dei de ombros.

— É, imagino que seja difícil ver o progresso dos outros países enquanto as coisas continuam iguais aqui. Sinto muito por isso.

Assenti e tirei o artigo dobrado de Springsteen do meu bolso. Entreguei a ele.

— Melhor eu te devolver isso. Se me pegarem com ele, é capaz de causar mais problemas do que o dólar que me deu.

— Que dólar? — perguntou Dan.

— O dólar norte-americano que colocou no meu álbum de selos — sussurrei.

— O quê? — Ele olhou para mim, confuso — Eu nunca coloquei um dólar no seu álbum de selos. Se não quiser o artigo, jogue ele fora.

Eu o queria. Ainda tinha esperança de entregá-lo a Liliana. Guardei o papel no meu bolso, tentando parecer calmo. Despedimo-nos e concordamos em nos encontrar novamente no sábado seguinte. E então fiquei lá, as mãos em punho, enquanto Dan desaparecia na escuridão. A raiva queimava, acesa dentro de mim.

Aquele dólar norte-americano havia levado a Securitate até mim.

Havia dado a eles poder para me recrutar como informante e me imergir em uma miséria moral.

Havia destruído minha consciência.

Havia destruído meu relacionamento com Liliana.

Mas se Dan não havia colocado o dólar no álbum de selos...

Quem foi?

# 45
# PATRUZECI ȘI CINCI

Flashes laranjas. Eu os avistei enquanto me aproximava do nosso prédio. Velas cônicas queimavam em vasos de barro, brilhando na escuridão. Uma cruz de madeira de quase 2 metros, retirada da igreja mais próxima, estava inclinada contra a entrada de nosso prédio. Era a tradição para quando alguém falecia.

Ao menos a Sra. Drucan não havia sofrido por muito tempo. Sua filha provavelmente já havia feito as malas para voltar a Boston. O comentário dela ainda me aterrorizava.

*De quantos Kents vou precisar para garantir que aumentem o gás?*

Afastei o pensamento.

As Repórteres não estavam em seu poleiro. Passei por Mirel, parado no seu lugar de sempre perto do prédio. Assenti para ele.

— Sinto muito — ele disse.

Dei de ombros. Sentia muito pelo quê?

Meus pés congelaram.

As velas. A cruz.

Não.

Bunu?

Corri para dentro e pelas escadas. Meu pai esperava do lado de fora do apartamento.

— Entre. Agora. Estou esperando pela Cici.

— Mas...

— Eu disse para entrar.

Seu tom de voz não era como o de alguém que havia acabado de perder o pai. Era nervoso, urgente.

Mamãe estava sentada à mesa, a sombra de uma figura fina como um palito embaixo de um feixe de luz turvo, fumando um maço de Kent aberto.

Sua mão magra tremia. A ponta do cigarro brilhava quando ela o colocava na boca. Usávamos os Kents para trocas. Não os fumávamos.

— Mamãe? — Olhei para a cozinha, na direção do sofá esguio de Bunu. Vazio.

— Vem aqui, Cristian.

— Mamãe, cadê o Bunu?

— Vem aqui, por favor.

Um arrepio de medo revirou meu estômago. E me aproximei da mesa devagar.

— Quando cheguei do trabalho — sussurrou —, encontrei seu avô. — O cigarro aceso em sua mão começou a vibrar. — Colocamos ele... no quarto. — Ela colocou o cigarro trêmulo no bocal do cinzeiro e estendeu a mão. Ajudei minha mãe a levantar e então a segui em direção à porta fechada. Ela respirou fundo, girou a maçaneta e abriu a porta.

E então virou de costas.

Bunu estava deitado na cama. Mas não era Bunu. A vida o havia deixado, e no lugar estava um cadáver de cera — uma folha murcha que desidratara. A pele cinza de Bunu repuxava sobre as maçãs do rosto angulares e esqueléticas. Seus olhos encaravam o vazio e sua boca estava bem aberta, como se estivesse num constante grito silencioso, ofegante por liberdade.

Meu peito subiu e desceu, arquejando.

— Bunu... não. Ele estava se sentindo melhor. — Encarei o cadáver do meu avô e me dei conta.

— Mamãe...

Ela se virou para mim, balançou a cabeça e colocou um dedo na frente dos lábios.

Eu me aproximei mais um passo da cama.

As mãos de Bunu pareciam com pássaros mortos. Suas cores eram de um roxo tão escuro que chegavam a ser quase pretas. Os ossos acima de suas palmas estavam quebrados, esmagados.

Mamãe retirou o cobertor que cobria suas pernas. Uma onda de náusea passou por mim. Os pés descalços de Bunu haviam sido golpeados a ponto de não ser mais possível reconhecê-los.

— O peito. Está igual. Todas as costelas quebradas — sussurrou no meu ouvido —, o espancaram até a morte.

Meu corpo congelou instantaneamente. Uma onda de choque e fúria. Fiquei tremendo ao lado da cama e senti meu corpo desabar no chão. Quem fez isso? Quem espancaria um idoso com tanta crueldade? E por quê? Meu Deus, a leucemia não era suficiente?

Bunu. Meu avô, meu professor, minha inspiração.

Meu herói.

Como eu poderia viver sem ele?

Minha mãe se ajoelhou. Colocou a mão sobre meu ombro.

— Isso — sussurrou — é o que aconteceu com os filósofos.

# 46

# PATRUZECI ȘI ȘASE

Dor. Raiva. Um vazio que ganha forma como se fosse uma entidade vivendo dentro de você. Cava, cria raízes e se instala. E, de certa forma, você sabe que, mesmo que ele rasteje para fora, não haverá alívio. Se ele o deixar, não haverá nada além de restos danificados, como o interior de uma casa incendiada.

O que eu fiz de errado?

Eu era responsável de alguma forma? Eu poderia ter protegido meu bunu?

Procurei por respostas.

Durante três dias, Bunu permaneceu em um caixão de madeira rústica em cima da mesa de jantar da nossa sala de estar. A tradicional vela acesa foi posicionada acima da sua cabeça, para ajudá-lo a encontrar seu caminho. Tecidos pretos foram pendurados na frente dos espelhos e superfícies brilhantes de nosso apartamento, para garantir que o espírito de Bunu não se perdesse ou ficasse preso em um reflexo. As portas permaneceram abertas para permitir que ele saísse quando desejasse.

Havia um espelhinho em meu armário. Não o cobri, egoisticamente esperando capturar Bunu e mantê-lo comigo.

Enquanto o regime nos colocava uns contra os outros, a morte nos aproximava. Os vizinhos enfileiraram cadeiras no corredor do quarto andar do nosso bloco. Juntaram o que podiam ceder de comida e bebida para todos compartilharem. As Repórteres ficaram por perto, enroladas em lenços e véus tradicionais, escondendo segredos e faces paralisadas.

Apesar de não ter interesse em socializar, queria ficar perto de Bunu. Esperava que a proximidade me trouxesse clareza.

Quantos agentes estiveram no apartamento? Quantos estavam envolvidos em sua morte? Mãos de Raquete era um deles? Bunu sabia que eles estavam vindo?

Passei noites sentado ao seu lado, recitando mentalmente minhas falas em nossas conversas

*Tornei-me um informante para conseguir medicamentos para você. E agora, Bunu?*
*Vou entregar meu diário a um diplomata dos EUA. Como devo descrever o que fizeram com você?*
*Dan não colocou o dólar no nosso álbum de selos. Então quem foi?*
E, é claro, compartilhei piadas.
*Bunu, sabe por que a Romênia vai sobreviver ao fim do mundo? Porque está cinquenta anos atrasada!*
Ele me ouvia. Eu tinha certeza. Bunu estava olhando pelo resto de nossa família também?
O luto deixou Cici irreconhecível. Ela não conseguia falar. Não conseguia olhar para Bunu. Enquanto os vizinhos entravam no apartamento, Cici permanecia alheia, desolada ao lado de sua máquina de costura. O parceiro de xadrez de Bunu, o senhor idoso da fila matinal, apareceu na segunda tarde.
— A mensagem que pediu que eu passasse a Bunu — perguntei —, o que significava?
Ele encarou os dedos, refletindo.
— Quer saber? Quero tomar um ar fresco. Vamos lá fora — respondeu.
Eu o segui escada abaixo. Passamos pela grande cruz na porta e fomos em direção à calçada. Ele tirou a ponta de um cigarro do bolso e a acendeu enquanto caminhávamos.
— Seu avô era um homem incrível. Inteligente, ativo, com um grande senso de justiça. Mas seus pensamentos e ideias o rotularam como dissidente. Você sabe disso, é claro.
Dissidente. Um manifestante. Um opositor. Alguém que contesta a política estabelecida.
— Bunu mantinha seus pensamentos dentro da família. Ele dizia que não existem confidentes.
— Não. Os pensamentos dele não eram tão privados como fizeram você acreditar — disse ele, exalando fumaça. — E agora devo te alertar. As dificuldades da sua família irão se estender além da morte do seu avô. O monitoramento e as reuniões devem continuar.
— Reuniões?
— Seu avô foi chamado para o quartel-general da Securitate diversas vezes.
Parei e encarei o homem. Não. Como eu não sabia disso?

— Sim. E durante as entrevistas com os agentes... — Ele olhou diretamente para mim. — Ele bebia muito café. Não cometa o mesmo erro. Entendeu?

Eu não entendia.

Bunu me contava tudo. Compartilhava suas opiniões e se recusava a sussurrar. Por que não me contou que havia sido convocado para os quartéis da Secu? E se a Securitate considerava Bunu um dissidente, por que me recrutariam como um informante?

— O café — sussurrou o senhor, tão baixo que eu mal conseguia ouvir —, suspeito que continha veneno radioativo.

Virei para ele na calçada, minha mente acelerada.

Eles envenenaram Bunu. O veneno causava sintomas que simulavam a leucemia. Era uma maneira silenciosa de se livrar de alguém. Mamãe não estava brava com Bunu por estar doente, mas por ser um dissidente.

— Está me dizendo que eles o envenenaram. Uma hora, isso o teria matado. Então por que precisaram espancá-lo? — perguntei ao homem.

— Para impedir o progresso, fazer dele um exemplo, uma declaração. Não percebe? Se fazem isso com um idoso, o que farão com jovens estudantes esperançosos que querem surfar na onda da revolução?

O que fariam com um jovem estudante? A possibilidade não me assustava.

Eu estava mais inspirado do que nunca.

E agora? Eu não tinha nada a perder.

# 47

# PATRUZECI ŞI ŞAPTE

Alex Pavel chegou ao apartamento com dois crisântemos. O ritual fúnebre de entregar flores em números pares me intrigava. As floriculturas só vendiam buquês com números ímpares de flores, dizendo que os números pares eram reservados para funerais. Mas um número ímpar não seria mais apropriado para um funeral? Para significar que alguém está "faltando"?

Luca e sua mãe trouxeram *coliva*, um mingau temperado feito de trigo cozido moldado em formato de bolo. O deles estava decorado com uma cruz.

Alex foi com as flores na direção de Cici. Quando ele se moveu, eu a vi.

Liliana.

No meu apartamento, o cabelo escondendo os olhos.

Em vez de ficar feliz ao vê-la, senti raiva. Minha reação não fazia sentido. Naquele momento, nada fazia sentido. Afastei o olhar, subitamente nervoso. Por que ela estava aqui? Ela não podia nem me ver, mas queria parecer educada? Era isso? Ou sua mãe havia a forçado a vir e simplesmente ficar encostada em um canto?

Mas ela não ficou no canto. Ela cumprimentou meus pais e Cici. E então, pelo canto do olho, a vi caminhando em minha direção.

Senti quando ela se sentou ao meu lado. Uma chama dolorosa acendeu dentro de mim. Respirei e virei para ela.

— Por que está aqui? — sussurrei.

Ela olhou para mim e levantou um ombro.

— Eu... não sei — sussurrou —, mas eu queria vir.

Sua resposta era tão genuína... e genuinamente confusa! Eu não sabia como responder.

Ficamos lado a lado, olhando para Bunu. Eu não a queria ali, mas de repente não queria que ela fosse embora. Ela reparou nas luvas em suas mãos? Geralmente, moedas são depositadas nas mãos dos falecidos para que eles possam pagar os pedágios no caminho. Cici ficou tão perturbada pela aparência das mãos de Bunu que costurou finas luvas cor de pele para ele vestir.

— Eu sinto muito, Cristian — sussurrou Liliana. Ela se aproximou. Tanto que nossos braços se encostaram. Tanto que era distrativo.

Ela sentia muito. Isso queria dizer que sentia muito por Bunu? Sentia muito por me acusar de ser um informante? Ou sentia muito por não estarmos mais juntos?

Assenti, mas não disse nada.

Liliana estava muito perto de mim naquela sala lotada. Inspirei, tentando lidar com a sensação de calor inundando meu corpo. Engoli em seco e me levantei, torcendo desesperadamente para que ela pegasse minha mão. Se ela pegasse minha mão, eu colocaria meus braços ao seu redor. Eu queria colocar meus braços ao redor dela.

— Lili, vamos — disse Alex. Ele se enfiou no meio de nós.

Encarei-o, lembrando-me da nossa última interação. Eu não me arrependia, e ele claramente também não. Ele ainda parecia querer me socar. Uma parte de mim torcia para que ele o fizesse.

Um toque suave passou pela minha mão.

— Tchau, Cristian — disse Liliana.

E então ela partiu.

Luca se aproximou alguns minutos depois.

— Ei, posso falar com você?

— Não.

— Qual é, Cristian. Por favor.

Saímos do espaço apertado e fomos para o corredor escuro. Luca pegou duas cadeiras de madeira.

— *Tá* muito cheio aqui.

Ele carregou as duas cadeiras até o terceiro andar e tentou puxar conversa.

— Não estou no clima pra conversa, Luca.

— Você está há semanas com esse humor. Tentei te dar espaço. Mas a gente precisa resolver isso. Devo deixar você me socar de novo? Se esse é o preço, eu deixo.

— Você não me deixou te socar.

— Deixei, sim. Sabe que não gosto de brigas. E também sabe que sou justo. Mas você é tão calado! — Sua voz se tornou um sussurro. — Eu não fazia ideia de que você gostava da Liliana. Se tivesse me dito, eu nunca teria tentado.

Virei para Luca.

— Nunca teria tentado o quê?

— Sair com ela.

— Tem saído com Liliana?

— Não recentemente — disse Luca —, mas ela é inteligente, e eu gostava dela. Ela mora no meu prédio, então eu estava tentando conhecê-la.

Olhei para Luca, criando uma linha do tempo mental.

— Estava tentando se aproximar da Liliana?

— Sim, e você ficou bravo por isso.

Isso era algum tipo de piada de mau gosto? Meu melhor amigo me entrega para a Securitate *e* tenta roubar minha namorada?

— Olha, Cristian, não tem com o que você se preocupar. Da última vez que eu a vi, ela disse que só queria sair com você. Fiquei desapontado, mas você é meu amigo. Só queria que tivesse me contado.

— Você ficou desapontado? Tão desapontado que foi correndo para um agente da Secu e a delatou? Ela acha que fui eu, babaca.

O rosto gentil de Luca se contraiu de raiva.

— *Du-te dracu*. — Ele se levantou, chutando a cadeira para trás. — Quer saber, Cristi? Vai para o inferno — murmurou e desceu as escadas.

Meus punhos se fecharam. O agente, Luca, Liliana, e agora Bunu. Ir para o inferno? Eu já estava lá? E não havia saída. Haveria correntes nos meus tornozelos pelo resto da minha vida. Peguei a cadeira de madeira em que Luca se sentara e a lancei contra a parede, quebrando-a em pedaços.

A porta de um apartamento se abriu. A mulher de Boston correu até mim e segurou meus braços.

— Pare — ela ordenou. — Respire.

Eu não conseguia respirar havia semanas.

— Respire, Cristian — sussurrou ela.

— Você não entende. Eu não consigo. — Minha voz ficou presa na garganta. — Não consigo, não consigo, não consigo — as palavras jorravam da minha boca enquanto lágrimas brotavam e escorreram pelo meu rosto. — Não consigo!

Deslizei pela parede fria de cimento do corredor, chorando.

— Não consigo.

Ela ajoelhou e me segurou pelos ombros.

— Consegue, sim. — Ela se inclinou para sussurrar. — Me escute. Você está bem. Você... está bem. O regime é doente, não você, ok? Nunca se esqueça disso.

Eu não me esqueci.
Nunca.
E espero que ninguém se esqueça.

## RELATÓRIO DO INFORMANTE
### [5 de dezembro de 1989]

Liliana Pavel (17), residente do setor 3, no bairro de Salajan. Foi observada na escadaria terça-feira à noite. Pavel deixou o apartamento da família de Florescu com seu irmão, Alex Pavel (21). Liliana começou a chorar e discutir com seu irmão. O choro e a discussão se intensificaram. Liliana insistiu para seu irmão que Cristian (Florescu) era diferente, que ninguém conseguiria entender, e para deixá-la em paz. Alex Pavel, então, foi embora.

Pouco tempo depois, Cristian Florescu (17) deixou o apartamento e começou uma conversa particular com Luca Oprea (17), a respeito da descoberta do relacionamento mútuo com Liliana Pavel. Sem o conhecimento dos dois, Liliana Pavel permanecia escondida na escadaria, escutando. A conversa se transformou em uma discussão em que Florescu acusou Oprea de delatar Pavel.

Liliana fugiu da escadaria pouco antes de Oprea partir. Em um ataque de raiva, Florescu danificou propriedade do Partido.

Enquanto Florescu quebrava uma cadeira, o alvo BARBARA apareceu no corredor e falou (algo indecifrável) para Florescu na tentativa de acalmá-lo.

# 48

# PATRUZECI ȘI OPT

Um pêndulo humano.
Era assim que eu me sentia. Oscilando entre medo, tristeza, confusão e raiva.

Depois de três noites de visitas fúnebres, a atmosfera no apartamento parecia mais sombria que a escadaria. A luz entre as paredes se transformou em um anêmico tom de cinza azulado. Meus pais só conversavam no quarto a portas fechadas. Meias-luas escuras apareceram embaixo dos olhos de Cici.

— Estou apavorada — ela sussurrou. — Vai ser horrível, *Pui*. Bunu devia estar envolvido em algo perigoso.

— Tipo o quê? — perguntei. — Apoiar uma revolução?

— Shh... Não sei, mas o que quer que fosse, queriam que ele parasse. E agora vão começar a arrastar a gente para os quartéis da Secu para sermos interrogados. Precisamos de um plano. Talvez apareçam no meu trabalho. E se forem à sua escola?

Olhei para sua expressão amedrontada. Ah, se ela soubesse!

— Nós simplesmente contaremos a verdade, Cici. Que não sabemos de nada.

— Mas isso pode não acabar nunca. Mamãe está piorando a cada dia. Ela é como uma casca vazia.

Cici tinha razão. Nossa mãe estava se tornando mais reclusa. As linhas de expressão em sua testa estavam mais profundas. Ela andava de um lado para o outro no apartamento, murmurando, esfregando as mãos, conferindo se não havia escutas nas molduras das janelas.

Naquela noite, sentei-me nos tapetes do meu armário, inclinado contra a parede. Eu havia mantido minha parte do acordo. Dei a Mãos de Raquete o que ele havia pedido. No que eu havia errado? Eu terminaria o diário e o entregaria ao Sr. Van Dorn assim que possível. Essa estratégia havia funcionado antes.

No ano anterior, uma professora e escritora romena chamada Doina Cornea avistou um carro com uma placa estrangeira. Ela entregou uma boneca ao motorista, pedindo que ele a levasse quando deixasse a Romênia. Escondida dentro da cabeça da boneca, escrita com uma letrinha minúscula em um papel de cigarro, estava uma carta aberta a Ceaușescu. A carta foi enviada a Munique e transmitida na Radio Free Europa. Os sentimentos dela ecoavam o de muitos romenos que não podiam dizê-los em voz alta. Eu queria fazer algo parecido — dar uma voz ao nosso país.

— Ela é louca de se arriscar desse jeito — insistira minha mãe.

— Não é louca. É brilhante — disse Bunu. — Somos punidos por nossa sanidade.

Acendi minha lanterna para adicionar "punidos por nossa sanidade" ao meu diário. Quando posicionei a lanterna, algo se agitou na luz. Um pequeno pedaço de papel estava preso dentro da moldura da porta. Há quanto tempo estava lá?

Peguei o bilhete e abri. Linhas da caligrafia trêmula de Bunu preenchiam o pequeno pedaço de papel.

> SEI QUE ESTÁ CONFUSO.
> CONTINUE QUIETO, FORA DE VISTA.
> LOGO AS COISAS FICARÃO CLARAS. ESCUTE A RADIO FREE EUROPE.
> LEMBRE-SE...
> SEJA PACIENTE. SEJA SÁBIO. SEMPRE BUSQUE DENTRO DE SI MESMO.
> COMO DISSE SÓCRATES, A VIDA NÃO EXAMINADA NÃO VALE A PENA SER VIVIDA.
> TENHO ORGULHO DE VOCÊ.
>
> ~ BUNU

Encarei o bilhete na minha mão trêmula.

Apesar de tudo, ele entendia. Ele não me julgava. Ele tinha orgulho de mim. Lágrimas encheram meus olhos. Não tentei impedi-las. *A vida não examinada não vale a pena ser vivida*. O diário era minha maneira de buscar dentro de mim mesmo, examinar a vida e fazer perguntas que eu não podia fazer em voz alta. Inspirei e li o bilhete novamente.

*Escute a Radio Free Europe*. É o que dizia.

Não dizia *Escutaremos a Radio Free Europe*.

Eu. Sozinho. Era uma instrução.

Eu tinha minha resposta.

Bunu sabia que viriam atrás dele.

# 49
# PATRUZECI ȘI NOUĂ

O peso intrigante da ausência. Quando uma batata é retirada do saco, o peso total diminui, tornando-o mais fácil de carregar. Mas a falta de Bunu criava o efeito contrário. A atmosfera no apartamento estava mais pesada, mais densa. Cici estava irritadiça, passando batom e fazendo alterações nas suas roupas constantemente, como se isso pudesse mudar a situação.

— Você está bem, *Pui*? — perguntava ela, com frequência.

Nenhum de nós estava bem.

Mamãe orbitava um estado de agitação perpétuo, murmurando para si mesma e colocando a mão no cabelo, para ter certeza de que ele ainda estava lá. Meu pai perambulava como um fantasma de ferro. Seu luto era silencioso e dormente, como Bunu havia dito. Quando vinha para casa, costumava ir direto para a cama. Mas uma noite, juntou-se a mim na varanda.

Ficamos lado a lado, assistindo a neve cair. Vários minutos passaram. Ele limpou a garganta.

— Uma idosa está em um sono pesado quando escuta uma batida na porta.

*Quem é?*, ela sussurra, assustada.

*É a morte,* a voz responde.

*Ah, que bom. Pensei que fosse a Securitate.*

Viro para o meu pai, impressionado.

— Nada mal.

— Seu *bunu* não as inventou sozinho, sabia. — Meu pai sorriu.

— Sério?

— Qual é, costumávamos contar piadas o tempo todo quando você era mais novo.

— É. Acho que me esqueci disso.

O que mais eu havia esquecido?

Eu não havia esquecido do diário que daria ao Sr. Van Dorn. Era uma distração bem-vinda. Eu havia começado a escrever uma carta e fiz vários rascunhos. Quando senti que estava pronta, arranquei os rascunhos e reescrevi a carta bem na última página.

Se eu deixasse o diário em sua mesa, o Sr. Van Dorn pensaria que alguém o esquecera ali acidentalmente? Decidi embrulhá-lo como um presente e escrever o nome dele. Eu não tinha papel de embrulho, então usei páginas do *Cutezătorii*, o almanaque adolescente romeno. Folheei meu almanaque, escolhendo quais páginas usar. O primeiro segmento era sempre sobre Ceaușescu, então eu e Luca líamos o almanaque de trás para a frente, começando com os quadrinhos e as palavras cruzadas.

Escolhi dois fragmentos para o embrulho:

A capa, pois o título do almanaque adolescente, *Cutezătorii*, significava "Os Corajosos".

Também escolhi uma página que mostrava Ceaușescu e um artigo com o título "Romênia: o país do trabalho criativo".

Sim, o plano de Ceaușescu era criativo. Mas o meu também era.

Abri a caixa de costura de Cici, procurando por um cordão para amarrar o pacote. Vasculhei por botões, alfinetes, catálogos da Neckermann, e, bem no fundo, achei um punhado de moedas, um pedaço de fita e um molho de chaves. Peguei a fita e prendi as páginas em volta do diário. Sem dúvida parecia com um presente e, como estávamos no meio de dezembro, provavelmente seria confundido com um.

O presente da verdade. É assim que Bunu o teria chamado.

E então eu estava finalmente preparado.

Ou era o que eu pensava.

Tudo mudou no momento em que coloquei aquele livro embrulhado na minha mochila. Meu coração disparou de um bloco de largada invisível. Eu comecei a suar. Profusamente.

Eu nunca havia tirado o diário do meu armário. Ele vivia embaixo do meu colchão de tapetes, no buraco do piso de vinil. Mas naquele sábado, ele ficaria na minha mochila durante todo o período escolar até que eu me encontrasse com Dan para irmos à biblioteca. Mãos de Raquete não havia me convocado recentemente. E se o agente escolhesse o dia de hoje para uma visita? Eu havia sido tão confiante, um grande ator. Mas agora era como se o diário tivesse um batimento cardíaco próprio dentro da minha mochila. Se o agente não percebesse isso, com certeza notaria a veia que pulsava ferozmente na minha testa.

Mas eu havia chegado até ali. Era tarde demais para mudar de ideia. E eu não tinha essa intenção.

Ajustei a alça da minha mochila.

E saí do apartamento.

# 50
## CINCIZECI

Consegui chegar à escola.
No caminho para a sala, vi Liliana andando com um grupo de garotas usando avental azul-marinho no fim do corredor. As garotas estavam aconchegadas para conversar, mas o rosto de Liliana de repente se virou.

Na minha direção.

O cabelo dela estava preso pela faixa branca do uniforme escolar, mas a franja cobria seus olhos. Eu não sabia onde seu olhar pousara. Ela estava olhando para mim?

Ou para minha mochila.

A mochila que carregava a bomba.

Então me virei e fui para a sala.

Na aula de cálculo, me lembrei com empatia de meu colega de classe que havia surtado. Imaginei a mim mesmo pulando da cadeira e gritando.

*Sou um informante! Tem uma bomba na minha mochila!*

*Meu avô está morto! Ele era um dissidente e meu herói!*

*Meu coração está destroçado. Estou apaixonado por Liliana Pavel.*

Em retrospecto, eu devia ter dito tudo. Deixado fluir.

Mas, em vez disso, não disse nada.

Quando a aula acabou, me levantei, deixando marcas de palmas suadas em minha calça azul.

O Camarada Diretor não estava no corredor. O Agente havia encerrado seus negócios comigo agora que Bunu havia partido?

Eu ainda tinha coisas a resolver com ele. Sua participação em meu diário era proeminente.

Luca estava esperando do lado de fora do prédio da escola. Eu o evitei e me apressei.

No trajeto até o apartamento de Dan, repassei mentalmente meu plano. Dan normalmente deixava a sala de estar para buscar seu casaco. Esse seria o momento em que eu deixaria o diário. Mas eu precisava de um plano alternativo. E se seus pais estivessem em casa? Minha última opção seria pedir para usar o banheiro e deixar o pacote na sala de TV quando ninguém estivesse olhando.

Minha consciência me enviou lembretes indesejados:

Escrever coisas negativas sobre a Romênia era ilegal.

Dar itens a estrangeiros era ilegal.

Desafiar a Securitate era ilegal.

E, naquele momento, tudo em minha vida...

Era ilegal.

Se eu estava assustado? Apavorado.

Mas desci do ônibus.

Respirei fundo.

E fui direto para o apartamento de Dan.

Suando.

# 51

## CINCIZECI ŞI UNU

Sinto muitíssimo pelo seu avô. — Foi o que a Sra. Van Dorn disse ao abrir a porta. — Por favor, diga a sua mãe que não há problema algum se ela precisar de mais alguns dias de folga.

— *Mersi*. Quer dizer, obrigado.

Ela olhou para mim, a expressão cheia de pena e empatia.

— Dan está com o pai no armazém, mas devem chegar a qualquer minuto. Se importa de esperar?

— Sem problemas.

O que era o "armazém"?

O telefone tocou, e a Sra. Van Dorn pediu licença para ir atendê-lo. Tirei o diário da minha mochila e corri até a mesa do Sr. Van Dorn. Assim que o enfiei embaixo de uma pilha de jornais, a porta do apartamento se abriu.

Dan entrou, carregando um caixote... um caixote cheio de comida e produtos norte-americanos. Meu estômago roncou. Obviamente o armazém era a loja da Embaixada dos EUA.

— Oi, Cris. Está esperando faz tempo? — perguntou.

— Não, cheguei agora.

— Olá, Cristian. — O Sr. Van Dorn assentiu, observando atentamente minha proximidade de sua mesa.

Rapidamente apontei para um quadro na parede.

— Estava olhando este quadro. O artista é romeno?

— Não — respondeu Dan —, é um dos quadros que minha mãe trouxe da Espanha. Só vou pegar minha mochila e já vamos.

Fiquei parado, consciente do olhar do Sr. Van Dorn em mim. Ele foi em direção de sua mesa, ainda vestindo o casado. Meu coração acelerou. Estava tudo desabando. Se achasse o diário agora, ele ia me perguntar o que era. O que eu responderia?

— Então, o que está rolando, Cristian? — ele perguntou, se aproximando mais um passo.

Fiquei parado, congelado. "O que está rolando." O que aquilo significava? Senti uma gota de suor descer pelas minhas costas.

— Desculpa. Vou reformular. Quais as novidades? O que tem feito recentemente?

— Nick? É você? — a voz da mulher veio da cozinha. — Ana está no telefone para falar sobre os planos.

— Com licença. — O Sr. Van Dorn foi para o outro aposento, e Dan apareceu com sua mochila.

— Pronto para ir?

— Sim — assenti rapidamente.

Dan colocou um dedo na frente dos lábios. Silenciosamente, tirou do caixote de comida dois itens embalados com papel celofane. Mostrou as embalagens, sorrindo. O rótulo azul e vermelho dizia *Twinkies*. Colocou uma delas no bolso do meu casaco. O que a palavra "Twinkie" significava?

Saímos do prédio e fomos para a rua. O vento congelante e nevoso refrescou meu pescoço encharcado de suor.

— Quando vai pra casa para o feriado? — perguntei.

— Depois de amanhã — respondeu —, e tenho novidades.

— Novidades?

— Não vou voltar.

Eu me virei para encará-lo.

— O que quer dizer?

— Fiz um acordo com meus pais. Vão me deixar passar o próximo semestre em Dallas. Vou estudar na escola de lá e morar com meus padrinhos.

Dan estava indo embora da Romênia e não ia voltar. Senti algo estranho.

— Mas e Princeton?

— Terminei a redação. Ei, quando chegarmos na biblioteca, pode lê-la? É claro que é só o meu ponto de vista, mas gostaria da sua opinião.

— Sim, claro.

Como sempre, a Biblioteca Norte-Americana estava abafada feito um forno. Mas eu já estava encharcado de suor.

Dan escolheu uma mesa e remexeu em sua mochila.

— Ei, já que não vou estar aqui para as festas de fim de ano, tem algo que quero te dar.

Ele pegou um envelope e o jogou na mesa.

Encarei-o. Olhei ao meu redor.

— Pegue. É pra você. — Ele riu. E o empurrou na minha direção.

Eu havia acabado de passar por isso. Aceitar algo de um estrangeiro precisava ser reportado. Ele devia saber disso. Além disso, quantas pessoas estavam nos observando? Mas eu estava curioso.

Puxei o envelope sobre a mesa e levantei a aba aberta. Dentro do envelope estava uma folha com quatro selos cor de menta dos EUA. Cada selo tinha uma ilustração diferente, junto com "USA" e o valor de 22 centavos de dólar no canto inferior.

— Foram emitidos alguns anos atrás — disse Dan —, achei eles um tanto especiais.

Eles eram especiais.

Tão especiais que eu não me importava se ia me meter em problemas por tê-los.

No topo de cada selo estavam as palavras COLEÇÃO DE SELOS.

Esses selos haviam sido criados especificamente para celebrar colecionadores. Bunu os adoraria. Um nó se formou em minha garganta.

— Obrigado, Dan — sussurrei.

— Ah, não é nada de mais, só algo para te lembrar do seu parceiro de Nova Jersey.

— Parceiro? — disse.

— Desculpa, "parceiro" significa amigo. Só algo para te lembrar do seu amigo de Nova Jersey.

Meu amigo de Nova Jersey.

O amigo com quem eu passava tempo porque havia sido chantageado pela Secu. Um amigo que era mencionado como meu "alvo". Um amigo cujo pai eu estava usando para levar informações para fora da Romênia. Como os norte-americanos faziam amigos fácil!

A emoção preencheu meu peito.

— Aqui está a redação. São só algumas páginas — disse Dan, deslizando-a por cima da mesa.

Encarei as páginas.

As folhas na minha frente continham informações as quais a Securitate estava desesperada para conseguir. Informações que eu podia usar a meu favor. A opinião de um norte-americano sobre a Romênia — apresentada oficialmente ao comitê de admissões de uma faculdade dos EUA.

*Leia. Vamos lá,* turnător. *Esse foi o acordo que você fez, não foi?*

Que tipo de amigo eu era? Eu podia mesmo culpar Luca por me delatar quando eu mesmo estava delatando um amigo? Um parceiro? As palavras de Liliana ecoaram em minha mente:

*Você é um mentiroso.*
*Você é tudo que eu desprezo.*
*Você é um informante.*

— Você está bem, Cristian? Está com uma cara estranha.

Se eu não lesse a redação, não teria como delatar meu amigo.

— Eu, hum, não estou me sentindo bem — respondi.

Dan esticou a mão e pegou a redação.

— É a única cópia que eu tenho. Vai ser falta de sorte se você vomitar nela.

Sorte. *Noroc.* Foi a única palavra que eu entendi — e eu entendia que não tinha nenhuma.

— Acho melhor eu ir. Obrigado mais uma vez, Dan. Os selos, são incríveis.

— É capaz de você gostar mais dos Twinkies que dos selos. — Ele riu. — Ei, me passa seu endereço. Podemos manter contato para falar sobre selos e tal. — Ele arrancou uma página do seu caderno espiral. Escrevi meu endereço ali, sabendo que era proibido me comunicar com um estrangeiro, mas sabendo que aquela era a última vez que eu veria Dan Van Dorn.

— Tenha um bom Natal — disse Dan, sua expressão transbordava sinceridade.

Alguém estava pensando em Natal? Eu não estava. Acenei e fui em direção à porta. Saí do prédio e respirei fundo diversas vezes.

Meu diário estava da mesa do Sr. Van Dorn.

Dan estava partindo da Romênia para sempre.

Bunu estava morto.

O que a Securitate faria comigo agora que eu não tinha mais utilidade para eles?

Amizade. Era algo de valor. Algo que eu queria com Luca. Algo que eu queria com Dan Van Dorn. E Dan queria também. Se não quisesse, não teria me dado os selos e os Twinkies.

Teria?

## RELATÓRIO DO INFORMANTE
### [9 de dezembro de 1989]

Cristian Florescu (17), estudante do Colégio MF3, residente do setor 3, bairro Salajan. Foi observado na Biblioteca Norte-Americana no sábado com o norte-americano Dan Van Dorn. Ambos conversaram brevemente e trocaram um envelope e um pedaço de papel. Florescu saiu com o envelope depois de apenas cinco minutos. Após a saída de Florescu, Van Dorn foi abordado por um norte-americano do gênero masculino (identidade desconhecida) e os dois conversaram em voz baixa por aproximadamente dez minutos. Van Dorn deu a folha de papel de Florescu para o norte-americano de gênero masculino.

Após a conversa, Van Dorn rapidamente deixou a biblioteca sem ler qualquer livro ou revista.

# 52

## CINCIZECI ŞI DOI

Uma semana parecia um ano, era como tentar caminhar com lama até a cintura.

Não comi os Twinkies. Queria guardá-los para o aniversário de Cici. Mas não havia muito o que celebrar. Cães morrendo de fome, ruas escuras, as Repórteres, o frio cada vez mais intenso. E ao nosso entorno, os outros países estavam se preparando para o seu primeiro Natal em liberdade.

O Sr. Van Dorn havia achado meu diário?

Fiquei em pé na varanda congelante, torcendo para que o ar frio entorpecesse minhas emoções. Cici apareceu com uma trouxa em seus braços.

— Aqui, experimente isso.

— O que é?

— Uma coisa que fiz para você, assim não vai ter que dormir de casaco.

Cici havia encontrado uma camisa grande e costurado camadas de acolchoado grosso em seu interior.

— Eu amei. É muito fofinho.

— E vai te esquentar. — Ela começou a fechar os botões e avaliar o ajuste. — Ficou sabendo sobre o parceiro de xadrez de Bunu? — sussurrou. — Foi colocado em prisão domiciliar.

Não me surpreendia. A cada noite, quando escutávamos a Voice of America e a Radio Free Europe, ficávamos sabendo de escritores, poetas e jornalistas que lutavam contra o regime.

— Aparentemente o amigo de Bunu era afiliado a uma revista literária que...

As palavras da minha irmã deixaram de importar quando algo surgiu na minha linha de visão. Forcei os olhos para a rua, tentando distinguir as sombras.

Cici puxou meu braço gentilmente.

— Entre, *Pui*.

Balancei a cabeça. A lua se moveu por trás de uma nuvem, iluminando a cena.

As intenções de Cici eram boas. Ela estava tentando me proteger. Mas eu não podia tirar meus olhos do que via lá embaixo.

Na calçada escura estava Liliana.

Com Luca.

— Não faça isso consigo mesmo — sussurrou minha irmã —, eu te disse. Não dá pra confiar no Luca.

Mas o que isso significava para Liliana? Ela não podia confiar em mim. Não podia confiar no Luca. Quem a protegeria.

A mão de minha irmã permaneceu no meu braço.

— Depois de Bunu, precisamos ser espertos, *Pui*. Mamãe não é mais ela mesma. Está morrendo de medo que a Secu a convoque. Precisamos ter cuidado — murmurou Cici.

Assenti. Ela tinha razão. Nossos pais sem dúvida não eram os mesmos. Nossa mãe havia caído em silêncio como nosso pai.

— No que está pensando? — perguntou minha irmã.

Eu queria contar para ela desesperadamente, confessar tudo, mas não aguentaria sua decepção. Eu havia perdido Bunu, Liliana e Luca. Não podia perder Cici.

— No que estou pensando? Em nada. E em tudo. — Dei de ombros. — Obrigado pelo pijama.

Saí da varanda e me fechei no armário. Não tinha mais um diário no qual desabafar. Então, em vez disso, escrevi, de cabeça, uma das entradas na parede:

**12 DE DEZEMBRO, 1989**

**VOCÊ VAI SE LEMBRAR DE MIM?**
**UM GAROTO COM AS ASAS DE ESPERANÇA**
**PRESAS A SUAS COSTAS**
**QUE NUNCA TIVERAM CHANCES DE ABRIR,**
**ETERNAMENTE NEGADO A SABER**
**O QUE SE TORNARIA**

**O QUE TODOS NÓS NOS TORNARÍAMOS**

## 53

## CINCIZECI ŞI TREI

Eu tinha certeza de que Mãos de Raquete havia terminado seus negócios comigo.

Mas eu estava enganado. Eu estava enganado sobre tantas coisas!

Naquele sábado, o Camarada Diretor sinalizou discretamente para mim, então, após minha espera habitual, fui para o apartamento do local de encontro. Que abordagem eu usaria dessa vez para atingi-lo? Tentaria ser amigável, falar sobre futebol e ganhar sua confiança lentamente? Ou seria honesto?

— Meu *bunu* está morto.

As palavras saíram da minha boca mais rápido e mais alto do que apareceram em minha mente. Honesto.

O agente levantou o olhar da mesa.

— Feche a porta — instruiu.

Entrei no aposento que tinha o tamanho de uma caixa e fechei a porta. Não me sentei. Isso não me foi instruído.

O agente começou a brincar com o lacre do maço de cigarros BT, o transformando em um anel e o colocando no dedo mindinho. Isso era um tique nervoso?

— Sinto muito pelo seu avô.

Aposto que sentia. Certos rumores diziam que alguns agentes da Secu eram órfãos treinados pela Secu para lutar por Ceauşescu ou para servir como sua escolta. Foram eles que espancaram Bunu? Esse cara não podia ligar para o avô de alguém.

— Sente-se.

Obedeci.

— Como você está?

Encarei meu colo, pensando em tudo que pudesse fazer lágrimas surgirem. Quando meus olhos ficaram úmidos, encarei o agente.

— Não estou... bem.

— É de se esperar. — Ele assentiu. — Seu avô recebeu os medicamentos. Mas me disseram que o caso dele não tinha solução e que ele estava sofrendo de distúrbios mentais graves.

Distúrbios mentais? Não. Bunu continuou extremamente consciente até o fim.

Parasitismo. Chamavam assim. As pessoas que se opunham ao regime eram parasitas e doentes mentais. Esse idiota estava chamando Bunu de parasita. Que ironia!

— O problema não é só *bunu*. Não acredito que Nadia Comăneci fugiu do país. Nossos jogadores de futebol vão fugir também? — Olhei para ele com a expressão mais inocente que eu tinha.

— O quê? Não. Visitou o alvo?

— Ele foi embora. Dan retornou para Nova Jersey com a mãe. Me deu um cartão de Natal.

— O que tinha nele?

— Um bilhete de Feliz Natal. — Suspirei e encarei meu colo.

— Não tinha nada no cartão? Nenhum presente? Nenhum artigo sobre Bruce Springsteen para te animar?

*Şahmat.* Xeque-mate.

Sim, eu havia me achado tão esperto. Mas, de repente, havia sido colocado contra a parede.

Não levantei o rosto. Não levantei os olhos. Só balancei a cabeça.

Eu havia dito para o agente que o artigo que Dan arrancou da revista era sobre música norte-americana. Eu nunca mencionei Springsteen.

Outra pessoa deve ter mencionado.

Se ele percebeu o deslize, não demonstrou. Ou talvez quisesse enfatizar que tinha a vantagem e sabia de tudo. Até do que estava no meu armário.

Meu diário. Ele sabia sobre meu diário. Eu me esforcei para seguir com o plano, fingir ter calma.

— A mesa do pai. Conseguiu ver se havia algo lá? — perguntou.

— Jornais e revistas norte-americanos com reportagens sobre a liberdade de outros países. Algumas pastas com arquivos. O conteúdo deles não era visível.

— O alvo falou sobre o trabalho do pai?

— Ele disse que o pai vai ficar na Romênia durante o Natal porque um novo embaixador acaba de chegar.

— Ele falou sua opinião sobre o novo embaixador norte-americano?

— Falou sim — menti. — Disse que não é como os diplomatas comuns. Que é mais agressivo. Planeja fazer mudanças.

— Que tipo de mudanças?

Dei de ombros.

— Então... agora o pai do alvo ficará sozinho por várias semanas?

Um sentimento ameaçador me espreitou debaixo da mesa. Estavam planejando machucar o Sr. Van Dorn? Fingi não entender a pergunta.

— O alvo e sua mãe foram embora — disse Mãos de Raquete lentamente. Ele sorriu. — Isso significa que Van Dorn ficará sozinho no apartamento durante várias semanas.

— Eu... não tenho certeza — respondi.

— Ah, é verdade, ele não estará sozinho. — O agente encarou no fundo dos meus olhos. — Sua mamãe estará lá com ele. — Ele deixou a provocação assentar por um momento. — Só para limpar, é claro — adicionou.

Com um gesto de sua grande mão, ele retirou o anel de papel do dedo mindinho, que voou cruzando a mesa até mim. Sorriu, satisfeito consigo mesmo.

— Terminamos — falou.

# RELATÓRIO OFICIAL

Ministério do Interior    ULTRASSECRETO
Departamento de    [15 de dezembro de 1989]
Segurança do Estado
Diretoria III, Divisão 330

Conversa com a fonte OSCAR no local de encontro.

OSCAR demonstrou arrogância e fingiu estar chateado com a morte de seu avô em uma tentativa de manipular a conversa.

OSCAR forneceu as seguintes informações a respeito do alvo VAIDA:

- o filho de VAIDA deixou a Romênia com a mãe para as festas de fim de ano. Antes de partir, ele deu um cartão de boas festas para OSCAR. OSCAR aceitou o cartão

- há rumores de que o novo embaixador norte-americano possui atitudes "agressivas" em relação à Romênia e planeja "mudanças"

- pelas próximas várias semanas, "VAIDA" estará sozinho em seu apartamento

Sugestões:

- OSCAR não possui mais utilidade. Tomar as medidas cabíveis

- VAIDA está sozinho. Acelerar o plano

# 54

## CINCIZECI ŞI PATRU

Eu achava que era um ótimo ator. Mas naquele momento, não tinha tanta certeza. Mãos de Raquete era arrogante, arrogante demais. Eu havia presumido que um agente que lidava com adolescentes tinha de ser medíocre. Eu havia presumido errado?

Estrela-do-mar me parou em frente ao bloco de apartamentos.

— Acho que tenho algo pra você.

— É? O quê?

— Um hóspede britânico que está ficando no Intercontinental jogou uns papéis no lixo. Estão em inglês. Um contato está guardando para mim.

— Quanto?

— Tem alguma moeda ocidental? — perguntou.

Pensei no dólar que dei a Cici.

— Talvez. Está com os papéis?

— Não, mas posso pegá-los.

— Bom, quando estiver com eles, conversamos.

Deixei Estrela-do-mar e virei na direção do meu prédio.

Flashes laranja.

As velas e a grande cruz de madeira haviam retornado para o lado de fora do nosso bloco de apartamentos. A morte estava visitando outra casa. Pequenos flocos de neve rodopiavam na luz como partículas de poeira invernais. Mirel esperava em seu lugar de sempre.

— A Sra. Drucan — disse —, há algumas horas.

Assenti.

Subi as escadas até o terceiro andar. Cici estava colocando cadeiras no corredor.

— A Sra. Drucan — contou.

— Mirel me falou.

— Pode perguntar se a filha dela precisa de ajuda?

A mulher de Boston andava de um lado para o outro, organizando coisas no apartamento de sua mãe.

— *Salut*, Cristian.

— Sinto muito por sua mãe. Precisa de ajuda?

— *Mersi,* mas acho que está tudo pronto. Ela foi em paz. Tivemos uma última conversa. Sei que ela me escutou. Respirou fundo e partiu.

Pensei em Bunu. Um sorriso. Um suspiro de alívio. É assim que ele deveria ter morrido. Merecia ter morrido. Assenti, simplesmente parado lá. As mãos dentro do bolso.

— Quando vai para Boston? — perguntei.

— Dentro de alguns dias. Meus primos ficarão no apartamento. Você me ajudou tanto e, diferente de outras pessoas, se recusou a aceitar ou a pedir por qualquer coisa. Posso te oferecer uma xícara de café? Eu trouxe um pouco de Nescafé dos Estados Unidos.

Café.

— Não beba o café — deixei escapar.

Ela olhou para mim, confusa.

— Por que não?

— Não é... saudável.

— Bem, *é* café instantâneo, mas achei que a maioria das pessoas daqui gostasse de Nescafé.

— Sim, desculpa, provavelmente gostam. Boa viagem. — Virei-me para ir embora e senti sua mão no meu braço.

— Ah, e Cristian — murmurou.

Olhei para ela.

— Três maços.

— Não entendi.

— Essa é a resposta. São necessários três maços para que aumentem o gás.

Ela sorriu, aliviada, em paz.

A filha da Sra. Drucan. A mulher de Boston. Botas vermelhas e brincos em formato de raios. Eu só percebi depois.

Nunca soube seu nome.

Cici seguia arrumando cadeiras no corredor.

— Mamãe está em casa. Papai está esperando na fila.

Assenti e subi as escadas.

Assim como nossos pais, o apartamento estava em silêncio. A porta para o quarto estava fechada. Fui para o armário confirmar minha suspeita. Levantei a pilha de livros no canto.

Como eu imaginei.

O artigo sobre Springsteen não estava lá.

A Secu continuava a ir e vir do apartamento.

Mas na próxima vez que viessem? Teriam uma surpresa.

Porque eu estaria lá.

# 55
## CINCIZECI ŞI CINCI

A tristeza do vazio tem uma presença que se alastra por tudo. A cada vez que eu inspirava, ela me invadia: uma solidão de destruir a alma e o sentimento estranho e vergonhoso que a acompanhava.

Eu sentia falta de Bunu.

Era domingo à noite e, em um momento raro, nossa família estava reunida. Em silêncio, jantamos sopa com uma fatia de pão que mamãe havia aguentado no frio por horas para conseguir. Então me sentei no sofá de Bunu para esperar o resumo do dia na Voice of America que seria transmitido às 22h. O sinal não estava claro, então ajustei o cabo ilegal que ia do nosso rádio até a janela da cozinha. Enquanto eu arrumava a transmissão, algumas palavras surgiram do som de estática.

*Protesto na Praça Maria.*

— Onde fica a Praça Maria? — perguntou Cici.

Nossa mãe apareceu.

— Em Timişoara, na parte oeste da Romênia. Por quê?

— Shh... estou tentando sintonizar — pedi.

Achei a frequência. O botão do rádio pulsou contra meus dedos à medida que a voz do locutor preenchia nossa cozinha.

*Em Timişoara, o que começou como uma vigília contra a expulsão do pastor László Tőkés se transformou em um protesto em oposição ao governo. As forças de segurança romenas abriram fogo, e há relatos de que civis foram mortos. Os acontecimentos ainda estão em curso, voltaremos com mais detalhes.*

Cici pulou do sofá.

Mamãe se virou e correu para o quarto. Voltou acompanhada de nosso pai.

— Um protesto? — sussurrou mamãe, agarrada à soleira da porta. — Não, não. Eles têm que parar. Haverá consequências.

Eu não estava pensando em consequências. Estava pensando em Bunu. Meu corajoso *bunu*, que se recusava a sussurrar, que havia sido espancado até a morte por suas crenças.

— Bunu, está ouvindo isso? — falei. — Está acontecendo!

— Shh... — disse Cici. — O locutor está voltando.

*A vigília começou no sábado, com membros da paróquia empunhando velas e pedindo que o julgamento do Pastor Tőkés cessasse. Mas a cada hora, mais residentes se juntavam, e o povo corajoso de Timișoara se uniu para tomar as ruas. A multidão cresceu durante a noite, e hoje a onda de manifestantes era tão grande que o tráfego na praça foi bloqueado e atingiu as ruas vizinhas. Com a continuação do protesto, a multidão começou a se opor não só ao julgamento do pastor, mas ao próprio regime.*

— ISSO! — exclamei.

— Meu deus!

— Shh...

*Hoje, com o aumento das multidões, o prefeito ordenou que os manifestantes dispersassem. Mas logo sua voz foi abafada pelos gritos repetidos do povo. Juntos, os cidadãos de Timișoara se uniram em uma só voz, entoando continuamente*: Li-ber-ta-te.

A palavra ecoou do rádio, cortando o ar. Senti calafrios na pele e um nó se formou na minha garganta.

*Libertate.*

Liberdade.

Estava acontecendo.

Estava acontecendo mesmo.

Os romenos estavam se unindo em coração e alma. E juntos finalmente estavam clamando...

Por liberdade.

# 56
## CINCIZECI ŞI ŞASE

Fiquei a noite toda acordado no sofá de Bunu, procurando por atualizações nas rádios. A rádio e a televisão estatais não noticiaram nada. É claro que não. A Radio Free Europe e a Voice of America eram as únicas fontes de informação. O regime sabia disso. Bloqueariam o sinal? Não, fazer isso era caro demais. Não bloqueavam sinais havia anos e provavelmente não tinham os equipamentos para fazê-lo.

Segundo o locutor, havia relatos de morte de civis.

Timişoara. O coração. A coragem. Precisávamos ajudá-los. Tirei o mapa desgastado da gaveta do armário. A distância de Bucareste até Timişoara era de 550 quilômetros, uma viagem de sete horas, mais longa, considerando nossas estradas precárias. Poderíamos reunir grupos ou conseguir ônibus? Talvez pudéssemos construir uma rede de protestos por todo o país. Juntos, poderíamos cercar Ceauşescu. Prendê-lo. Derrubá-lo do poder.

Aqui mesmo em Bucareste.

— Está acontecendo, Bunu — sussurrei.

Polônia.

Hungria.

Alemanha Oriental.

Tchecoslováquia.

Bulgária.

Todos esses regimes comunistas haviam sido derrotados em transferências de poder pacíficas e sem derramamento de sangue. Mas a Romênia permanecia, o último bastião da Cortina de Ferro. Durante décadas, Ceauşescu amarrou a corda do comunismo nacionalista ao redor de nosso pescoço. Se quiséssemos liberdade, precisaríamos lutar por ela. E nosso ditador impiedoso revidaria. Ele enviaria seu esquadrão da morte de garotos de olhos azuis saídos das entranhas da capital para matar seu próprio povo.

E faria isso sem pensar duas vezes.

# 57

## CINCIZECI ŞI ŞAPTE

Eu não havia dormido, mas, ao amanhecer, me sentia invencível. Corri para a escola, passando por um cartaz que dizia VIDA LONGA A CEAUŞESCU. E se eu o rasgasse? Não, precisávamos de um grupo. Tínhamos que nos unir. A reunião de mais do que algumas pessoas era contra a lei da Romênia. Mas ninguém prestaria atenção nisso agora, prestaria?

Eu mal podia esperar para chegar à escola. Haveria conversas, discussões, planos. Cici e meus pais estavam cheios de medo, em vez de coragem. Eu sentia falta de Bunu. Ele saberia o que fazer e como.

Mas naquele dia, a escola parecia um enterro. Silêncio gélido. Expressões vazias.

O Camarada Professor falava a mesma baboseira insignificante de sempre. Eu não entendia. Ninguém havia escutado as reportagens na rádio? Não se importavam nem um pouco com o corajoso povo de Timişoara? Estavam assustados demais, ou simplesmente programados a acreditar que eram propriedade do Estado e não havia nada a se fazer a respeito?

As férias de inverno começavam no dia seguinte. Essa era nossa última oportunidade de estar juntos e planejar. No intervalo entre aulas, sussurrei para um colega.

— Ei, ficou sabendo sobre Timişoara?

Ele assentiu.

— Meus pais estão morrendo de medo de que sejamos todos massacrados. Mandou que eu ficasse dentro de casa.

Olhei para meu colega de classe. Dentro de casa? Pensei em Bunu, sobre seu comentário de que uma vida não examinada não vale a pena ser vivida, seus lembretes de que, para ir para dentro, às vezes precisamos sair.

Saí da escola e caminhei para casa no escuro. Uma figura alta me alcançou.

Luca.

— Ouviu as notícias ontem à noite? — sussurrou.

— Sim! E você?

— Ouvi. Não consegui dormir. Não consigo parar de pensar nas pessoas de Timişoara.

Finalmente. Alguém que entendia. E é claro que era Luca. Luca e seu coração esperançoso. Com tudo que estava acontecendo, era impossível continuar bravo com ele.

— Olhei no mapa — disse a ele.

— Eu também. Mais de 500 quilômetros até Timişoara.

— Finalmente os romenos tomaram uma posição.

— Não são só os romenos — disse Luca —, o noticiário disse que os residentes húngaros e sérvios também participaram. É solidariedade de verdade. Precisamos apoiá-los.

Lancei um olhar sobre meu ombro.

— Na escola, ninguém comentou nada.

— É claro que não — disse Luca —, estão apavorados. Dá para culpá-los? O que acha que seu *bunu* falaria?

— Queria que ele estivesse aqui para ajudar.

— Se estivesse, o que ele nos diria?

Refleti por um instante, tentando pensar como meu avô filosófico.

— Ele diria... que isso é maior que "eu" ou "mim". Que isso deve ser um "nós".

— Exatamente! — disse Luca, a velocidade de seus pés diminuindo. — Espera, os universitários provavelmente já estão se mobilizando.

É claro. Por que não pensei nisso?

— Aposto que sim.

— Vou perguntar por aí — disse Luca. — Faça o mesmo.

Luca assentiu, e cada um seguiu seu caminho. E então ouvi sua voz.

— Ei, Cristian — chamou.

Olhei para o outro lado da rua. Luca sorriu para mim. Ele levantou a mão e fez um gesto.

O sinal da paz.

Antes que eu pudesse retribuir o sinal, Estrela-do-mar apareceu com os cachorros do bloco ao seu lado.

# O FIM DOS SUSSURROS

— Os papéis em inglês de que falei. Pegarei eles amanhã.
— Ok. Tem alguma notícia?
— Estou esperando pelas notícias de hoje como todo mundo — respondeu. — Ouvi dizer que bloquearam as fronteiras. Mas as coisas devem estar se acalmando. Dizem que Ceaușescu partiu para reuniões no Irã.

Se Ceaușescu foi para o Irã, isso significava que ele não levava os protestos a sério? O que havia acontecido com o povo de Timișoara?

— Me encontre amanhã para pegar os papéis. Traga o dinheiro — disse Estrela-do-mar.

Naquela noite, a Romênia inteira se sentou ao lado de seus rádios. O Sr. Van Dorn estava escutando? Ele havia encontrado meu diário?

Meu pai permaneceu com a mão em cima do rádio, como se para protegê-lo.

— Gabriel, se afaste. E se o regime enviar algum tipo de choque elétrico?
— Acha que eles vão explodir o rádio? — perguntei.
— Bem, o transmissor da Radio Free Europe deve ser poderoso se consegue chegar lá de Munique — sussurrou mamãe.

O transmissor era poderoso. Mais de mil quilowatts. Pensei em Bunu trocando Kents para consertar nosso rádio. Ele era nossa principal fonte de informação, mas só se a eletricidade estivesse ligada. Quando seria desligada?

Às 22h, a voz do locutor surgiu em meio ao som de estática. Pulei do sofá.

*Ontem, as tensões em Timișoara aumentaram. Há relatos da morte de centenas de pessoas. O que estão prestes a ouvir é uma gravação da Romênia feita por um turista alemão e entregue a nós na Radio Free Europe.*

Cheguei mais perto do rádio. Estática — e então os barulhos começaram. Caos. Gritos. O som de multidões.

A voz de uma mulher implorando.

— Pare! Que vergonha! Eles são romenos assim como você!

A voz de um homem.

— Atirem, desgraçados. Atirem!

O som de tiros.

Crianças berrando.

— Estão atirando neles — arquejei.
— O barulho pode ter nos enganado — disse Cici. — Por favor, vamos torcer para que não seja isso.

— Não importa se foram três ou trezentas pessoas. Nosso país está matando os próprios cidadãos! — exclamei. — Não podemos simplesmente ficar aqui sem fazer nada.

— Tem razão.

Aquela voz me chocou.

— Tem razão — repetiu meu pai. — Eles fecharam as fronteiras. Estão nos encurralando. — Rapidamente começou a juntar coisas na cozinha. Facas, vassoura, cabos de vassoura.

— Gabriel, que diabos você está fazendo? — perguntou mamãe.

— Me preparando — disse meu pai. — Quando o momento chegar, precisamos estar prontos.

— Para quê? — perguntou Cici.

— Para lutar — respondeu ele.

# 58
## CINCIZECI ȘI OPT

Na manhã seguinte, fiquei sozinho em nosso apartamento, solitário com meus pensamentos.

Os protestos continuariam? O Sr. Van Dorn havia lido meu diário? Dan estava nos Estados Unidos? A que horas a Secu geralmente vinha ao nosso apartamento?

O telefone tocou. Apenas um toque. O código de Luca.

Desci as escadas correndo para encontrá-lo. Estranhamente, estava mais quente. A natureza estava se juntando à nossa cruzada, convidando os romenos a irem às ruas.

Passei pelas Repórteres, devidamente posicionadas em suas varandas.

— Os apartamentos universitários estão sob vigilância — sussurrou Luca.

— Como sabe disso?

— Escutei na escadaria. As Repórteres ouviram rumores de que nosso Amado Líder fará um pronunciamento hoje à noite na TV.

— Luca, ele não é amado.

— Desculpa, é força do hábito.

O olhar de Luca se moveu para meu ombro. Virei-me para ver.

Liliana estava parada na calçada, nos encarando.

— Ei, Estrela-do-mar chegou — disse Luca, apontando na direção oposta. — Pergunte se ele sabe de algo. Eu vou estar por aqui. Me ligue e use o sinal se ficar sabendo de alguma coisa.

Assenti, mal ouvindo. Meu olhar estava em Liliana, seguindo-a conforme ela andava sozinha pela calçada, para longe de nossos prédios. Para onde ela estava indo?

Os cachorros, Turbatu e Fetița, acompanhavam Estrela-do-Mar.

— Estou com os papéis de que falei. Tem o dinheiro? Só vou aceitar dinheiro ocidental — disse.

— Quantos papéis e o que são? Como vou saber que valem a pena?

— Ah, eles valem. São duas folhas, manchadas de café, mas ainda estão legíveis — disse Estrela-do-mar. — Repletas de palavras em inglês.

— E por que venderia eles para mim?

Deu de ombros.

— Não preciso vender.

Parecia uma armadilha.

— Tá bem, então não venda — disse eu. Outra palavra em inglês que eu havia aprendido para descrever Estrela-do-mar: *hustler* — alguém que engana as pessoas por dinheiro.

Estrela-do-mar assentiu lentamente, me encarando.

— Seu *bunu*. Ele era raro, uma das poucas pessoas boas. Era meu amigo. Ele iria querer esses papéis, então imaginei que você também fosse querer.

Estrela-do-mar era amigo de Bunu? Olhei para ele desconfiado.

— Não acredita em mim? Seu *bunu* disse que eu era especial. Que ter um olho só me dava uma visão única do mundo. Me deu um livro de poesias escrito por um cara chamado Homero. Disse que o cara era cego e que, se ele conseguia escrever coisas lindas sem enxergar, imagina o que eu não poderia fazer.

Isso com certeza era algo que Bunu diria.

— Você leu o livro?

— Não, vendi — disse Estrela-do-mar. — Vai querer os papéis ou não?

— Sim, quero. Ficou sabendo de alguma novidade essa manhã?

— Fiquei. Um novo embaixador norte-americano chegou recentemente. A Embaixada dos EUA está agitada. Traga o dinheiro. Vou ficar aqui por mais quinze minutos.

Um novo embaixador norte-americano. Dan havia me contado.

E eu havia contado a Mãos de Raquete.

Assenti para Estrela-do-mar e fui para meu prédio.

Nosso apartamento estava vazio. Eu precisava do dólar que estava na caixa trancada de Cici. Também queria o canivete que ela mantinha escondido de mim. Tirei a caixa de debaixo da cama dela. Eu conseguiria arrombar a fechadura? E então me lembrei: o molho de chaves na sua cesta de costura. Ela não se importaria.

Foi fácil encontrar qual chave se encaixaria na fechadura. Ela era menor que as outras. Abri a caixa e encontrei meu dólar embaixo dos tubos brancos que ela chamava de "absorventes". Também peguei meu canivete. O que mais ela tinha? Bisbilhotei rapidamente.

Um pequeno vidro de perfume, um embrulho quadrado escrito "Trojan", sabonete com essência de rosas, um envelope espesso, dois maços de Kents e... brincos em formato de raios. Espera, eles pertenciam à mulher de Boston. Por que Cici estava com eles?

E então os vi.

Meus dedos gelaram.

Anéis feitos com a embalagem de cigarros BT.

Os anéis com que o Agente Mãos de Raquete constantemente brincava durante nossos encontros.

Uma onda de náusea me percorreu.

Não.

Abri o envelope espesso. Dentro dele havia moeda estrangeira. Muita moeda estrangeira.

Dólares norte-americanos. Libras britânicas. Marcos alemães. E algo mais... Meu artigo sobre Bruce Springsteen.

Aquele que escondi em meu armário. Aquele que desapareceu. Aquele que Mãos de Raquete mencionou.

Minhas mãos tremeram.

Não. Como isso era possível? As paredes começaram a me cercar lentamente.

Cici, minha amada irmã. Minha fiel amiga.

Ela estava trabalhando para a Securitate.

# 59

## CINCIZECI ŞI NOUĂ

Com cuidado, coloquei tudo exatamente onde havia encontrado, incluindo meu dólar. Mas fiquei com o canivete e tirei outras notas do envelope espesso. Coloquei a caixa fechada embaixo do sofá e devolvi as chaves para a cesta de costura.

Deixei o apartamento.

Minhas mãos tremiam. Sentia meu corpo todo paralisado.

E então ouvi as vozes delas. Abaixo de mim. Cici estava falando com a mulher de Boston. Parei no patamar do terceiro andar, escutando.

— *Mersi*. Você ajudou muito, Cici. Não sei como teria feito isso sem você — disse a mulher.

*Ela não está te ajudando. Ela está te traindo. Ela está traindo todo mundo.*

Minha cabeça girava.

Saí do prédio, acenando para Estrela-do-mar. Ele gesticulou para que eu o seguisse.

Caminhamos sem falar nada. Ele me entregou seu maço de cigarros. Atrás do maço estava um papel dobrado em um quadrado espesso. Coloquei o dinheiro dentro do maço e devolvi a ele. Mantive o quadrado de papel na minha mão fechada e o transferi casualmente para meu bolso.

— Como vai a lindinha da sua irmã?

Estrela-do-mar sabia quase tudo, de todo mundo.

Levantei minha sobrancelha e lancei a expressão mais astuta que consegui.

— Qual é, Estrela-do-mar, ela é lindinha ou espertinha?

— Os dois! — Ele riu e desapareceu entre os dois prédios.

Andei pela calçada esburacada e me juntei a uma fila do lado de fora da *Alimentara*, gastando tempo, fingindo esperar por um toco de pão, para poder pensar. Minha mente fervilhava de dúvidas.

Talvez Cici tivesse se tornado uma informante por chantagem, assim como eu.

O envelope cheio de moeda estrangeira... talvez Cici fosse uma agente?

Ou talvez Cici estivesse namorando Mãos de Raquete?

Todas essas opções me enojavam. Cici me disse que eu não podia confiar em Luca. Ela me disse que eu não podia confiar em Estrela-do-mar. Sua natureza cautelosa, sempre desconfiada... isso era encenação? Pensei na conversa que eu e Bunu tivemos na varanda.

*Agentes. Informantes. Ratos. O país está cheio deles. Estamos infestados. E eles continuam se multiplicando. Estão nas nossas ruas, em nossas escolas, rastejando para dentro dos locais de trabalho, e agora roeram as paredes... do nosso apartamento.*

Pensei que Bunu estava se referindo a mim. Ele estava falando sobre Cici? Bunu sabia? Cici pegou o artigo do meu armário. Ela havia descoberto meu esconderijo e meu diário? As perguntas continuaram a me atormentar:

Cici realmente trabalhava na fábrica de tecidos?

Ela se importava com nossa família?

Ela se importava com nosso país?

Eu estava enjoado. Estava assustado. Estava perdido.

Saí da fila e comecei a caminhar. Se eu continuasse, uma hora chegaria a Timișoara?

# 60

# ŞAIZECI

Cheguei. Não em Timișoara. Na casa de Luca. Bati à porta.
Luca me deu uma olhada e me puxou para dentro.
— Você está bem? — perguntou.
Dei de ombros.
— Meus pais estão no trabalho. Só estamos eu e minhas irmãs — disse.
Lucas tinha quatro irmãs mais novas.
— Oi, Cristian! — gritaram e deram risadinhas quando entrei.
— Seu cabelo — riu Dana, a mais velha. — Não usa pente?
— Não, uso a mão mesmo — respondi.
— Você é tímido? Minha irmã diz que você é tímido — a outra se intrometeu.
— Ela não disse que ele é tímido... disse que ele é fofo! — falou a caçula.
As garotas explodiram em tapinhas e gargalhadas.
— Aquela medalha idiota vale isso? — sussurrou Luca.
Com cinco crianças, a mãe de Luca havia recebido uma medalha de maternidade do Estado. Mas cinco não era suficiente. Ceaușescu queria que as mulheres dessem à luz dez crianças. Se acontecesse, recebiam o título de Mãe Heroína.
— Quer ir lá fora? — perguntou.
Balancei a cabeça. Gesticulei como se estivesse escrevendo.
Ele assentiu.
— Vamos fazer lição de casa — Luca disse para as garotas.
— Mentiroso — zombou Dana. — É férias de inverno.
A eletricidade estava ligada. A família de Luca não tinha um sofá na cozinha. Eles tinham três cadeiras estreitas de madeira e uma pequena mesa coberta com uma toalha bordada em vermelho e preto. Luca tirou um bloco

e uma caneta da gaveta. Ele os colocou na minha frente, em cima da mesa. Ligou o rádio, e então abriu a torneira. Abafadores de som.

Nós nos sentamos em silêncio, e encarei o bloco de papel. Eu conseguia fazer isso? Eu deveria fazer isso?

Peguei a caneta, hesitante. Então comecei a escrever.

*Primeiro, tudo que eu achava que eu sabia... era tudo mentira.*

*A Secu veio até a escola. Eles sabiam sobre o dólar no meu álbum de selos.*

*Você era a única pessoa para quem eu tinha contado. Fiquei com raiva. Achei que você tinha me delatado.*

Empurrei o bloco na direção dele.

Ele leu o que escrevi, seus olhos se arregalaram. Balançou a cabeça.

— Não — sussurrou.

— Sei disso agora — falei. Peguei o bloco e respirei fundo. Escrevi a palavra.

*Cici.*

— Não pode ser — disse Luca. Pegou o bloco. Observei enquanto ele escrevia.

*Você está paranoico. Tudo que está acontecendo está deixando todos nós malucos.*

— Bunu sabia. Ele tentou me contar — sussurrei.

Luca recostou na cadeira, as sobrancelhas levantadas.

Assenti.

Meu amigo balançou a cabeça lentamente.

— Tem que ter uma explicação.

Luca. Gentil e paciente Luca. Escrevi as palavras e entreguei o bloco a ele.

*Me desculpa.*

Ele encarou o bloco. Assentiu brevemente e pegou a caneta.

Eu sabia que alguma coisa de errado.

*O irmão de Liliana. Pode ser o Alex, e não a Cici? Vi eles juntos.*

Balancei a cabeça. Achava que não.

Permanecemos sentados, a propaganda do Estado que saía do rádio nos fazendo serenata.

*Como posso ajudar?*, escreveu Luca.

Peguei o bloco. *Talvez me desculpando por ser um idiota.*

— Você sempre é um idiota. — Puxou o bloco para si.

*O sofrimento aqui... vai além do físico. É algo psicológico. Estão jogando com você. Fazem isso com muita gente.*

Dei de ombros.

Luca arrancou a página do bloco. Acendeu o queimador a gás, queimou o papel e o jogou em uma panela vazia que estava no fogão.

— Levanta — disse Luca. — Não posso socar um cara que está sentado.

Ele ia me socar? Eu não podia culpá-lo. Obedeci. Ele levantou os punhos, então rapidamente passou o braço em torno do meu pescoço e esfregou os nós dos dedos pelo meu cabelo. Rimos e lutamos pela cozinha, como fazíamos quando éramos novos.

Eu havia contado a Luca que pensava que ele era um informante.

Eu havia contado a Luca que pensava que Cici era uma informante.

Mas não havia contado a Luca que eu *era* um informante.

Mas o jeito que ele disse: *Estão jogando com você. Fazem isso com muita gente.* De algum jeito, acho que ele sabia.

Deixei o apartamento de Luca e desci as escadas. Quando cheguei à entrada do prédio, alguém abriu a porta.

Liliana.

Paramos e ficamos nos encarando. E de repente um sentimento maluco surgiu, como se pássaros voassem no meu peito.

— *Bună* — disse ela.

— *Bună* — assenti.

Hesitamos, suspensos no silêncio. Ela afastou a franja dos olhos, e eu vi o contorno de algo desenhado em sua mão.

— Você estava se perguntando algo — disse ela.

— Ah, estava? — Os pássaros no meu peito voaram mais rápido. Ela era tão linda.

— Sim. Eu sou de peixes.

Como ela sabia que eu havia me perguntado?

Ela sorriu.

E cada um seguiu seu caminho.

# 61
## ŞAIZECI ŞI UNU

Sentei-me em meu armário escuro, evitando minha família. Poderia haver uma explicação, como Luca disse?

Cici costurava para as pessoas. Talvez lhe pagassem em moeda estrangeira. Talvez ela tenha pegado o artigo sobre Springteen para me proteger. Talvez ela mesma fizesse os anéis com as embalagens de cigarro.

Talvez?

Acendi a lanterna para ler as páginas em inglês que comprei de Estrela-do-mar. Estavam amassadas, claramente retiradas de uma lata de lixo. Não eram originais. Eram de várias épocas, cópias baratas, uma grampeada a outra.

As palavras no topo da página diziam:

*Romênia*
*Violação aos Direitos Humanos nos Anos 1980*

*Primeira Edição 1987,*
*Editora da Anistia Internacional, Londres*

*As preocupações da Anistia Internacional*

*Esse relatório documenta o padrão persistente de abuso aos direitos humanos na Romênia nos anos 1980, um período em que as autoridades aprisionaram seus críticos e encarceraram homens e mulheres por desejarem exercer seu direito de deixar o país. Alguns prisioneiros de consciência foram torturados, espancados e encarcerados durante anos após sofrerem julgamentos arbitrários. Outros críticos do governo foram colocados em prisão domiciliar, perderam os empregos ou foram atacados na rua por guardas.*

— Prisioneiros de consciência — fiz um lembrete mental para pesquisar o termo.

### *Tortura e Maus-Tratos*

*... Foi reportado que prisioneiros políticos foram torturados por meio de espancamento na sola dos pés ou chutes e espancamento com cassetetes de borracha. Há o registro de que dois prisioneiros faleceram após a tortura.*

Bunu. Foi exatamente isso que aconteceu com Bunu. As descrições eram detalhadas, listando diversos nomes de vítimas específicas. Esses papéis eram tão letais que quase queimaram minhas mãos.

— *Pui?* — A voz de Cici surgiu na minha porta. Dei um pulo, agarrando os papéis. — *Pui...* Ceauşescu vai aparecer na TV.

Eu não podia sair do meu armário. Se Cici olhasse uma vez para mim, saberia que eu estava escondendo alguma coisa. Precisava de mais informações primeiro.

— Estou cansado. Exausto disso — respondi. — Ele vai dizer a mesma coisa de sempre.

Eu tinha razão. Parcialmente. Coloquei minha orelha na porta e ouvi a voz de discurso do nosso líder. De acordo com Ceauşescu, baderneiros e agentes estrangeiros estavam criando tumulto e agitação.

Eu era um badereiro?

Talvez.

Havia agitação?

Definitivamente.

Os papéis dados por Estrela-do-mar eram perigosos. Tão perigosos que eu não podia deixá-los em meu armário. Precisa mantê-los comigo o tempo todo.

Então os enfiei no bolso da minha jaqueta e terminei de idealizar meu plano.

Eu confrontaria Cici.

Naquele momento, isso parecia algo simples. Ou ela estava trabalhando com Mãos de Raquete ou não estava. Eu ainda não havia absorvido uma das verdades universais da vida:

As coisas que parecem simples?

Geralmente não são.

# 62

## ŞAIZECI ŞI DOI

Cinco da manhã.

Camadas.

Dois pares de meia. Três camisas. Gorro. Luvas. Jaqueta. Cartão de alimentação.

Saí do apartamento como se fosse ficar na fila, mas me escondi do outro lado da rua.

E então esperei.

Cici saiu do apartamento enrolada em um cachecol amarelo. Então a segui, mantendo certa distância.

Supostamente, a fábrica de tecidos em que ela trabalhava era do outro lado da cidade, e por isso ela precisava sair tão cedo. Depois de uma caminhada de quinze minutos, ela dobrou a rua na esquina. Apressei o passo para acompanhar.

Quando cheguei à rua, ela havia desaparecido.

Olhei para os prédios. O bairro não era comercial, e sim residencial. E então vi a cor do seu cachecol amarelo. Atrás da janela...

De um Dacia preto.

Cada passo que dei em direção ao carro pareceu um quilômetro.

Eu deveria fazer isso?

Sim, eu precisava saber.

Eu me aproximei da porta do passageiro. Havia um maço de cigarros BT no painel, ao lado dos pés apoiados da minha irmã.

Através da janela, vi o formato de duas figuras em meio ao redemoinho de fumaça de cigarro presa. Coloquei meu rosto contra o vidro.

Cici deu um sobressalto. O motorista também. Foi rápido, mas eu vi.

O cabelo ralo, uma sobrancelha, as luvas imensas explorando o colo da minha irmã.

Mãos de Raquete.

Apontei um dedo para o vidro. Balancei a cabeça lentamente.

E então corri.

Sua voz ecoou atrás de mim.

— *Pui*, espera. Espera! — O Dacia ganhou vida com um ronco do motor. Continuei a correr, contornando e desviando rapidamente pelas calçadas. Meus pulmões queimavam, meu pulso fervia.

Meus tênis feitos pelo Estado estavam desgastados, com quase nenhuma costura. Escorreguei, quase caí, e perdi tempo. As pessoas circulando logo cedo pelas ruas olhavam para mim. Há uma diferença entre alguém que está correndo e alguém que está correndo *de* alguma coisa. Eu parecia mais do que suspeito.

O Dacia preto acelerou até chegar do meu lado, ficando cada vez mais perto, me deixando sem saída.

Minha irmã pulou do carro, e Mãos de Raquete foi embora.

Seu rosto queimava tanto que estava roxo. Seu batom estava manchado.

— *Pui*, me deixe explicar.

— Não tem o que explicar. Você virou uma informante, uma traidora, por causa de perfumes e absorventes.

— Não, você não entende. Eles estavam envenenando Bunu. Estavam lhe dando café com radiação! Eu precisava ajudá-lo. Eles falaram que, se eu cooperasse, me garantiriam medicamentos e um passaporte.

— Cooperar como?

— Estavam atormentando mamãe por informações sobre os norte-americanos, mas ela não lhes falou nada. Eles me procuraram, dizendo que, se eu seduzisse Van Dorn, tratariam Bunu. Mas Van Dorn não me quis. Ele percebeu minhas intenções imediatamente. A Secu me pressionou. Sugeriram que talvez você tivesse mais sorte tirando informações do filho.

Fiquei parado na calçada, encarando minha irmã.

— Então você armou para mim. Colocou o dólar norte-americano no meu álbum de selos para que eles pudessem me chantagear.

— Não, quero dizer, não exatamente. Você não me deixou terminar. Eu me senti tão culpada, *Pui!* No dia em que você chegou em casa e eu estava chorando, não era por causa de um exame na fábrica; era porque eu sabia que a Secu havia te pegado. Bunu estava tão doente! Eu sabia o quanto ele significava para você, e eu...

— Bunu está MORTO! Ele se foi, e continuamos escravos da Secu. E quer saber? Bunu sabia exatamente o que você estava fazendo.

Cici deu um passo para trás.

— É, Bunu tentou me contar. Ele sabia, Cici. E sabe o que ele disse? Que era muito doloroso. Que tínhamos um rato no nosso próprio apartamento. Você colocou a gente nessa, e agora Bunu está morto de qualquer jeito. Seu namorado agente matou ele? Ou foi o agente que mora no nosso prédio? Está saindo com ele também?

E então entendi.

— Você chamou Alex para sair. Delatou a família dele, falou que o pai dele leva ossos do trabalho para casa. Foi você. Tudo, foi tudo você. Você matou Bunu. Você matou meu relacionamento com Liliana.

— Não. Por favor — sussurrou.

— Você matou todos os meus planos. Você... me matou.

Virei.

E a deixei na calçada.

## RELATÓRIO OFICIAL

```
Ministério do Interior              ULTRASSECRETO
Departamento de              [20 de dezembro de 1989]
Segurança do Estado
Diretoria III, Divisão 330
```

Essa manhã, a reunião com a fonte FRITZI foi interrompida pela presença do irmão dela, OSCAR. Conforme previamente reportado, OSCAR passou a ser uma ameaça e precisa ser detido. Emitir alerta com seu nome e foto imediatamente.

# 63

## ŞAIZECI ŞI TREI

Inventei desculpas e fiquei na casa de Luca. Qualquer coisa para evitar Cici. Durante o dia, perambulei pela cidade, tentando me acalmar. O clima mais quente começava a derreter a neve, fazendo com que parecesse pedaços de mingau empapado ao longo da beira da estrada. Passei por um grupo de idosos mancando, com joelhos cheios de reumatismo e expressões corroídas pelo medo, pessoas que deveriam estar descansando, não esperando por pequenas porções de alimento. Entrei na fila para pegar batatas e, em vez disso, consegui uma cebola do tamanho de uma azeitona.

Traição. É indigerível. Transforma instantaneamente a percepção das coisas. Cada romeno carregava um mundo dentro de si, e o meu rapidamente foi de escuro para preto.

Fui para casa pelo caminho mais logo. Os jovens se aglomeravam do lado de fora, preenchendo a calçada em frente o bloco de apartamentos. A cabeça de Luca surgiu em meio a um grupo. Ele me viu e correu em minha direção.

— Onde você estava? Eu estava te procurando — sussurrou.

— Por quê?

— Ceaușescu voltou do Irã. Ele fará um discurso na praça. Um grupo de universitários vai estar lá. Vamos.

Quando chegamos à Praça do Palácio, um mar de milhares de pessoas já havia se reunido. Os *Aplaudacii* estavam amontoados em fileiras bem abaixo da sacada do Prédio do Comitê Central onde nosso líder apareceria. Alguns seguravam cartazes vermelhos que diziam VIDA LONGA A CEAUȘESCU e outras frases exaltando a glória do comunismo. O clima mais ameno havia inspirado uma multidão enorme.

— Esquece — disse a Luca. — É só outro comício de aclamadores.

Comícios de bajulação ao comunismo eram comuns na Romênia. Ao longo dos anos, todos nós fomos tirados da escola ou do trabalho para segurar letreiros e saudar o líder. Não tínhamos permissão de nos reunir em grupos de cinco por conta própria, mas Ceaușescu podia exigir que 50 mil se reunissem para exaltá-lo.

O prefeito de Bucareste começou sua apresentação pelo sistema de alto-falantes.

— Nosso tão amado e estimado líder do Partido e célebre patriota... nos deu prosperidade e promoveu total independência da Romênia socialista...

Célebre patriota? Depois do que houve em Timișoara? Nosso líder havia executado a tiros seres humanos inocentes — estudantes da minha idade. Prosperidade e independência? Eu não aguentava ouvir aquilo.

Ceaușescu e Mãe Elena apareceram na sacada sob aplausos. Ceaușescu se aproximou do microfone, acenando, vestindo um casaco preto caro com gola de pelo e um gorro combinando. Começou a falar as baboseiras de sempre.

— Não vou ficar aqui pra isso — falei para Luca. Virei para ir embora.

*BOOM!*

Uma explosão trovejou nos arredores. Gritos dispararam através da multidão. O que estava acontecendo? Alguém havia detonado um explosivo? Luca olhou para mim, os olhos arregalados.

Uma massa de pessoas se espremeu atrás de nós. A nova multidão de repente começou a oscilar, gritando.

— Buuu!

— Assassino!

— Fora, Ceaușescu!

Meu coração começou a bater com força. Todos sabiam que agentes da Securitate disfarçados estavam entre nós. Mas as pessoas continuavam a escarnecer mesmo assim.

Grupos de universitários apareceram, vaiando e gritando. Carregavam bandeiras.

— Assassino!

— Fora, Ceaușescu!

Outros se juntaram. Eles estavam vaiando o líder do nosso país. Ceaușescu parou de falar, confuso, e olhou para a multidão.

Gaguejou no microfone.

— Alô! Calma! O quê? Alô!

Mãe Elena abriu caminho para o microfone.

— Silêncio! — gritou.

E então o coro começou no fundo da multidão, baixo no início, e então mais alto, pulsando.

*Ti-mi-șoa-ra.*
*Timișoara!*
*TIMIȘOARA!*

Arrepios percorreram todo meu corpo. O volume aumentou, o som como de um trem de carga. Um sentimento de solidariedade surgiu, crescendo pela multidão. A Romênia encontrou sua voz. E nós a estávamos usando, juntos. E nosso líder desprezível estava desconcertado, abalado, tentando acalmar as pessoas, tentando controlar a situação. Em um quarto de século, isso nunca havia acontecido em Bucareste. O sentimento era palpável, um estalo e uma rachadura, a barreira da opressão se rompendo.

A emoção tomou conta de mim. Minhas mãos começaram a tremer. Por Bunu.

— Timișoara! — gritei.

Eu não conseguia parar. Os gritos vinham de um lugar profundo, rasgando minhas cordas vocais.

— Vocês são ladrões e assassinos! Traidores! TIMIȘOARA!

— Fora, Ceaușescu! — gritou Luca.

Os universitários encorajaram os outros a se juntarem ao coro. A resposta foi espontânea, poderosa. Milhares de pessoas estavam protestando!

Ceaușescu tentou retomar o controle. Em vão. Barulhos aleatórios saíram das caixas de som. Ele estava abalado, confuso. E a multidão... era palpável.

A sensação de se manifestar, falar em voz alta, ao invés de sussurrar, era eufórica. E dava para perceber que os outros sentiam também. Ceaușescu tagarelou algo sobre aumentar salários, mas os escárnios continuaram.

— Promessas vazias! Queremos comida. Queremos liberdade! — gritei.

Ceaușescu saiu da sacada e correu para o prédio do Partido. Mas a multidão não se dispersou. Olhamos uns para os outros e fizemos contato visual.

*Enxergamos* uns aos outros.

Era 21 de dezembro.

Os romenos de Bucareste estavam unidos e preparados.

Para a revolução.

# 64

## ŞAIZECI ŞI PATRU

A multidão não se moveu. As pessoas permaneceram chocadas, esperando.

Lucas estava boquiaberto e começou a rir, batendo no meu ombro de nervoso.

Uma mulher vestida em uma babushka se aproximou de nós.

— Vão para casa, garotos. Agora! — disse ela — Provavelmente está sendo televisionado. Havia câmeras. Haverá consequências. Andem logo. Vão pra casa e se escondam, eles vão matar todos vocês.

— Não somos covardes! — falei.

— Já estamos mortos! — respondeu um universitário de boné verde. — O sistema deles nos matou.

— Temos que lutar pelo futuro! — disse um homem.

— Temos que lutar pela Romênia! — gritei.

A multidão me encorajou. A idosa assustada cambaleou para longe.

Um universitário subiu em um poste de luz, segurando uma bandeira.

— Lembrem-se, isso é pacífico. Estamos pedindo por luz e eletricidade. Estamos pedindo por liberdade de opinião, liberdade de religião. Aqueles de vocês que estão incertos, por favor, juntem-se a nós! Trabalhadores, juntem-se a nós! Estudantes, juntem-se a nós. O mundo está observando a Europa Oriental. Mostrem a eles que os romenos não são covardes. Juntos, vamos lutar contra a tirania. Vamos marchar pela liberdade. Juntem-se a nós!

Um homem idoso tirou o gorro e o apertou com força entre as mãos. Com a voz trêmula, começou a cantar.

*Deșteaptă-te, române, din somnul cel de moarte.*

Desperta-te, romeno, deste sono da morte.

A antiga canção patriótica. Havia sido banida quando os comunistas destruíram a monarquia. Aqueles que sabiam a letra o acompanharam.

*Melhor morrer na luta, mas cobertos de glória*
*Do que mais uma vez sermos escravos em nossa terra ancestral.*
O estudante de boné verde virou para mim.
— Meu nome é Adrian — disse ele. — Como se chama?
— Cristian, este é Luca.
— Quantos anos vocês têm?
— Dezessete. — Tirei o canivete do meu bolso. — Ei, me dá essa bandeira.

Peguei a bandeira e cortei o brasão comunista do centro, deixando um buraco no meio das listras verticais em azul, amarelo e vermelho. Levantei-a para a multidão.

Sem o emblema do centro, ela parecia como a bandeira nacional de 1800?

Azul de liberdade.

Amarelo de justiça.

Vermelho de sangue.

— Cristian e Luca, carreguem a bandeira — disse Adrian. Ele gentilmente conduziu o senhor idoso para a frente do grupo. — E o senhor nos guiará, pelo tempo que sentir que é capaz.

Caminhamos juntos, gritando e cantando. A multidão aumentou conforme marchamos.

À medida que as pessoas saíam do trabalho, eu as encorajava a se juntar à proliferação de protestantes. Nossa coluna se expandiu e se tornou uma gigantesca onda de centenas de pessoas. Manifestantes empunhavam bandeiras com buracos, carregavam cartazes. Nossas vozes ficaram ásperas de tanto gritar e cantar, roucas de felicidade.

Meu corpo parecera inabitado por tanto tempo! Mas agora o vazio havia sido substituído por um senso de proximidade. A verdadeira camaradagem. Todos nós sentíamos. Víamos nos olhos uns dos outros. Era liberdade — e era glorioso.

Continuamos por horas.

A escuridão chegou. As multidões aumentaram. As informações circularam.

*As estações de TV e rádio na fronteira com a Hungria estão noticiando o protesto.*

*Ceaușescu convocou o exército. Estão estabelecendo bases.*

*Agentes disfarçados estão por toda parte. Tenham cuidado.*
Um grupo de manifestantes molhados correu por nós.
— Fiquem alertas — gritou Adrian. — Estão jogando jatos de água nas pessoas!
Chegamos à Praça da Universidade.
— Meu Deus! — disse Luca.
Pessoas... até onde a vista alcançava. Centenas e centenas de pessoas: mulheres grávidas, adultos com crianças em seus ombros, incontáveis estudantes. O som do povo bramia.
*Olé, olé, olé, olé, Ceaușescu nu mai e!*
Meu coração batia no mesmo ritmo dos coros.
*Li-ber-ta-te, Li-ber-ta-te!*
Basta de Ceaușescu. Liberdade!
Ajudei os manifestantes a construir uma barricada usando cadeiras e mesas perto do Hotel Intercontinental. Crianças correram perto da barragem, usando os dedos como armas, agachando em poses que imitavam os desertores que viam nos filmes norte-americanos. Tentei afastá-los.
— Adrian — gritou Luca —, não deveríamos falar para as pessoas levarem as crianças para a casa? Não deve ser seguro para os pequenos.
— Está tudo bem. Não vão atirar em crianças. É importante que pessoas de todas as idades se manifestem. O mundo precisa ver que todos querem mudanças.
Luca olhou para mim. Nossos pensamentos estavam em sincronia.
Adrian disse que não atirariam em crianças.
Como ele podia dizer isso depois do que houve em Timișoara?
Eles atirariam em qualquer um de nós. Ou pior.
Em todos nós.

# 65

# ŞAIZECI ŞI CINCI

Soldados, tanques, veículos armados. Unidades do exército e da milícia avançaram.
Um jovem correu até nós.
— Ceauşescu chamou mais militares. A Securitate e atiradores. Eles estão nos túneis embaixo da cidade. Estão vindo. Chegarão em breve!
— Só querem nos assustar — disse Adrian.
Luca tentou argumentar com um jovem soldado.
— Ei, abaixe sua arma. Você é romeno. Seu dever é defender a nação e seus cidadãos.
— Ele tem razão — acrescentei. — Você está a serviço do país, não dos criminosos. Ninguém quer violência.
— Vocês têm um cigarro? — perguntou o jovem soldado. — Eu fumo quando estou nervoso.
Adrian acendeu um cigarro e o entregou ao soldado.
— Vamos lá, abaixe a arma. Você é romeno, cara, assim como eu.
Os olhos do soldado dardejaram por um segundo embaixo do capacete.
— Vocês deveriam ir embora. Rápido!
— Ir embora? Não vamos embora. Este é o nosso país! Você é romeno? Está com a gente? — gritei na cara dele.
Luca me puxou para trás.
Os veículos blindados se aproximaram. Alguns manifestantes fugiram. Outros se espalharam e se esconderam.
— Me sigam! — gritou Adrian.
Corremos atrás dele, nos aproximando do hotel. Quando subimos na calçada, o rastro de uma bala traçante zuniu por cima de nossa cabeça.
— Cuidado! Estão marcando nossa posição.

Abaixamos atrás de um carro. Um garotinho estava agachado ao lado de um dos pneus, os olhos bem fechados, as mãos protegendo os ouvidos. Um grito profanamente agudo soou pelas ruas.

— Precisamos chegar à barricada — gritou Adrian. — Em maior número somos mais fortes.

— Esperem, não levantem! — gritei. — Coloquem a criança debaixo do carro.

— PAPAI!!! — berrou o menino.

As linhas vermelhas das balas traçantes voavam pela praça. Olhei para cima. Se os atiradores estivessem posicionados nas janelas, não importaria onde estivéssemos. Eles teriam uma visão panorâmica para atirar. E então ouvi meu nome.

— Florescu!

Quando virei na direção da calçada, Adrian começou a correr para a barricada. Um tiro acertou seu peito. Ele deu um passo, tropeçou e caiu de cara no asfalto.

— É o Florescu! — Mãos me agarraram por trás.

Luca pulou para me proteger, e o mundo passou a se mover em câmera lenta.

— Criiiistian! — gritou Luca.

Uma bala passou pelo ombro direito de Luca, e outra rasgou seu braço. Sangue explodia como fogos de artifício na minha frente. Vários projéteis voavam perto de mim. Eu podia ouvir meus batimentos cardíacos. Luca oscilou, cambaleou e despencou no chão.

— LUCA!

Resisti, chutando, tentando escapar das mãos. Uma batida na minha cabeça. Minha visão embaçou, distorcendo a imagem do meu melhor amigo deitado em uma poça de sangue na rua.

— Luca — sussurrei.

E então o mundo ficou todo preto.

# 66
# ŞAIZECI ŞI ŞASE

Anda, acorda. Você tem que acordar.

Alguém estava batendo na minha cara.

Pisquei, tentando entender o que estava na minha frente. Mais de uma dúzia de pessoas, abarrotadas dentro de um veículo em movimento.

— Levou uma pancada daquelas na cabeça. Desmaiou, mas precisa acordar — disse um homem.

— Onde estamos?

— Em um camburão. Estão nos levando para o Posto 14.

Eu me sentei lentamente e olhei ao redor. Havia tanto adultos quanto crianças no camburão.

— Luca — murmurei. Minha cabeça estava tão pesada.

— Levaram ele embora — disse uma voz fraca. Ao procurar na escuridão, me deparei com o garotinho que estava agachado perto do pneu.

— Quem levou ele embora? — perguntei.

— Não sei — respondeu o garoto. — Foi aí que me pegaram. Eles pegaram meu pai e minha irmã também. — Ele apontou para silhuetas sombreadas no veículo.

O camburão parou subitamente. A porta traseira se abriu.

— Saiam!

Eles nos arrancaram do camburão em grupo até o que aparentava ser uma garagem. Eu cambaleei, minha cabeça explodindo.

— Mãos para o alto!

Colocamos nossas mãos na parede do prédio, e eles começaram a nos revistar. *Deixa*, pensei. E então me lembrei. Os papéis da Anistia Internacional. Estavam no bolso do meu casaco.

E eram uma sentença de morte.

Estavam no meu bolso esquerdo ou no direito? Minha *cabeça*, eu não conseguia lembrar em que bolso havia os colocado. Precisava conferir. Precisava enfiar os papéis dentro da minha calça.

Havia um cheiro acre e graxo, uma umidade abaixo dos meus dedos. Semicerrei os olhos: tinta verde molhada.

Nossas mãos na tinta, estavam nos marcando. Se eu encostasse na minha jaqueta ou nas minhas calças, perceberiam. Foi então que ouvi.

Gritos.

Gritos tortuosos vindos de dentro da garagem. Vozes masculinas. Vozes femininas. Gritando e suplicando por piedade. Fizeram-nos esperar, escutando, antecipando nossa vez. As crianças começaram a chorar. Fechei os olhos e pensei em Luca.

*Aguenta firme, Luca. Por favor.*

Quando o guarda chegou a mim, ele não me revistou, apenas me encarou. Fiquei aliviado e apavorado ao mesmo tempo. Os papéis ainda estavam comigo.

Depois de vários minutos, o som de gritos se dissipou. Os guardas nos organizaram em filas e nos conduziram para dentro. Luzes amarelas zuniam e chiavam, iluminando o aposento quadrado. Marcas de mãos verdes de todos os tamanhos se alinhavam nas paredes. Água gotejava de um cano no meio da sala, pingando em uma piscina de sangue. Um tufo de cabelo, ainda preso a um pedaço de couro cabeludo, estava descartado no chão.

Um guarda jogou água de um balde, enxaguando a tortura do cimento.

— Próxima rodada. De frente para a parede! — ordenou o guarda.

— Mãos para cima!

— Por favor! — implorou um homem. — Soltem meus filhos. Fiquem comigo, mas deixem meus filhos irem.

Eles o pegaram e o colocaram no centro da sala. Enquanto espancavam o homem, usavam varas para golpear nossas costas.

— Por que não deixou seus filhos em casa? — gritaram. — Levou eles para uma manifestação ilegal. Vai pagar por isso.

— Papai, não! — chorou uma garota.

Fomos levados em turnos, cada um de nós foi arrastado para o meio da garagem, chutado, socado e golpeado. Quando finalmente chegou a vez do garotinho dar um passo à frente, ele desmaiou e deslizou pela parede.

Para reunir coragem, me concentrei em Luca. *Aguenta firme, Luca.*

Sim. Eu ia pensar no que fizeram com Luca. No que fizeram com Bunu. Três homens me arrastaram para o centro da sala e me jogaram contra o concreto. Cada vez que eu tentava levantar, eles me empurravam de volta. Eu tentava mesmo assim.

— É ele — comentou um guarda que estava no canto da sala.

O torturador me rodeou, batendo um cassetete contra a perna.

— Ele é um dos especiais, né? E jovem. Boa noite, traidor.

O primeiro golpe foi contra o topo da minha coluna, entre minhas escápulas.

*Bunu.*

Então eles me fizeram sentar e usaram o cassetete para atingir minhas costelas.

*Luca.*

Eles se revezaram para socar meu rosto.

*Romênia.*

Chutaram abaixo da minha cintura. Perdi o fôlego e toda a noção do que estava acontecendo.

Minha bochecha encostou no concreto molhado e frio. A sala saiu de foco. Uma voz deturpada surgiu no meu ouvido.

— Nos disseram que você está em uma lista especial, então trouxemos uma coisa especial pra você.

Olhei de um lado para o outro. Ouvi o estalo e o tinir de uma corrente de metal. Um rosnado. Feroz.

— Ele está faminto. E é muito fiel ao Amado Líder.

Os outros prisioneiros arquejaram. Uma criança choramingou.

Eles encurralaram os outros detentos e os empurraram para fora do aposento, na direção de um corredor.

Continuei deitado, esparramado no chão. Sangue, molhado e de gosto metálico, saía da minha boca. Dois dentes ensanguentados entraram em foco no chão. Eram meus?

O cachorro puxou, forçando contra a corrente, pronto para atacar. Ele comeria meu rosto primeiro? Minha virilha? Os guardas formaram um semicírculo e acenderam cigarros para assistir ao espetáculo.

Olhei para o cachorro. A cara, que antes era doce, agora transformada em loucura. Ele também era um prisioneiro — haviam lhe negado comida, abrigo e segurança. Havia sido espancado e levado a um estado de desespero e selvageria. Senti uma lágrima cair do canto do meu olho e deslizar pela minha bochecha. O cachorro me observou e se acalmou.

Eles soltaram a corrente, e o animal avançou na minha direção. Parou. Inclinou o rosto, avaliando. Um dos guardas o chutou, o incitando. O cachorro se enrijeceu, virou e investiu contra seu agressor. Enquanto os guardas se atropelavam para se proteger, me arrastei para me levantar. Não daria a eles a satisfação de saberem que me machucaram. Não.

*Melhor morrer na luta, mas coberto de glória*

Manquei para me juntar aos outros no corredor.

Ficamos em pé, alinhados em ambos os lados do corredor. Amarraram nossas mãos em frente ao nosso corpo. As de alguns com arames, as de outros, com corda.

— Todos vocês darão declarações oficiais! — gritou um guarda.

Eles nos bateram, repetidas vezes, tentando fazer com que admitíssemos culpa. Ninguém o fez. Nem mesmo as crianças.

— Eu sou a história viva. Eu sou a liberdade — disse um homem. — Essa é minha declaração.

— Vocês me tiraram tudo. Eu não tenho nada a perder — sussurrou uma mulher.

Foram até mim, exigindo uma confissão.

Lambi o resto de sangue dos meus lábios e assenti. Minha voz estava rouca com a revolução, mas eu estava pronto. Eu viraria o jogo.

— Ele fuma cigarros BT. Gosta do Steaua. Tem as mãos do tamanho de raquetes de tênis. Encontra uma garota bonita no acostamento de manhã cedo — declarei. — Ele tem grandes planos. É ele quem vocês querem.

As sobrancelhas do guarda franziram em confusão, mas ele anotou minhas palavras. Eles acreditaram que eu estava confessando. Olharam para meu documento de identidade.

— Espera, achei que tinha dito que esse aqui... Ele só tem 17 anos — disse o guarda.

O torturador deu de ombros.

Começaram a nos guiar para fora, na direção de uma fila de vans.

— Para onde estão nos levando? — perguntou um homem.

— Para onde acha? — zombou um guarda. — Para Jilava.

Jilava.

Não.

Jilava era para onde os prisioneiros de segurança máxima eram enviados. Prisioneiros com sentença maiores do que dez anos. Prisioneiros que seriam torturados. Estavam enviando adolescentes e crianças para Jilava?

Os camburões estavam lotados de detentos feridos. Alguns estavam chorando.

Não, eu não entraria no camburão.

Fiquei no final da fila, planejando fugir no último minuto. Chutaria a virilha do guarda. Eu tentaria alguma coisa, qualquer coisa. Eu me aproximei da traseira do veículo. Fumaça quente saída do exaustor e circulava entre meus tornozelos. Precisava ficar. Precisava lutar. Precisava encontrar Luca. Eu não ia entrar no camburão. Eu não ia para Jilava.

— Ei, garoto — sussurrou um homem no veículo. Olhei para ele.

Ele usou a cabeça para apontar para uma pessoa sentada perto dele.

— Alguém está tentando chamar sua atenção.

Perscrutei a escuridão. Embaixo da luz interior do camburão, vi um rosto familiar, manchado de sangue e lágrimas. Ela levantou os pulsos amarrados e gesticulou com a palma verde.

Pulei no camburão.

# 67
# ŞAIZECI ŞI ŞAPTE

As portas do camburão foram fechadas com força, e o veículo começou a andar.

Um homem acendeu um isqueiro para inspecionar as feridas de seus filhos. O rosto dela se iluminou brevemente.

Liliana.

Abri caminho em meio aos corpos amontoados e me espremi ao seu lado.

— Você está bem? — sussurrei.

— Cristian, seu rosto. O sangue.

Borrifos de sangue cobriam minha camisa e meu casaco. Eu não conseguia respirar direito. Provavelmente tinha uma costela quebrada. Meu nariz parecia estar fora do lugar.

Usei minhas mãos amarradas para puxar meu nariz. Senti algo esfarelar contra meus dedos e ouvi um som crocante alto. Forcei meu nariz de volta no lugar, e uma explosão de dor atingiu minhas bochechas, o fundo da minha garganta e meu estômago. Sangue transbordou da minha boca e pelo meu queixo, mas eu conseguia respirar melhor. Um homem me ofereceu um cantil. Dei um gole e limpei minha boca e meu nariz.

Liliana começou a chorar.

Coloquei minhas mãos amarradas com arame em cima das dela, tentando segurar seus dedos.

— Eu estou bem — assegurei. — Você está bem?

— Bateram em nós com varas, nos chutaram, nos socaram — disse em meio a lágrimas. — Um homem estava em uma lista especial... o escalpelaram.

Eu sabia sobre a lista especial.

— Há quanto tempo está aqui? — perguntei.

— Não tenho certeza, mais de uma hora — sussurrou. — Me pegaram na Praça da Universidade.

— Eu também.
— Você estava com Luca? — perguntou.
Assenti, e, sem aviso prévio, meu rosto se distorceu em lágrimas.
— Luca — sussurrei. — Atiraram nele.
— O quê?!
— No mínimo duas vezes — resmunguei. — Vi ele cair no chão, e então tudo ficou preto. Não consegui salvá-lo. Não sei onde ele está. — Levantei as mãos para afastar as lágrimas.
— Ai, meu Deus! — Liliana se apoiou contra mim e sussurrou no meu ouvido. — Vamos encontrá-lo, Cristian. Nós vamos.
— Precisamos.
Ela assentiu. Sua testa encostou na lateral do meu rosto. Pressionei meu rosto contra o dela, ignorando a dor na minha cabeça. Ficamos daquele jeito por um bom tempo, nossos rostos unidos. Em silêncio.
— Estão se beijando? — perguntou o garotinho.
— Não. — Fungando as lágrimas —. Estou contando um segredo a ele.
— Um segredo? O regime está espancando, atirando e matando crianças — disse um homem com um vasto bigode. — Isso não pode ficar em segredo. Todos nós estávamos de mãos e barrigas vazias. Transformaram um protesto pacífico em um banho de sangue. E esses torturadores da décima quarta delegacia, eles são desumanos!
— Shh... vão nos bater de novo — alguém sussurrou.
— Sim, vão nos bater de novo. Não ouviu? — respondeu o homem de bigode. — Estão nos levando para Jilava. Esse foi só o começo.
— E os outros manifestantes?
— Vão continuar protestando — respondeu. — As manifestações não estão mais só em Bucareste. Estão acontecendo em Arad, Satu Mare, Sibiu, Cluj, Iași e em outras cidades. Mas precisamos fazer o exército trocar de lado. Há rumores de que os militares talvez fiquem do lado do povo.
Pensei no jovem soldado que alertou para que eu e Luca partíssemos. Ele estava tentando nos ajudar.
— Como podemos fazer eles trocarem de lado? — perguntei.
— Não podemos. A decisão tem que vir dos próprios generais.
Ficamos sentados no camburão, exaustos e assustados. Será que os militares se virariam contra o regime?

A voz de Liliana cortou a escuridão.

— Eu sou Liliana Pavel, e este é Cristian Florescu. Temos 17 anos, somos estudantes no Colégio MF3 e moramos no setor três em Salajan. Não sei o que vai acontecer quando chegarmos em Jilava. Se qualquer um de vocês for solto, podem, por favor, entrar em contato com nossas famílias? Liliana Pavel e Cristian Florescu. Digam a nossas famílias que nos viram juntos e que... estávamos vivos.

# 68
# ŞAIZECI ŞI OPT

Jilava.
Um gigantesco monstro da cor de ossos secos que morava ao sul de Bucareste.
Abóbadas de tijolos expostos. Pesados portões de metal. Uma história macabra.

Eu não havia dito nada na van, mas estava preocupado. Bunu havia me contado sobre Jilava.

— É o pior lugar de todos, reservado para presos políticos e pessoas que foram presas por suas crenças. Os detentos são torturados, mutilados, queimados e trancafiados em caixas congelantes.

Nós éramos considerados presos políticos. E marchamos com um grupo que parecia ter 100 mil pessoas.

O camburão parou.

— Cristian — sussurrou Liliana. — O que vai acontecer com a gente?

O medo em sua voz doía em mim.

— Não sei. Fique perto de mim.

O pai das duas crianças avisou aos filhos.

— Fiquem alertas e fiquem juntos. Não importa o que aconteça, fiquem juntos. Me prometam. — As crianças assentiram e choramingaram.

Nosso camburão estava estacionado ao lado de vários outros na prisão, o número de detenções foi grande. Guardas apareceram e nos guiaram em fila pelo caminho. Acima do arco, havia uma placa desgastada iluminada por uma lâmpada vermelha. A precariedade era assustadora.

**FORTUL Nº 13**
**JILAVA**

Saímos do veículo, e os guardas cutucaram nossas costas com cassetetes, nos encurralando em um túnel formado por militares. Uma onda de varas nos atingia conforme tentávamos andar pelo corredor. Fomos guiados até uma cela grande e úmida, já abarrotada de pessoas, que começaram a nos bombardear de perguntas

— De onde vocês vieram? Têm alguma notícia?

— Viram minha filha?

— Meu deus, prenderam crianças. Estão cobertos de sangue.

— SILÊNCIO — explodiu um guarda.

As pessoas começaram a sussurrar.

Outro prisioneiro soltou as mãos.

— Crianças e menores de idade enviados a Jilava? O regime deve estar desesperado.

— O que tem escutado? — perguntei.

— Rumores de que Ceaușescu e os militares estão se desentendendo. Os soldados não querem atirar nos cidadãos.

— Meu amigo levou um tiro que veio do alto, de uma janela, não era de um soldado.

— Talvez um atirador da Secu. Você está tremendo. Você está bem?

Se eu estava bem? Alguém estava bem?

— Estou preocupado com meu amigo — falei.

Ele assentiu.

— Vamos tentar tirar vocês, jovens, daqui.

Liliana me colocou debaixo de uma lâmpada.

— Cristian, seu nariz está quebrado. Precisa de um médico.

— Olhe ao redor. Todos precisamos de um médico. O que eu preciso é encontrar o Luca. Além disso, não é meu nariz que está doendo, e sim minha cabeça. E minhas costelas. Dói para respirar.

Liliana tirou o cachecol roxo do pescoço.

— Tire a jaqueta.

Removi o casaco, e ela enrolou seu cachecol em volta da minha caixa torácica.

— Ai.

— Desculpa. Precisa ficar firme — ela disse, fazendo um nó. Ajudou.

Vasculhei os bolsos da minha jaqueta em busca dos papéis. Rapidamente os enfiei na parte da frente da minha calça. Liliana semicerrou os olhos, observando.

— Não pergunte.

Homens abriram caminho pelo grupo, coletando cigarros.

— Vamos negociar com os guardas, dar cigarros a eles para que liberem as crianças.

Trocar Kents pela vida de crianças. E ele disse isso sem nenhuma hesitação, sem a dor e a verdade vergonhosa que isso trazia — que os guardas se importavam mais com nicotina do que com seres humanos.

Liliana e eu caminhamos em direção ao canto da sala. A tinta da parede da cela estava descascando em alguns pontos como se fosse pele morta, revelando os tijolos. As mensagens de antigos prisioneiros permaneciam gravadas para que lêssemos:

*Colocar palha embaixo da roupa ajuda nas surras.*
*Lembrem-se de Richard Wurmbrand.*
*Digam ao mundo que somos inocentes.*

Liliana se aproximou.

— Estou com medo, Cristian. Estou com medo que nos torturem, mas estou com ainda mais medo de que a rebelião dê errado.

— Você ouviu o homem no camburão. A vontade é muito grande. A rebelião só vai crescer. Mas foi perigoso você estar na rua tão tarde. Estava sozinha?

Ela balançou a cabeça.

— Eu estava com Alex — ela disse, e esperou um momento. — E Cici.

— Cici?

— Ela apareceu no nosso apartamento procurando por você. Estava agitada, disse que você não esteve em casa o dia todo e estava morrendo de medo que algo acontecesse. Ela ia te procurar e pediu que Alex a ajudasse. Eu quis ir junto, e então nós nos perdemos em meio à multidão.

Cici havia me traído. Como ela podia alegar se importar comigo? Olhei para o rosto manchado de lágrimas de Liliana.

— Diga ao Alex para ficar longe de Cici. Ela é...

Liliana se aproximou e colocou um dedo nos meus lábios.

— Eu sei. Descobri no dia do funeral. Ela estava me delatando. Nos viu bebendo a Coca.

— Ela armou para mim — sussurrei. — Enviou a Secu para chantagear o próprio irmão. E Alex? Podemos confiar nele? — perguntei.

— Sendo sincera, não sei. Mas ele e Cici pareciam ter um plano. Antes de nos separarmos, Cici me disse algo. Ela disse que, se eu te encontrasse, deveria te passar uma mensagem.

Olhei para ela, esperando.

— A mensagem é: o Sr. Van Dorn mandou dizer obrigado. Isso faz sentido pra você?

Lágrimas de alívio surgiram nos meus olhos. Fazia sentido. Van Dorn estava confirmando ter pegado meu diário. Mas como Cici tinha essa informação?

— O que isso significa? — Liliana perguntou.

Não tinha por que esconder. Não agora.

— Lembra aquela noite na escadaria, quando eu disse que tinha uma ideia? — sussurrei. — O Sr. Van Dorn é um diplomata na Embaixada dos Estados Unidos. Minha ideia era dar a ele um diário cheio de informações que juntei, um grito de ajuda para ele compartilhar com outros diplomatas.

— Meu Deus, Cristian! Dá pra entender por que te bateram desse jeito.

— Honestamente, acho que eles ainda não sabem sobre isso.

— O que estava escrito no diário? — ela sussurrou.

— A verdade. Páginas com informações sobre o que o regime está fazendo com os romenos. Várias piadas de Bulă. Recados do Bunu. Escrevi uma carta no final. O título que dei ao diário foi: *Sussurros Retumbantes: Um Adolescente Romeno em Bucareste*. Não coloquei meu nome em lugar nenhum.

— E você simplesmente o entregou a um diplomata norte-americano?

— Não, escondi na mesa dele.

Liliana ficou boquiaberta.

— E se a Secu o encontrou?

— Você acabou de me passar uma mensagem de Van Dorn. Bem, supostamente uma mensagem vinda dele, confirmando que *ele* o recebeu. — Olhei para a frente da cela. — Precisamos sair daqui. Preciso achar o Luca e te levar para casa.

— Se eles perceberem que queremos ficar juntos, vão nos separar — disse Liliana.

Olhei para seu rosto maltratado e desafiador. Ela queria ficar comigo.

— Disse que não ia desistir, Cristian.

— Não vou desistir.

Mas e se esse fosse meu fim? Eu nem a havia beijado.

— Tragam os jovens para a entrada da cela! — ordenou o guarda.

— Anda — disse um homem —, essa pode ser sua única chance.

— Eu sou Liliana Pavel — ela gritou conforme fomos empurrados para a frente do grupo. — Eu e meu amigo Cristian Florescu somos colegas no Colégio MF3 e moramos no setor três em Salajan. Se qualquer um de vocês for solto, por favor, contate nossas famílias. Diga que nos viu juntos e que estávamos vivos.

— Meu amigo Luca Oprea foi baleado na Praça da Universidade — gritei. — Ele também é aluno no Colégio MF3. Se qualquer um de vocês for solto, por favor, tente ajudá-lo.

Um guarda pegou os jovens irmãos pelo colarinho.

— Papai! — o garotinho gritou, estendendo a mão para o pai. — Para onde estão nos levando? Queremos ficar com você!

— Vou te ver logo, logo — disse o pai, engolindo as lágrimas. — Lembre-se de ficar com sua irmã. Devem ficar juntos.

— Para onde estão nos levando? — sussurrou Liliana. — E se lá for pior? Não é melhor ficar aqui?

Um homem pegou meu ombro, me fazendo parar.

— Eu conhecia seu avô — ele sussurrou rapidamente.

Ele conhecia Bunu?

O homem assentiu.

— Ele estaria muito orgulhoso de você.

# 69

## ŞAIZECI ŞI NOUĂ

Eles nos enfiaram em uma sala com mesas e bancos compridos. O guarda ordenou que sentássemos, trancou a porta e saiu. Na minha frente, ao lado da porta, havia dois retratos emoldurados. Em um estava Mãe Elena, e no outro, Ceauşescu com uma orelha só. Encarei seus rostos.

Não tínhamos comida ou liberdade.

Por causa deles.

Estávamos cercados por espiões e torturadores.

Por causa deles.

Não tínhamos confiança.

Por causa deles.

Eu não conseguia olhar para os retratos. Tirei-os da parede e os joguei em um canto.

— O que está fazendo? — arquejou Liliana. — Está colocando todos nós em perigo.

— Se eu tiver que olhar para eles por mais um segundo, vamos estar em perigo de qualquer jeito.

Liliana se virou para as crianças.

— Fiquem de cabeça abaixada. Se o guarda perguntar, digam a ele que os retratos já estavam assim quando chegamos.

O guarda voltou carregando baldes e uma prancheta. Ele bocejou.

— Não tivemos descanso desde Timişoara por causa de delinquentes como vocês. Sabe o que isso causa? Nos deixa com raiva.

Não dissemos nada. Ele colocou os baldes no chão e percebeu a bagunça de retratos no canto.

— Quem fez isso?

Silêncio.

— Perguntei quem fez isso!

Dei de ombros.

— Estavam assim quando chegamos.

— Não, não estavam.

— Estavam sim! — todos insistimos.

O guarda piscou, exausto, desacostumado a lidar com um coro de crianças. Ele olhou para nós e esperou, incerto.

— Bem, vocês irão jurar sua obediência ao nosso herói e à Mãe Heroína. Cada um de vocês vai se ajoelhar e beijar os retratos ou serão levados de volta a suas celas. E meu superior deverá assistir vocês fazendo isso. — Ele se virou e trancou a porta novamente.

— Temos mesmo que fazer isso? — perguntou o garotinho.

— Sim, provavelmente. Sinto muito. — Suspirei. Por que eu tinha que mexer nos retratos? Por que não podia apenas ter os ignorado?

— Me beija.

Ela falou tão baixo que achei que talvez tivesse imaginado.

Mas então ela disse de novo.

— Me beija. Por favor, Cristian. Antes que nossos lábios sejam forçados a tocar... neles — sussurrou.

Eu me virei e olhei para Liliana, o desespero tomando conta do seu rosto. Puxei-a para os meus braços, segurando-a próxima de mim, minha testa de encontro a dela. Sua respiração pairou contra minha boca.

Beijei-a. E então a beijei de novo. E de novo. A cada vez com mais doçura. Beijei seu nariz, seu maxilar, seu pescoço. Afastei o cabelo de sua sobrancelha e beijei seus dois olhos.

Uma única lágrima rolou por sua bochecha.

Segurei-a contra meu corpo, não querendo soltá-la.

As crianças ficaram sentadas, boquiabertas, nos encarando.

Passos ecoaram atrás da porta. Rapidamente nos separamos. O guarda retornou acompanhado de outro oficial uniformizado. Ele inspecionou o recinto.

— Não — vociferou o oficial —, os retratos não estavam no chão. E aquele ali — disse apontando para mim — é o único alto o bastante para alcançá-los. — Ele pegou os retratos e os posicionou no chão de azulejo. — Venha, camarada. Hora de agradecer.

Ele ia me bater. Eu sabia. Eu não podia deixar transparecer que minhas costelas doíam. Se notassem, as atingiriam primeiro. Levantei rapidamente, tentando não estremecer. Ele se aproximou.

— Ah, sinto muito pelo seu nariz, camarada. Está doendo? — Um soco rápido me fez cair no chão.

Ele usou seu cassetete para atingir minhas costas e minhas pernas.

— Jovens ingratos. O Partido te deu um belo lar, e é assim que agradecem? Rasteje até o Amado Líder e a Heroína Mãe. Eles estão esperando seu pedido de desculpas.

Engatinhei em direção aos retratos. O beijo de Liliana permanecia mais forte do que o soco. Poderia ser a primeira e última vez que beijaria Liliana e eu não queria abandonar o sentimento.

— Pare de enrolar! Anda logo.

Pairei sobre o retrato de Ceaușescu. Eu queria mastigá-lo, engolir e depois vomitá-lo em cima de Mãe Elena. Mas pelo silêncio da sala, as crianças, Liliana, estavam todos assustados. Não podia fazer isso. Rapidamente encostei o canto dos meus lábios em Ceaușescu e então em Elena. A poeira do retrato cobriu meus lábios. Deixaram-nos insalubres. Graças a Deus por Liliana ser tão esperta.

Fizeram os outros performarem o mesmo ritual. Liliana se ajoelhou, seu rosto um misto de asco e rebeldia. Seu nariz encostou o retrato, mas posso jurar que seus lábios não.

O oficial chutou os baldes de metal.

— Baldes? Não, não, não. Esses camaradas não merecem baldes. Depois de beijarem os retratos, farão o serviço com as mãos.

Eles nos levaram para uma sala de azulejos e sem janelas. O ar estava infestado de moscas.

— O esgoto está entupido há um tempo. A sacola está no canto. Limpem isso, Camaradas. Melhor se apressarem ou podem acabar perdendo o camburão.

*Havia* uma sacola no canto. Mas estava embaixo de uma grande montanha de fezes.

Uma das crianças começou a chorar. O guarda agigantou-se, cutucando e estocando a barriga da criança com seu cassetete.

— Não, não, pestinha. Sem chororô. Se é grande o bastante para protestar e participar de atos ilegais, tenho certeza de que tem idade o suficiente para limpar um banheiro. Olha esse monte fresquinho. É aqui que vocês pertencem. — Ele deixou o recinto.

Ficamos parados, nossos braços largados na lateral do corpo. *Quanto custa a dignidade?*

A pergunta de Bunu rodopiou em minha mente.

Éramos o monte no chão.

Era isso que estavam nos dizendo.

O que pensavam.

O que o mundo pensava? Sabiam das nossas décadas de dificuldades? Culpavam os cidadãos romenos? Sabiam que o regime nos mantinha isolados, ou acreditavam nos estereótipos injustos?

Virei para as crianças.

— O Drácula é um personagem fictício criado por um autor irlandês. Ele não tem qualquer conexão com a nossa história — afirmei.

— Sabemos disso — respondeu a irmã.

— E romenos são pessoas brilhantes. Alguns são vencedores do prêmio Nobel! — gritei.

— Por que está dizendo isso?

— Porque não somos uma merda. Estão ouvindo? Somos mais romenos do que esses guardas!

Pairou um silêncio. Um palpitar de emoção comprimiu minha garganta rouca.

— Não importa o que eles façam ou digam, somos melhores do que isso.

Por que a Romênia era um canto tão escuro no mapa? Era a distância? Havia um ponto específico no mapa em que um país se torna tão longe que ninguém mais se importa com ele?

A Anistia Internacional estava tentando disseminar a verdade. Mas se os guardas encontrassem os documentos comigo, eu seria assassinado. Eu não poderia arriscar machucar os outros. Tirei os papéis da minha calça e os usei como pá.

— O que são esses papéis? — sussurrou Liliana.

— Uma sentença de morte — respondi a ela.

# 70

## ŞAPTEZECI

Outras três crianças foram levadas ao aposento de azulejos. Cinco crianças além de mim e Liliana. Tentei fazer a maior parte do trabalho usando os papéis e meus sapatos.

Pensei nos retratos que estavam na outra sala.

— Aqueles retratos dariam boas pás — sussurrei para Liliana.

— Não ouse.

Finalmente terminamos. Estávamos fedorentos.

— Andem! — gritaram os guardas. Usaram os cassetetes e as armas para empurrar nossas costas, nos conduzindo de volta para o corredor de cimento por onde havíamos entrado.

— Agora vamos para casa? — perguntou a irmã.

— Vocês vão para uma casa nova — respondeu o guarda.

— Eu quero o papai — choramingou o irmão. — Papai!

— Certifique-se de amarrar os mais velhos.

Um guarda me empurrou contra a parede e pressionou o cassetete logo abaixo da minha garganta. Usaram corda para amarrar minhas mãos na frente do meu corpo. A dor nas minhas costelas, quase desmaiei.

O sol havia nascido. Enquanto nos colocavam de volta em um camburão, um caminhão chegou carregando uma dúzia de novos prisioneiros. Eles nos olharam, as expressões de choque.

— Que horas são? — perguntei — Do que sabem?

— É por volta de 8h da manhã. A luta continua. Permaneçam firmes, estamos perto!

Os guardas nos empurraram para dentro do camburão. As crianças começaram a chorar, e os prisioneiros recém-chegados tentaram intervir.

— Desgraçados! Soltem as crianças!

— Liberdade! — berrou um homem.

Ele foi atingido com o cassetete antes que pudesse dizer outra palavra.

Sentei no camburão, tentando respirar. Estendi meus pulsos para Liliana.

— Consegue afrouxar o nó? — sussurrei.

— Está fedendo. Para onde estamos indo? — disse uma voz baixa.

— Pergunte ao garoto grande.

O garoto grande. Sério?

De repente, me senti tão pequeno, tão cansado! Tão assustado! Eles disseram que a luta continuava, mas e se a revolução falhasse? Quão pior as coisas podiam ficar? Para onde estávamos indo? Nossas famílias estavam nos procurando? A Secu estava me procurando? Cici estava dizendo a verdade sobre a mensagem de Van Dorn? O que fariam com os prisioneiros que nos ajudaram a sair da cela?

Liliana se apoiou no meu ombro. Minha cabeça tocou a dela, e, em algum momento, meus pensamentos exaustos cederam a um sono superficial.

Chegamos no meio da manhã. Reconheci o local no momento que abriram as portas do camburão. Strada Aaron Florian. Estávamos próximos à Embaixada dos Estados Unidos e ao apartamento de Van Dorn.

Na nossa frente havia um prédio branco e ornamentado. Guirlandas decorativas de gesso pendiam acima de cada porta e janela. Mas a beleza da Belle Époque e as linhas do exterior de gesso branco não enganavam ninguém. Escuridão e crueldade moravam dentro do prédio, aprisionadas pelas barras de ferro em cada janela.

Esperamos no camburão, as mãos ainda presas, enquanto o guarda cansado se arrastou até a grande porta de entrada. A irmã e o irmão ficaram agarrados juntos, como instruído pelo pai. Explosões e sons de tiros ecoavam nos arredores.

Levantei meus pulsos para Liliana.

— Tente o nó de novo.

Minha voz não era minha. Estava rouca e desgastada pela dor. Coloquei minha boca próxima à sua orelha.

— Estrela-do-mar já me falou sobre esse lugar. É uma detenção juvenil. Enviaram o primo dele para cá. Rasparam a cabeça dele, o espancaram e fizeram todo tipo de coisa horrível. Acho que devemos sair correndo.

— Você não está em condições de correr, e não podemos abandonar essas crianças.

Ela tinha razão.

— Vai você — ela disse de repente, tirando a corda da minha mão —, anda, se esconde atrás da van e depois atrás de um prédio. Vai! Manda alguém vir atrás da gente. Vamos falar que você fugiu do camburão em Jilava.

Eu hesitei.

— Não, não vou te abandonar.

— Vai! Agora! — ela sussurrou, me empurrando. — Encontre meus pais e Alex. Eles vão ter algo para usar de suborno. Vão conseguir tirar todos nós daqui. Nos salve!

Eu poderia salvá-los?

Liliana achava que eu era capaz. Ela acreditava em mim.

Bunu acreditava em mim.

Eu não podia decepcioná-los.

# 71
## ŞAPTEZECI ŞI UNU

Rastejei até a porta aberta do camburão e observei o guarda se aproximar do edifício imponente. O motorista estava inclinado contra o veículo. Ele fechou os olhos.

Silenciosa e dolorosamente, desci da traseira do veículo e me escondi ao lado do pneu. Atravessei a rua e agachei em uma sombra ao lado de um prédio. Rastejei até estar fora da linha de visão.

E então tentei correr.

Dor disparou através do meu tronco. Apertei minhas costelas com as mãos, cambaleando, mas continuei, olhando por cima do ombro. Corri entre prédios e vi um grande grupo em frente à Embaixada dos EUA. Misturei-me à multidão. Peguei um gorro de tricô sujo do chão e o vesti, escondendo meu cabelo bagunçado. Fechei o zíper do meu casaco para que o cachecol que envolvia meu tronco não ficasse visível. Os guardas, exaustos, não conseguiriam distinguir um manifestante de outro. Uma coisa positiva sobre vestimentas comunistas simples: muitos de nós eram parecidos.

Minha consciência não me dava trégua. Eu deveria ter deixado Liliana e as crianças? Eles seriam punidos quando os guardas percebessem que fugi? Abri caminho até o portão, protegido por um soldado norte-americano.

— Por favor, preciso ver o Sr. Van Dorn. Ele está aqui?

— Você tem passaporte norte-americano?

Balancei a cabeça.

— Sinto muito, só estamos permitindo a entrada de norte-americanos.

— Mas eu realmente preciso ver o Sr. Van Dorn. Preciso da ajuda dele.

— Você precisa de um médico. Está gravemente ferido — disse o soldado.

Um homem que estava ao meu lado puxou meu braço.

— Aqui, beba um pouco de água.

Tomei um gole e então derramei a água nas minhas mãos para tentar limpá-las.

O homem me olhou.

— Onde você esteve? — perguntou ele.

— Em Jilava — sussurrei. — Preciso ir para casa.

— Meu filho tem uma bicicleta. Radu, ajude este garoto.

— Salajan, setor três — falei para o cara na bicicleta.

— Suba. Posso te levar.

Ele pedalou o mais rápido que podia, entrando em ruas paralelas, tentando evitar as multidões. A brisa da manhã era suave, e as ruas sufocadas por fumaça efervesciam com a guerra. Asfalto manchado de sangue, edifícios esburacados por balas, retratos de Ceaușescu queimados. O sapato ensanguentado de uma criança estava abandonado perto de uma parede pichada com os dizeres *Jos Tiranul,* abaixo a tirania.

Ao passarmos por grandes avenidas, vimos caminhões varredeiras avançarem lentamente, lavando o sangue do asfalto. Destruindo as evidências do nosso regime assassino.

Um Dacia preto surgiu no fim da rua. O ciclista guinou a bicicleta para fora da via e pulou com ela na calçada.

— Ai! — Minhas costelas gritaram.

— Não posso fazer nada, cara. Não quer ir pra casa?

— Para onde estão levando os feridos? — perguntei ao ciclista. — Meu amigo levou um tiro ontem à noite na Praça da Universidade.

— Se ele sobreviveu, provavelmente foi levado para o Hospital Colțea. Se não, ao necrotério.

Se ele sobreviveu.

— Quantos morreram?

— Tantos que não há como saber. Veículos passaram por cima das multidões.

Era doloroso demais para continuar perguntando.

— Você está fedendo. Onde estava? — o ciclista perguntou.

— Jilava. Havia muitos de nós. Incluindo criancinhas.

— As pessoas estão procurando por seus filhos. Estão indo a necrotérios e hospitais.

— Diga por aí que estão mantendo as crianças no Aaron Florian. Diga para olharem lá — falei.

— Farei isso. Não desista. Só precisamos que o exército fique do nosso lado.

Nós nos aproximamos da minha rua. Mãos de Raquete ou a Secu estariam esperando por mim?

— Estou em uma lista — expliquei. — Não quero te colocar em perigo. Pode me deixar aqui.

O ciclista parou, e eu desci da bicicleta, estremecendo de dor.

— Não quer me colocar em perigo? — Riu ele. — Não sei se percebeu, mas todos estamos em perigo.

Ele saiu pedalando, desaparecendo em meio à fumaça.

# 72
# ŞAPTEZECI ŞI DOI

Caminhei de cabeça baixa em direção ao prédio de Liliana. A rua fervilhava de pessoas. Virei para ir embora. Eu não podia ser visto.
— Psiu.
Uma figura no meio de dois prédios gesticulou para mim. Estrela-do-mar. Eu me juntei a ele no que parecia ser um centro de comando improvisado.
— Estão procurando por você — disse ele.
— Deveriam ter procurado em Jilava.
Estrela-do-mar assobiou baixo.
— Você está bem?
— Pareço bem?
— Na verdade, não.
— Liliana também estava lá. Estão mantendo ela e um bando de crianças no centro de detenção em que seu primo ficou. Preciso avisar a família dela. E preciso encontrar o Luca.
— Luca estava com você? A família dele está procurando por ele.
Eu podia confiar em Estrela-do-mar? Eu não tinha escolha.
— Luca levou um tiro — sussurrei. — Eles me prenderam e não sei o que houve com ele. Tenho que checar os hospitais.
Estrela-do-mar balançou a cabeça, tomando fôlego.
— Sua irmã também está te procurando.
— Não posso ir pra casa. Minha mãe vai me fazer ficar lá. Me ajuda, Estrela-do-mar. Por favor.
— As Repórteres estão de vigia. Não deixe que elas te vejam. Consigo te colocar no prédio da Liliana pelos fundos. Me siga.
Estrela-do-mar assobiou e um homem jovem surgiu do nada para tomar seu lugar. Ele fez sua mágica e conseguiu me colocar dentro do prédio sem sermos vistos.

A eletricidade estava desligada.

— Obrigado, cara. Não tenho nada para te dar. Mas para chegar a Luca e Liliana, vou precisar de Kents — pedi.

— Os meus acabaram. Vou ver se Mirel tem alguns. Te encontro na escadaria.

Subi as escadas devagar e bati à porta de Luca. Ninguém respondeu, mas ouvi barulhos no interior.

— É o Cristian — disse, batendo mais alto. Tirei meus sapatos imundos.

Uma fresta foi aberta na porta. Um fragmento de rosto apareceu. Seus olhos se arregalaram.

— Seu rosto está ferido.

— Anda, Dana, me deixa entrar.

Ela abriu a porta e rapidamente a fechou.

— Estamos sozinhas aqui — anunciou uma das garotas mais novas. — Mas não devemos dizer isso a ninguém e não devemos abrir a porta. Nossos pais estão procurando o Luca. Viu ele?

— Vi ele ontem à noite, por volta das 11h.

— Ele está bem? — perguntou Dana.

Hesitei.

— Não tenho certeza. A água está ligada?

— Está envenenada. — Ela deu de ombros. — É o que estão dizendo.

— Só preciso me lavar. — Peguei uma vela da cozinha, uma calça de Luca e fui para o banheiro me trocar. Eu tinha que me apressar. Se alguém estivesse me seguindo, ou se Estrela-do-mar estivesse me delatando, eu estava colocando as irmãs de Luca em perigo.

— Luca é alto. As roupas dele não vão te servir — disse a irmã dele do lado de fora da porta do banheiro.

Luca era alto. Quando pulou para me salvar, se tornou um alvo fácil. Cenas da rua voltaram à tona: balas traçantes, sons de tiro, Adrian caindo, o ombro e o braço de Luca se movendo de um modo anormal. Tanto sangue! Eu me agarrei à pia gelada e balancei a cabeça para afastar os pensamentos.

Um estranho me encarou do outro lado do espelho. Meu rosto estava coberto por fragmentos de sangue seco. Meu nariz era um pedaço de carne inchado. Eu me limpei o melhor possível e dobrei as barras da calça de Luca para que servissem. Fui para a cozinha, belisquei um pequeno pedaço de pão, e tirei o bloco de papel da gaveta. Escrevi um bilhete e coloquei no meu bolso. Eu o colocaria debaixo da porta do apartamento de Liliana se ninguém estivesse lá.

Dana me encurralou no corredor.

— Me fala logo — ela disse.

— Se seus pais voltarem, diga que eu passei aqui e que estou procurando o Luca. Diga que estou checando os hospitais.

— Os hospitais? — Seus olhos se encheram de lágrimas. — Ele está bem?

— Não tenho certeza — sussurrei.

Porque eu não tinha.

# 73

## ŞAPTEZECI ŞI TREI

Um vulto de joelhos arqueados esperava nas escadas. Estrela-do-mar. Ele estava sozinho? A escuridão densa da escadaria tornava impossível saber.

Segui-o até a saída dos fundos do prédio.

— Mirel conseguiu, mas você vai ficar em dívida com ele. — Ele me empurrou vários maços de Kent. Agradeci e os coloquei entre as camadas do cachecol que Liliana havia enrolado na minha caixa torácica.

— Parece que está carregando munição presa ao corpo — disse Estrela-do-mar.

Isso era positivo ou negativo?

— Escuta, coloquei um bilhete por baixo da porta do apartamento de Liliana, avisando à família dela onde ela está. Se os vir primeiro, mande-os para o centro de detenção em Aaron Florian. Talvez consigam subornar a libertação dela. Vou procurar por Luca nos hospitais. Daqui a trinta minutos, avise às Repórteres que me viu. Ligo para casa quando puder.

Ele assentiu.

— Olha, acho que você mesmo deveria estar no hospital. A cor da sua pele está horrível. Quase não te reconheci.

— Isso provavelmente é bom. Me diga, o que vou encarar lá fora?

— Um misto de patrulhas. Milícia, atiradores da Secu, guardas patriotas, equipes de segurança disfarçados com roupas de civis. Foi uma noite infernal. Vai se deparar com pessoas se escondendo em quintais, árvores, latas de lixo. O regime destruiu o bloqueio no Intercontinental e cortaram a energia em partes específicas da capital. Me dê informações sobre Jilava. Quantos manifestantes foram levados para lá?

— Centenas, talvez perto de mil. Me deixaram sair hoje de manhã com um grupo de crianças. Mas ainda há muita gente jovem lá e havia mais chegando quando parti.

— Ouvi falar que os estudantes estão recrutando pessoas nos bairros Titan e Berceni. Se junte a um grupo — disse Estrela-do-mar —, é fácil demais ser pego estando sozinho.

Um carro acelerou na esquina. Um homem deslizou para fora e começou a olhar ao redor. Estrela-do-mar assobiou. A porta do passageiro do carro abriu e outro homem surgiu. Eles correram até nós.

— Estou com um requisitado, Estrela-do-mar. Preciso escondê-lo.

— Certo. Leve esse cara ao Hospital Colţea. Ele vai te dar um maço de Kents.

— O Colţea está lotado.

— Não preciso de médico — argumentei —, meu amigo levou um tiro ontem à noite na Praça da Universidade. Acho que ele pode estar no Colţea.

Ele usou a mão para indicar o carro. A traseira estava esburacada por tiros. Entrei. O motorista dirigiu por ruas paralelas, evitando o centro da cidade.

— O que está acontecendo? — perguntei.

— A Securitate está trabalhando em pequenos grupos, bandos de assassinos — disse o motorista. — Atiraram em centenas de civis. Me disseram que estão removendo os documentos de identidade e se livrando dos corpos.

— Atiraram no meu amigo por uma janela.

— É, há rumores de que estão usando lunetas de infravermelho. Ninguém sabe no que acreditar. Não ande a céu aberto. Encontre um lugar para se esconder.

Viramos uma esquina e vimos um jovem cambaleando na calçada com a mão no rosto. Freamos.

— Meu olho. Me atacaram com um canhão de água — gritou. — É grave. — Ele tirou a mão, e seu globo ocular estava pendurado.

— Não! Continue a aplicar pressão. — O motorista saltou do carro e colocou o garoto no banco traseiro. Ele gritou de dor.

— Aguenta firme — falei para ele —, estamos indo para o hospital. Estamos quase lá.

— Preciso voltar assim que me enfaixarem. Construímos uma nova barricada. Tenho que ajudar meus amigos. Você me espera? — perguntou.

Não tive tempo para responder.

O motorista parou em frente ao hospital. Eu joguei um maço de Kents no painel.

— *Mersi.*

Filas de pessoas serpenteavam ao longo do perímetro do edifício:

Filas de feridos.

Filas de romenos doando sangue para ajudar os feridos.

Filas de universitários voluntários.

Conduzi o jovem até a fila para os lesionados.

— Me espera — ele repetiu —, tenho que voltar assim que eles enfaixarem meu olho.

As pessoas passaram por nós gritando e carregando corpos ensanguentados. Alguém havia ajudado Luca?

— Desculpa. Não posso te esperar — eu disse ao garoto —, estou procurando meu amigo.

Um auxiliar caminhou ao longo da fila, inspecionando os ferimentos. Ele deu uma olhada no globo ocular pendurado e nos tirou do grupo.

— Pode acompanhá-lo lá dentro? — me perguntou o auxiliar.

Nós atravessamos a porta, abrindo-a em direção a pisos de ladrilhos estampados em um mosaico de pegadas ensanguentadas. O auxiliar perguntou nossos nomes e voltou com uma enfermeira.

— Seu olho, venha comigo — disse ela, e o tirou da fila.

— Eu só vim aqui para um curativo! — o garoto protestou. — Tenho que voltar para a barricada.

— Meu amigo levou um tiro. Pode me dizer se ele está aqui? — perguntei para o auxiliar.

— Estou muito ocupado. Pergunte na recepção.

— Me mostre onde fica — implorei —, por favor.

Ele apontou para uma direção aleatória e desapareceu em meio à multidão.

Abri caminho em meio a um enxame de pessoas até chegar a uma mesa. Uma mulher à frente começou a tremer.

— Não. NÃO! Por favor, meu garoto não — suplicou.

Ela abaixou até se curvar no chão, e alguém a carregou até uma cadeira.

— Por favor, me ajude — implorei ao recepcionista. — Meu amigo Luca Oprea foi baleado ontem à noite. Ele tem 17 anos e acho que foi trazido para cá.

O recepcionista examinou alguns papéis.

— Qual é o nome?

— Oprea, Luca.

Seu dedo parou na folha.

— Sinto muito...

Não.

Luca.

Não.

— Sinto muito, mas não pode vê-lo. Ele está na unidade de tratamento intensivo.

— O quê? — balbuciei.

— Não pode vê-lo.

— Mas ele está aqui? Está vivo?

— Não tenho detalhes. Se precisa de curativos para seus próprios ferimentos, há uma triagem feita por voluntários no corredor dos fundos. Próximo, por favor.

Ele acenou para que eu saísse da fila, e a multidão me arrastou pelo corredor.

Luca estava aqui. Em estado crítico. O que eu deveria fazer? Deveria esperar por ele?

Fui até o centro de triagem. Universitários haviam se organizado com suprimentos improvisados. Um rapaz jovem examinou meu nariz.

— Não tenho muito o que fazer com isso, um médico talvez tenha que quebrá-lo novamente.

Abri o zíper do meu casaco.

— Minhas costelas, pode me amarrar em algo mais apertado?

— Acho que não devemos. Você precisa respirar profundamente ou vai pegar pneumonia. Posso te dar uns analgésicos.

— Aceito. — Tomei o remédio. — Há quanto tempo estão aqui? — perguntei.

— Desde às 9h da noite de ontem. A equipe do hospital está completamente sobrecarregada. Muitos nunca viram ferimentos de bala, muito menos os trataram.

— ME AJUDEM, AGORA! — Um agente da Securitate vestindo um casaco preto longo irrompeu através de uma porta próxima. Um de seus braços pendia, ferido.

— Precisam me ajudar! — gritou.

Ninguém se moveu.

E então eu vi. Ele colocou a mão dentro do casaco. E sacou uma arma.

# 74

## ŞAPTEZECI ŞI PATRU

As pessoas gritaram e saíram correndo.

— O exército, o exército. Quem liga para o exército! — exclamou o furioso agente da Secu, brandindo a arma. — Estão em menor número. Vamos matar *todos* vocês! — Ele apontou o revólver para a cabeça de uma jovem ferida sentada em uma cadeira. Puxou o gatilho.

A arma não disparou.

Auxiliares, pacientes e voluntários saltaram sobre o agente, jogando-o no chão. Ele resistiu e se debateu. Formamos um círculo ao seu redor até que ele estivesse contido. Os falatórios começaram.

— Ele citou o exército.

— Eles mudaram de lado?

— Alguém disse que Milea cometeu suicídio.

Milea havia se matado? Isso era verdade? O general Vasile Milea era o ministro da Defesa.

— Vamos! — gritou um homem.

Deixei o hospital com um grupo e fui para a rua.

Uma massa crescente de pessoas descia a estrada. Eu me juntei a elas e juntos caminhamos até a Praça da República. Quando cheguei, perdi o fôlego. Um mar de cidadãos unidos até onde eu conseguia ver. Eu nunca tinha visto tantas pessoas. Provavelmente 100 mil. E imediatamente algo chamou minha atenção. Os romenos estavam lado a lado com os homens de verde.

Havia acontecido.

O exército havia virado as costas para o regime. Havia se unido ao povo romeno. Gritos em coro ecoaram pelo ar em frente ao edifício do Comitê Central Comunista.

*Jos Ceauşescu!*

*Abaixo a tirania!*

*O exército está conosco!*

Protegidos pelo exército, nós cantamos, gritamos e clamamos por liberdade e justiça por Timişoara.

Estudantes subiram no topo de tanques de guerra e jogaram as mãos para o alto com o sinal de paz. As dos militares balançavam bandeiras da Romênia. Uma mulher passou por mim com um buquê de cravos e começou a distribuir as flores para os soldados.

A multidão pulsava, agitada. Os manifestantes de repente começaram a avançar sobre o edifício, forçando a entrada. Com o coração obstinado, explodimos em aplausos, e o coro começou:

*Li-ber-ta-te.*

*Li-ber-ta-te.*

Eu me juntei a eles, clamando por liberdade.

E então ouvimos. Um chiado alto.

As pessoas apontaram para um helicóptero no topo do prédio.

— São eles! Os Ceauşescus! — A multidão zombou, vaiou, xingou e assobiou.

Uma horda de manifestantes surgiu na sacada do Edifício do Comitê.

Vozes ecoaram pelas caixas de som da praça. A hélice do helicóptero começou a girar mais rápido, agitando o ar em meio ao ruído do motor.

— Ele está fugindo!

— Conseguimos!

O helicóptero subiu, depois abaixou, com dificuldade para levantar voo. Finalmente se elevou, e o assistimos conforme flutuou pela cidade.

Os alto-falantes crepitaram, e a voz de um homem preencheu a praça.

— Conseguimos! A vitória é nossa! Por favor, não tenham medo. Tenham coragem. Nada pode nos parar agora. Nada pode nos parar! — Ele repetiu essas palavras diversas vezes, até que o povo começou a cantar.

*Ole, Ole, Ole, Ole, Ceauşescu nu mai e.*

Ceauşescu não mais? Poderia ser verdade?

Senti uma onda breve de felicidade, até que percebi.

Bunu. Luca. Liliana. Eles haviam sacrificado tanto!

E nenhum deles havia presenciado este momento.

Deixei a praça, mancando.

Precisava achar um telefone público. Precisava salvar Liliana.

# 75
## ŞAPTEZECI ŞI CINCI

Euforia. Exaustão. Determinação.
Os saques começaram. Brigas e violência irromperam nas ruas. Ceauşescu havia fugido, mas seus capangas não se renderam.

— Há grupos de terroristas ajudando os assassinos da Secu! — alguém gritou.

Mas tudo isso ficou em segundo plano. Eu precisava ajudar Liliana.

O interior da cabine telefônica estava manchado de sangue.

Enxuguei as gotas de suor do meu rosto, inseri as moedas e disquei.

— *Alô?*

Hesitei. A voz da minha mãe trouxe um vestígio de realidade.

— *Alô?* Quem é?

— Mamãe, sou eu — finalmente balbuciei.

— Cristi! Onde você está? Está bem?

— Estou bem. Mamãe, escuta. Luca está no Hospital Colţea. Por favor, procure os pais dele e os informe. Liliana está sendo mantida no centro de detenção da Aaron Florian. Ela está em perigo. Diga para Cici encontrar o Alex para que subornem...

— A Cici? A Cici não está com você?

— Não, mamãe. Se a Cici não está em casa, por favor, vá para o prédio de Luca e Liliana do outro lado da rua. Seja rápida!

Uma explosão detonou, balançando a cabine telefônica.

A voz de mamãe se tornou tensa, estridente. Ela pronunciou cada palavra lentamente.

— Onde... está... a... Cici?

— Não sei. Me escutou, mamãe? Luca está no Hospital Colţea e Liliana está em perigo em um centro na Aaron Florian. Por favor, mamãe. Tem que enviar alguém para ajudar Liliana. Me escutou?

— Sim. E agora me escute você. Venha para casa agora mesmo. Estou sendo clara? Seu pai ficou fora a noite toda, arriscando a vida para encontrar vocês. Isso não é um filme. Estão matando as pessoas. E todos os manifestantes serão punidos. Como pode fazer isso comigo? Como pode fazer isso com sua família?

— Não! O exército mudou de lado. Ceauşescu partiu! Vencemos, mamãe.

— Não, Cristian. Você está errado. Não há "vitória". Venha para casa. Imediatamente.

E então ela desligou.

Permaneci na cabine telefônica salpicada de sangue, olhando para o aparelho. O que mamãe queria dizer com aquilo? Ela sabia algo que eu não sabia?

Punhos martelaram o vidro da cabine.

— Se terminou, saia!

Saí, de repente me sentindo quente e tonto. Seriam os analgésicos?

Um helicóptero pairou no alto sobre nossas cabeças e pequenas partículas azuis começaram a cair do céu.

— O que é isso? — gritou uma garota na fila para usar o telefone. — São explosivos?

Pedaços de papel flutuavam e caíam feito neve, pousando magicamente sobre a calçada.

Peguei um dos quadrados azuis.

— É uma mensagem.

Olhei para as palavras e mal consegui respirar.

*Români, nu vă fie frică. Veți fi liberi!*

Encarei as palavras, tentando engolir em meio a emoção.

— O que está escrito? — perguntou ela.

— Está escrito, Romenos: não temam. Vocês serão livres.

Livres.

Seríamos... livres.

# 76

## ŞAPTEZECI ŞI ŞASE

As brigas nas ruas continuaram a todo vapor. Se a vitória e a liberdade eram nossas, por que a violência continuava? Mamãe estava certa? Seríamos todos punidos?

Mamãe havia ordenado que eu voltasse para casa. Mas voltei para o Hospital Colţea.

O hospital fervilhava com rumores e desespero. Kents: eles eram minha única esperança de achar Luca. Abri caminho até um auxiliar. Seu uniforme estava manchado de sangue.

— Por favor. Um jovem chamado Luca Oprea foi baleado ontem à noite. Ele estava na unidade de tratamento intensivo hoje mais cedo. Te dou dois maços de Kent se me falar onde ele está agora.

O auxiliar olhou por cima do ombro.

— Qual é o nome dele? — sussurrou.

— Luca Oprea.

— Você é parente?

Assenti.

— Espere ali.

Crianças. Adolescentes. Adultos. Idosos. Andavam, corriam, rastejavam ou eram carregados até a onda de caos que era o hospital. Agora que Ceauşescu havia partido, o que estávamos realmente enfrentando?

O auxiliar finalmente reapareceu.

— Enfermaria do segundo andar. As escadas ficam no fim do corredor.

Entreguei os Kents a ele na frente de todos e fui para as escadarias. Cada degrau sugava o fôlego e a energia de minha reserva cada vez menor.

O Hospital Colţea era do tamanho de uma pequena cidade. E se eu não conseguisse encontrar o Luca? E se me expulsassem? Uma enfermeira aos pés da escada gritou para alguém fora da minha visão.

— Vá atrás do caminhão antes que ele saia para o necrotério.

Saí das escadas no segundo andar, decidindo para onde ir.

Ela me avistou antes que eu a visse. Suas pernas longas correndo em minha direção, o cabelo balançando em suas costas como o rabo preto e sedoso de um cavalo.

— *Pui!*

Cici.

Sinais de alerta e alarmes dispararam no meu cérebro. Minha irmã estava me esperando. Minha própria irmã iria me entregar.

— Ah, graças a Deus, *Pui*. Eu sabia que se encontrasse Luca, também te encontraria.

— Saia do meu caminho.

— Não, escuta, *Pui*. Você tem que escutar.

— Eu não tenho que fazer nada.

— Desculpa! Nunca quis que isso acontecesse. Posso ajudar.

— Quer ajudar? Então me ajuda a resgatar a Liliana. Ela está presa em um centro de detenção da Aaron Florian. Chame o Alex ou vá você mesma. Anda!

— Aqui é provavelmente mais seguro. E precisamos conversar.

— Não temos o que conversar. Se quer me ajudar, vá salvar a Liliana, agora! Vai ser preciso um suborno grande pra tirá-la de lá. Use um pouco do seu dinheiro sujo.

Cici começou a chorar.

— *Pui*, por favor, espera. Por favor... é mais seguro aqui.

— Vai!

Deixei minha irmã no corredor, chorando e implorando. A imagem e o som ainda assombram minha mente.

Cheguei à enfermaria. Dezenas de camas enfileiradas extremamente próximas uma da outra. Vi o pai de Luca. E então o vi.

Luca.

Os olhos fechados, com a cabeça apoiada no travesseiro, conectado a todo tipo de bolsas e tubos. Então me aproximei o mais rápido que pude.

— Cristian, você está vivo! — disse sua mãe.

E Luca também estava. A grandeza de tudo aquilo me atingiu, e uma onda de lágrimas começou a rolar. O corajoso Luca, que pulou para me puxar, que arriscou a vida para salvar a minha.

Afastei as lágrimas.

— Ele vai ficar bem? — perguntei.

— Ele perdeu muito sangue. O médico disse que as próximas 24 horas serão críticas.

Eu me aproximei de Luca e meu olhar se voltou para as ataduras em seu ombro esquerdo. As camadas de gaze haviam formado uma saliência espessa. E então notei que a ramificação — seu braço — não estava lá. Cheguei ainda mais perto, e seu pai me puxou.

— Ele ainda não sabe. Está sedado. Neste momento, só queremos que sobreviva.

Assenti lentamente.

Era culpa minha. Luca havia ido atrás de mim, para me salvar. Havia perdido um braço por causa disso. Havia perdido sua carreira na medicina. E agora podia perder sua vida. Famílias e tantas coisas destruídas! Qual era o preço da liberdade?

— Cristian, as meninas estão sozinhas. Pode ir ao apartamento e ficar com elas até que um de nós volte para casa?

Olhei para eles. Eu não podia. Não. Precisava ajudar Liliana.

— Minha irmã estava aqui. Talvez ela possa...

— Não — disse a mãe dele rapidamente —, preferimos que seja você. As meninas te conhecem. Por favor, só até voltarmos.

— Mas... meus amigos...

— Por favor, Cristian. Isso vai nos ajudar. Isso vai ajudar o Luca.

Assenti sem expressão. Estávamos no meio de uma revolução, meus amigos precisavam de ajuda. A Secu provavelmente estava à minha procura. E de repente eu me sentia muito sonolento e zonzo. Será que Cici ajudaria Liliana? Mas se Cici fosse ao Aaron Florian, isso não criaria uma trilha de migalhas... direto para mim?

# 77
# ŞAPTEZECI ŞI ŞAPTE

Havia energia elétrica. Os revolucionários haviam assumido o controle do rádio e da televisão. Deitei no chão do apartamento de Luca, minha cabeça em um travesseiro, meu ouvido na TV. Meu corpo rapidamente cedeu, cada vez mais pesado. A exaustão atravessou a barreira da revolução e finalmente embalou meu sono.

— Cristian. Cristian, quer deitar no sofá?

Abri os olhos. A mãe de Luca estava ao meu lado.

— Há quanto tempo estou dormindo?

— Algumas horas. Mas precisa descansar de verdade.

— Como está o Luca?

— Está acordado. Perguntou de você, e eu disse que estava aqui.

— Quero vê-lo. — Fiz menção de me sentar, mas a dor me prendeu ao chão. Exaurido pela adrenalina e pelos ferimentos, eu mal podia me mover.

Rolei até ficar de quatro e me levantei do chão. Minha cabeça girava e tudo doía. Eu não queria ir para casa. Eu precisava ajudar Liliana.

— O que está acontecendo? O que estão noticiando? — perguntei.

— Ceaușescu não foi visto. Ion Iliescu assumiu o poder. Há rumores de que terroristas passaram a atacar cidadãos e militares. Está muito perigoso.

Fiquei em pé.

— Você consegue andar até em casa? — perguntou.

Assenti, mentindo. Minhas pernas pareciam líquidas.

Cambaleei pelo corredor, abraçando as paredes, e desci mancando um lance de escadas até o apartamento de Liliana. Deslizei contra a soleira e bati.

Uma fresta se abriu na porta, e surgiu o rosto de Alex.

— Liliana — sussurrei.

— Trouxemos ela para casa há uma hora.

Meus ombros relaxaram de alívio.

— Ela está bem?

Um segundo de silêncio.

— Está dormindo.

— Mas está bem?

— Você está bem? Parece péssimo.

— Me sinto péssimo. Ainda mais do que pareço.

— Imaginei. Vou te ajudar a ir pra casa.

Alex me ajudou a levantar e caminhou comigo.

— Obrigado por deixar o bilhete — disse ele. — Soube o que aconteceu com o Luca.

— Foi tudo culpa minha. Ele estava tentando me salvar.

— Não. Todos estamos tentando salvar nosso país — disse Alex —, cada um de nós. E se não percebeu, os jovens têm sido os mais corajosos. Não há arrependimento na coragem.

Saímos de seu prédio e pisamos na calçada. As Repórteres sussurravam em seu posto, assistindo Alex me ajudar a atravessar a rua.

O zunido da eletricidade ecoava pela escadaria.

— Elevador — murmurei.

Ele me levou até lá. As portas se abriram, e ele se virou para ir embora.

— Alex — eu disse —, você trabalha com a minha irmã?

Ele soltou uma risadinha baixa.

— Cici não é o tipo de garota *com* quem se trabalha. Ela é o tipo de garota *para* quem se trabalha. Mas só para você saber, ela ajudou a resgatar minha irmã.

— É isso que me importa. Diga a Liliana que passei para vê-la.

As portas do elevador se fecharam.

Mamãe explodiu assim que passei pela porta. Ela me rodeou em um acesso de raiva, alternando entre fúria, medo e alívio.

— Seu garoto egoísta! Sabe o que fez com a nossa família? Com meus nervos? Tem água quente. Tome um banho de banheira. Vai ajudar com a dor. Acha que é indestrutível? Só se importa consigo mesmo? Onde dói?

— Eu só quero deitar.

Ela pairou sobre mim, me cutucando e apertando. Se tomasse banho, pelo menos teria um pouco de privacidade. Fui para o banheiro.

— Vou fazer sopa de repolho — ela disse —, seu pai está lá fora atrás da Cici. O rádio e a televisão estão dizendo que as ruas estão muito perigosas.

Minha irmã era mais perigosa que as ruas.

— Eu vi a Cici.

— Onde? — interrogou minha mãe.

— No hospital. Ela estava visitando o Luca. Mas foi embora. Não se preocupe com a Cici, mamãe — eu disse por cima do ombro —, ela sabe se cuidar.

Foi o que eu disse a minha mãe.

E para minha vergonha, era nisso que eu acreditava.

# 78

# ŞAPTEZECI ŞI OPT

Dormi na cama dos meus pais. A febre me sugou para dentro e para fora de sonhos deturpados. Eu estava lutando na barricada, desviando de balas, deitado em uma poça de tinta verde na Estação 14, correndo pelos corredores de Jilava e estendendo a mão para Luca. Ele estendeu o braço que havia perdido e tocou minha testa gentilmente.

Meus olhos se abriram. O quarto estava escuro. Meu pai estava inclinado sobre a cama, tocando minha testa.

— Como está se sentindo? — perguntou.

— Cansado.

Assentiu.

— Está dormindo há várias horas.

Fechei os olhos, desejando dormir por muitas mais.

— Liliana está aqui para te ver. Acha que consegue?

— Sim, claro. — Juntei um pouco de energia que não existia e me sentei na cama.

Alguns momentos após meu pai sair, a porta se abriu, e a figura de Liliana apareceu. Ela se moveu em minha direção e se sentou na beirada da cama. Colocou a mão sobre a minha.

— *Bună.*

— *Bună.*

Eu queria ver seu rosto, afastar o cabelo de seus olhos e dizer que ela estava segura. Estiquei o braço e acendi a luminária.

Encaramos um ao outro, boquiabertos.

— Cristian — arfou, me olhando. Gentilmente, ela tocou meu corpo destroçado e meu rosto em ruínas.

Eu não disse nada. Não conseguia. O rosto de Liliana estava terrivelmente machucado e inchado. Seu colar havia sumido, e em volta de seu pescoço agora estava a marca vermelha de uma queimadura de corda.

— Você está bem? — perguntei.

Ela levantou o braço e lentamente tirou o gorro de lã. Seu lindo e misterioso cabelo castanho havia sido retalhado e parcialmente raspado. Pequenos machucados cobriam seu coro cabeludo.

— Meu Deus, Lili. Você está bem?

Ela assentiu.

— Eu tive sorte. Mas os dois irmãos. Ainda estão lá. — Seus olhos se encheram de lágrimas.

— Isso tudo vai acabar logo — disse eu, sem ter certeza se isso era verdade. Ficamos sentados em silêncio, de mãos dadas.

— Você gostava da minha franja — sussurrou ela.

— Gosto dos seus olhos — respondi —, e agora finalmente posso vê-los. Seu cabelo está parecido com o meu agora.

Ela riu e colocou a mão no meu peito.

— Você ainda está usando meu cachecol.

— Ele tem seu cheiro.

Liliana sorriu. Ela colocou a mão no meu rosto.

— Você está bem?

— Estou — menti.

Eu estava péssimo.

Tudo estava péssimo.

— Luca — disse eu.

— Fiquei sabendo.

Ela levantou uma mão, limpa, mas com vestígios da tinta verde.

— Cristian, como alguém poderia entender isso? — sussurrou. Uma lágrima caiu em sua bochecha. — Eles vão acreditar em nós?

Dei de ombros e então balancei a cabeça.

Não acreditariam. Não conseguiriam. Mas estávamos lá, juntos. Nós entendíamos. E Liliana, ela *me* entendia. E ela sabia. Ela se inclinou para deixar isso claro e me beijou. Fui para o lado na cama, abrindo espaço. Passei os braços em volta dela, e ficamos deitados lá, compartilhando o travesseiro.

Uma hora se passou.

Sua respiração desacelerou, até que caiu no sono.

Tiros soavam ao longe.

— Te amo — sussurrei.

# 79
## ŞAPTEZECI ŞI NOUĂ

V inte e quatro de dezembro.
Dois dias haviam se passado, e a revolução continuava.
Liliana e eu estávamos sentados no sofá de Bunu na cozinha. Alternávamos entre ouvir os noticiários da Radio Free Europe e assistir à recém-criada estação, Free Romania Television. Meu pai começou a falar. Ele nos perguntou sobre nossa experiência. Perguntou o que sentíamos. Perguntou se podia fazer algo por nós. Disse mais em dois dias do que havia dito em dois anos. A pobre mamãe ficou muda, aterrorizada, murmurando para seu cinzeiro.

— Vi o Estrela-do-mar no caminho para cá — disse Liliana —, ele disse que há rumores sobre uma descoberta na mansão dos Ceauşescu. Uma grande riqueza.

Era verdade. Pouco depois, assistimos pela televisão. "Riqueza" não descrevia precisamente. Excesso, extravagância, ganância e gula, essas eram palavras mais precisas. Incontáveis propriedades pelo país, centenas de milhões escondidos em contas bancárias estrangeiras. Eles transmitiram um vídeo das casas, incluindo a da filha, que tinha uma balança para carne feita de ouro e caixas de carne de vitela importada para seu cachorro.

— Eu não aguento ver isso — disse Liliana. — Passamos anos sofrendo, sobrevivendo à base de pés de galinha magros, com uma lâmpada de 40 watts por casa. E eles estavam vivendo como reis. Comida chique, mercadorias importadas, antiguidades, joias, casacos de pele, centenas de pares de sapatos?

Eu não me importava com isso. Onde estava Ceauşescu e o que ele estava planejando?

Pouco antes das 17h, saiu um novo boletim de notícias.

Os Ceauşescu haviam sido capturados.

Mensagens de apoio chegaram em massa e foram lidas ao vivo. Uma mensagem especial do rei da Romênia, há muito tempo vivendo em exílio, foi transmitida. Com grande emoção, o rei Michael expressou sua admiração e parabenizou os romenos por sua luta pela liberdade.

Roland Dumas, ministro de Relações Exteriores da França, ofereceu auxílio humanitário e disse que incitaria os Estados Unidos e outros países a fazerem o mesmo.

— Os Estados Unidos passaram anos trabalhando com Ceaușescu — disse meu pai —, o que vai acontecer quando souberem da verdade sobre ele?

Logo após a menção aos EUA, o locutor da rádio limpou a garganta.

*Falando em Estados Unidos, um diplomata norte-americano enviou algo aqui para a Radio Free Europe. É um relato muito comovente sobre a Romênia, dado a ele como presente de Natal. O título é* Sussurros Retumbantes: Um Adolescente Norte-Americano em Bucareste, *de autoria anônima.*

Liliana e eu ficamos sentados no sofá, paralisados.

Não nos movemos. Não olhamos um para o outro. Não emitimos um ruído sequer.

*As páginas de* Sussurros Retumbantes *transbordam de emoção, verdades dolorosas e, também, humor. Mas, acima de tudo, apontamos sua coragem de falar tais verdades de modo tão claro e aberto.*

— Coragem? — vociferou mamãe. — É loucura. É perigoso demais.

Engoli o que pareceu um punhado de projéteis entalados em minha garganta.

*Gostaríamos de compartilhar uma obra chamada "Uma Carta da Romênia", que foi incluída no fim do diário. Apesar da identidade desse adolescente ser desconhecida, os sentimentos podem ser familiares para muitos ouvintes.*

### UMA CARTA DA ROMÊNIA

**VOCÊ ME VÊ?**

**TENTANDO ENXERGAR À MEIA-LUZ
PROCURANDO UMA CHAVE PARA
A PORTA TRANCADA DO MUNDO,
PERDIDO DENTRO DA MINHA PRÓPRIA SOMBRA
EM MEIO A UM IMPÉRIO DE MEDO.**

CONSEGUE ME SENTIR?

ESQUENTANDO UM TIJOLO
PARA AQUECER MEU SONO
DEVANEANDO SONHOS
À PROCURA DE MIM MESMO,
À PROCURA DE UMA CONSCIÊNCIA, DE UM PAÍS.

VOCÊ ME OUVE?

CONTANDO PIADAS,
RINDO PARA ESCONDER AS LÁGRIMAS DA REALIDADE
DE UM PRESENTE QUE NOS É NEGADO
COM PROMESSAS VAZIAS
E UM FUTURO SEM PROMESSA.

VOCÊ SE APIEDA DE MIM?

LÁBIOS QUE NÃO CONHECEM O SABOR DAS FRUTAS
SOLITÁRIO EM UM PAÍS DE MILHÕES,
TROPEÇANDO EM DIREÇÃO AO CADAFALSO
DAS DECISÕES ERRADAS
ENQUANTO AS PAREDES ESCUTAM E RIEM.

VOCÊ VAI SE LEMBRAR DE MIM?

UM GAROTO COM AS ASAS DE ESPERANÇA
PRESAS A SUAS COSTAS
QUE NUNCA TIVERAM CHANCES DE ABRIR,
ETERNAMENTE NEGADO A SABER
O QUE SE TORNARIA.

O QUE TODOS NÓS NOS TORNARÍAMOS.

Som de estática zuniu do rádio.

Permaneci sentado, sem conseguir me mexer ou respirar. De repente senti uma presença afetuosa me cercando, me envolvendo. Fechei os olhos.

A voz do locutor retornou.

*Neste diário, o jovem autor também pergunta:* Se o comunismo é o Paraíso, por que precisamos de barreiras, muros e leis para impedir que as pessoas escapem? *De fato, uma ótima pergunta. Não nos deixemos esquecer desses sentimentos nos dias que estão por vir ao refletirmos sobre o objetivo do comunismo de criar um homem sem memória.*

A transmissão continuou.

Liliana virou para mim, lágrimas rolando por seu rosto.

Meu pai limpou a garganta, emocionado.

— Aquela carta foi muito comovente. Algo que seu avô teria amado. Bunu.

Sentei-me em seu sofá, tentando conter as lágrimas. Minha teimosia, minha rebeldia, minha carta, tudo havia sido inspirado por Bunu. E ele havia escutado. Eu o sentia.

— Na verdade, foi realista — admitiu minha mãe —, a menção ao gosto das frutas, não sentimos isso há anos.

— Eu amei. Amei mesmo — disse Liliana, apertando minha mão.

Eu me perguntei o que Cici teria dito sobre minha carta. Presumi que ela não tinha ido para casa desde que a vi no hospital.

Mas naquela noite, encontrei sua caixa e a chave em meu armário. Dentro, havia um bilhete.

*Cuide-se. E, por favor — tenha cuidado, Cristian. Uma revolução consome seus heróis.*

# 80
## OPTZECI

Vinte e cinco de dezembro.
Dia de Natal. 1989.
O julgamento dos Ceaușescus durou menos de duas horas. O juiz militar proferiu o veredito em minutos. Crimes contra a humanidade. Genocídio: culpados. Sentença de morte.

Às 16h, foram executados.

Amado Líder e Mãe Elena foram baleados por um pelotão de fuzilamento perto dos sanitários dos militares. A morte deles foi televisionada. Fiquei parado, encarando seus corpos destroçados na tela chamuscada. Após anos de contínuo sofrimento, esse fim súbito parecia, de certa forma, confuso. Era assim que deveria acabar? Tão rápido? De repente tive uma sensação estranha e persistente, não sabia o que estava sentindo. Sabíamos de toda a verdade? O que realmente havia acontecido... e como?

E então, um cheiro. Não conseguia distinguir exatamente o que era. E o barulho, a princípio um retumbar ecoando em meus ouvidos. Era minha própria respiração e batimento cardíaco? E então percebi. Não, era o odor desesperado das súplicas, há tanto tempo aprisionadas, batendo contra paredes e janelas, esbarrando nas fotografias de parentes falecidos, tentando escapar.

Corri através do cômodo e abri uma janela.

Para finalmente libertá-las.

# 1
# UNU

Feliz Natal — sorriu Liliana.
— Feliz Natal.
Minha respiração soltou fumaça. Claro, os apartamentos podiam ser mais quentes, especialmente agora, com menos restrições na calefação. Mas tínhamos mais privacidade no corredor. Então nos sentamos pertinho um do outro contra a parede.

Ela me deu uma caixa estreita. — Uma costela nova? — sorri.
— Desculpa, não consegui achar uma a tempo. Abre.
Tirei a tampa. Dentro havia uma caneta. Uma elegante caneta esferográfica vinda da Alemanha. Era tão especial! Muito melhor do que qualquer coisa que eu tinha. Olhei para ela.
— Continue a escrever, Cristian. Você tem muito a dizer.
— *Mersi*. Eu amei. Também tenho algo pra você. — Peguei a sacola que estava ao meu lado. — Primeiro, isso. — Coloquei a mão dentro da sacola e tirei o quadrado colorido. Ela o desdobrou cuidadosamente.
— Springsteen! E está em inglês! *Uau*, onde conseguiu?
— Um parceiro me deu.
— O que é um parceiro? — perguntou ela.
Hesitei, pensando em Dan Van Dorn.
— É um termo norte-americano. Significa "amigo".
— É maravilhoso. Adorei.
— Tenho outra coisa. — Coloquei minha mão dentro da sacola, mantive-a lá para fazer suspense e então revelei as embalagens plásticas brilhantes com um gracejo.
— O que é isso? — Ela riu.
— Se chamam Twinkies. E também são norte-americanos.

— Vamos experimentar um?

— É claro que vamos. — Abri a embalagem de celofane. Liliana pegou um dos bolinhos amarelos, e eu peguei o outro.

— *Unu... doi...*

No "*trei*" demos uma grande mordida. Observamos um ao outro, mastigando e rindo.

— Ah! Tem chantilly dentro — disse ela.

Um pingo de recheio de baunilha ficou na lateral da boca de Liliana. Eu me inclinei e a beijei para limpá-lo, me mantendo próximo.

— Feliz Natal — sussurrei.

— Feliz Natal, Cristian.

Durante anos, a vida parecia estar congelada, turva, era como olhar por uma janela coberta de gelo. Lentamente, exalei um peito cheio de vazio e inalei um sopro de possibilidades. Cada um de nós deu uma mordida. Os Twinkies não eram espetaculares, mas naquele momento, sentado ao lado de Liliana no dia de Natal, eles tinham o gosto de algo que nunca tínhamos experimentado:

Esperança sem igual.

# EPÍLOGO
## EPILOG

Quanto tempo leva para se descobrir a verdade? Para mim, levou mais de vinte anos. Eu estava ensinando inglês e Liliana estava gerenciando uma livraria. Luca havia emigrado para a Inglaterra com os pais.

Os Arquivos da Securitate, CNSAS, continham mais de 26 quilômetros de arquivos. E esses eram só os arquivos que haviam sobrevivido. Depois da execução de Ceaușescu, muitos dos arquivos da Secu desapareceram. Assim como alguns de seus agentes. Mas o comunismo não desapareceu, não durante muitos anos. Um grupo de comunistas de segunda linha tomou o poder. Os Van Dorn nunca voltaram à Romênia, mas ainda falo com Dan de tempos em tempos. E adivinha? A Disneylândia existe. Eu estive lá. Mas nunca consegui gostar de café.

Quando os Arquivos da Securitate finalmente foram abertos, eu e Liliana concordamos que eu precisava ver os arquivos da minha família. Muitas perguntas ainda não haviam sido respondidas. Meus pais não estavam mais vivos. Eu precisava saber a verdade.

O corpo de Cici foi encontrado no dia seguinte ao Natal. Despejado entre dois prédios: espancado, retorcido e deformado por tiros. A revolução havia levado minha irmã. Mas até ver os arquivos, eu nunca soube o que realmente havia acontecido.

A CNSAS me contatou quando os arquivos da Securitate estavam "prontos" para mim.

Cheguei à sala de leitura e me deparei com cinco pilhas enormes de papéis caindo aos pedaços. Cada pilha continha centenas de páginas presas entre uma capa de papelão frouxo e encadernado por barbante. Nossa família não era famosa nem infame como algumas, mas, mesmo assim, estimei que nossos arquivos tivessem por volta de 3 mil páginas. Isso era o equivalente a dez romances de trezentas páginas.

Precisei de várias visitas para ler tudo. Os arquivos eram venenosos, perturbavam minha vida e minha consciência. Fotos de câmeras escondidas, transcrições das escutas em nosso apartamento. Incontáveis relatórios sobre Bunu. Mais de cinquenta pessoas diferentes haviam delatado nossa família. A extensão da vigilância era chocante.

E assustadora.

Assim como meu papel desconhecido nela.

Quando não sabemos a história completa, às vezes criamos nossa própria. Era isso que eu havia feito.

E isso pode ser perigoso.

Mas eu não havia percebido meu erro — até que vi os relatórios de uma fonte chamada MARIA.

## RELATÓRIO OFICIAL

**Ministério do Interior**      ULTRASSECRETO
**Departamento de**             [3 de novembro de 1988]
**Segurança do Estado**
**Diretoria III, Divisão 330**

O encontro com a fonte "MARIA" revelou o seguinte:

- MARIA confirma que seu sogro é um dissidente e que seu marido nutre sentimentos anticomunistas. Ela continuará a fornecer informações e avisou que encontrou formas de causar um defeito no rádio.

- MARIA também concordou em fornecer informações a respeito da Embaixada dos EUA em troca de mercadorias e da proteção de seus filhos — a quem ela teme que estejam sendo impactados negativamente pelo avô.

- Hoje MARIA pediu um pacote de Kents.

Eu pensei que conhecia minha família.

Acontece que não conhecia.

Mamãe era uma informante. Ela delatava Bunu por vontade própria, e delatava seu próprio marido. Meu pai sabia. Por isso caiu em silêncio. Será que Bunu sabia? Era à mamãe que ele se referiu quando falou do rato no apartamento? Seus relatos continham muitas declarações dizendo que delatar dissidentes não era só seu dever como patriota, mas também seu dever como mãe.

O estresse teve seus efeitos. A Secu tomou vantagem.

Para mim, Bunu era um herói. Para Mamãe, ele era uma ameaça.

E Cici entendia as duas perspectivas.

No começo de 1989, Cici foi recrutada como informante.

Ela era minha irmã. Ela era minha amiga. Ela também era uma agente dupla para os norte-americanos, tentando garantir uma vida melhor para nossa família.

Os arquivos indicavam que Cici rejeitou a ideia de recrutar minha ajuda para reportar os Van Dorn repetidamente. Ela tentou me proteger. O que a fez mudar de ideia? A promessa de dois passaportes. Ela tinha planos de emigrarmos para o Canadá ou para os Estados Unidos.

Só nós dois.

A Secu a usou, a chantageou e a criticou repetidas vezes nos arquivos. Seu codinome era FRITZI, e os relatórios que Mãos de Raquete escrevia sobre ela eram insultantes e humilhantes. Os relatórios sugeriam maneiras de explorar o corpo de Cici a fim de se conseguir informações sobre um grande número de alvos. Os arquivos diziam que ela ajudou a mulher de Boston a ir à Embaixada dos Estados Unidos para que conseguisse deixar o país pouco antes da revolta. E foi assim que o regime descobriu que ela estava contribuindo com os norte-americanos.

Cici havia tentado ajudar as outras pessoas, mas não havia conseguido se salvar.

Ela havia implorado para ficar no hospital aquela noite. Havia dito que era mais "seguro".

Eu não percebi que Cici estava em perigo. Eu a abandonei, acreditando que ela estava contra mim, quando, na realidade, estava tentando me ajudar. Mas o que exatamente havia acontecido quando ela deixou o hospital?

Esses detalhes não estavam nos arquivos.

Nem o fato de que eu havia julgado mal e falhado com minha irmã.

Além dos relatórios sobre Cici, os relatórios de Mãos de Raquete sobre mim eram preocupantes, e, às vezes, arrepiantes: *OSCAR não possui mais utilidade. Tomar as medidas cabíveis.*

"Tomar as medidas cabíveis" também foi a frase que usaram com Bunu antes de sua morte.

Havia tantos detalhes perturbadores sobre a vigilância! Coisas que eu tinha certeza de que eram privadas, mas não eram. Meu primeiro beijo aos 14 anos, minhas trocas com Estrela-do-mar, até os Twinkies. Ler os arquivos era violador de uma forma indescritível e trouxe à tona problemas de confiança que eu tinha esperança de já ter abandonado havia muito tempo. Ver os relatórios abriu uma porta que eu não conseguia fechar. Eu me perguntava constantemente: era melhor saber ou não saber?

Falando de mim mesmo, eu tinha necessidade de saber. Mas eu ainda tinha perguntas sobre minha irmã que não haviam sido respondidas.

Um ano depois, na reunião de reencontro do ensino médio, eu estava perto do bar com um colega de classe.

— Então, o que tem feito hoje em dia? — perguntou.

— Dando aula de inglês. E você?

— Contabilidade. Éramos da mesma sala — disse ele —, se lembra? Eu sou o garoto que teve um surto e berrou sobre ser um informante. É assim que a maioria das pessoas se lembra de mim.

— Sabe do que eu me lembro? — respondi. — Que nenhum de nós te consolou. Desculpa. Eu estava passando pela mesma coisa. Deveria ter te ajudado.

— O mesmo agente? — perguntou.

— Mãos grandes e cigarros BT?

— Sim, ele mesmo. Eu o achava tão cruel! Mas hoje em dia às vezes me pergunto, talvez ele fosse um peão do regime, assim como o resto de nós. Mas sabe o que é estranho? — sussurrou. — A escola da filha dele é bem ao lado do meu prédio.

Um frio apertou meu abdômen.

— Espera, você vê o Mãos de Raquete?

— Sim, ele mora perto de mim, no edifício F2.

Mãos de Raquete, os guardas da Estação 14, a maioria dos torturadores nunca foi indiciada. Eles viviam no meio de nós. Talvez os eventos de

1989 fossem como uma lembrança distante para eles. Mas não para mim. Como eu disse, havia perguntas não respondidas.

— Ele mora perto de você? — perguntei de novo. — Sabe o nome verdadeiro dele?

Ele me disse o nome.

Repeti-o em minha mente.

Decorei.

Jurei nunca esquecer.

E foi assim que mais tarde fui parar no cemitério, sobre o túmulo de nossa família com um manuscrito. Eu havia passado anos garimpando a verdade, interrogando minhas memórias, corrigindo narrativas falsas e considerando o fato de que, quando traímos os outros, frequentemente traímos a nós mesmos.

Às vezes meus alunos perguntam sobre a revolução, e conto as histórias. Eu troco os nomes, só por precaução. Eles amam ouvir sobre Liliana, Bunu e Estrela-do-mar. Quando falo sobre Cici, a tristeza deles é palpável.

Às vezes achamos que sabemos. Temos certeza de que sabemos. Mas não sabemos de nada. Anos se passam, e o tempo se torna o revelador da verdade. E essa mudança dolorosa no entendimento, digo aos meus alunos, é chamada de *a rite of passage*. Essa era a expressão em inglês para isso: um rito de passagem.

— Sr. Florescu, devia escrever um livro sobre isso — dizem eles o tempo todo.

Então escrevi.

A história tem um final feliz: Liliana. Eu. Esperança sem igual.

Deixei o livro para que Bunu lesse. Talvez um dia outras pessoas o lerão também.

Mas agora cheguei no apartamento de Mãos de Raquete e estou pronto para conseguir respostas. Estou pronto para deixar o passado para trás.

Bati à porta.

Ouvi seus passos e senti o cheiro da fumaça de cigarro.

Está acontecendo.

Acabou.

Ele vai abrir a porta.

"Todas as mudanças, por mais que sejam aguardadas, têm sua melancolia; já que o que deixamos para trás é uma parte de nós mesmos; é necessário morrer em uma vida antes de adentrar a próxima."
— Anatole France

Dezembro de 1989. A Revolução Romena em Bucareste

O FIM DOS SUSSURROS

Elena e Nicolae Ceaușescu

*"O regime comunista de Ceaușescu havia se tornado totalitarista. Foi um dos regimes mais repressivos do Bloco Oriental naquela época. Era tão ruim que até mesmo o líder soviético Mikhail Gorbachev o descreveu como: um cavalo sendo chicoteado e cavalgado por um cavaleiro cruel."*

— Coronel Branko Marinovich,
*Oficial de Assuntos Internacionais,
Embaixada dos EUA de Bucareste, 1989*

*"Acredito que Ceaușescu conseguiu fazer uma das maiores manobras da Guerra Fria, que foi aparentar ser uma coisa para o Ocidente enquanto mantinha seu próprio país no que provavelmente foi a pior ditadura de culto à personalidade e violação dos direitos humanos que existiu desde Stalin... estava tudo tão fora do controle que superou até Stalin."*

— Samuel Fry,
*Subchefe de Operações,
Embaixada dos EUA em Bucareste, 1981–1983*

*"A crueldade é rotineira e sempre humana e dorme ao nosso lado e come à nossa mesa."*

— W. H. Auden

Gerald R. Ford, Richard M. Nixon e Nicolae Ceaușescu

Os Ceaușescus em visita à Rainha Elizabeth e ao Príncipe Philip, 1978

O FIM DOS SUSSURROS

Retratos oficiais dos Ceaușescus

As revistas que Cristian vê na Biblioteca Norte-americana, novembro de 1989

Cigarros BT e Kent na Romênia

O Palácio do Parlamento de Ceauşescu

O FIM DOS SUSSURROS 301

Blocos de apartamento do povo romeno

Cidadãos de Bucareste na fila à espera de óleo de cozinha em 1986

Dacias e um anúncio de propaganda política nas ruas de Bucareste em 1986

A entrada da prisão de Jilava

O interior da prisão de Jilava

Estudantes romenos em Timișoara recebem notícias sobre a Revolução

Estudantes romenos em Timişoara durante uma conversa com o exército romeno em 1989

Um Dacia coberto por uma bandeira revolucionária em 1989

# NOTA DA AUTORA

*" Quando a justiça não pode moldar a memória, lembrar o passado pode ser uma forma de justiça."*

— Ana Blandiana

*O Fim dos Sussurros* é uma obra de ficção histórica. Porém, a ditadura Ceauşescu e o sofrimento prolongado de mais de 20 milhões de romenos não é ficção. Foi assustadoramente real e permanece um fato desconhecido por muitos.

Devo muito aos incríveis escritores, poetas, historiadores, acadêmicos, fotógrafos e jornalistas que documentaram a ditadura e o período comunista na Romênia. Também devo muito às diversas pessoas listadas na seção de "Pesquisa e Fontes", que compartilharam comigo suas histórias e seu conhecimento. Se romances históricos despertam seu interesse, incentivo você a buscar os fatos, a não ficção, livros de memórias e testemunhos disponíveis. Essas são as histórias reais — os ombros — nos quais a ficção histórica se baseia.

Como filha de uma família lituana e norte-americana, assisti a muitos atletas romenos competirem nas olimpíadas quando crescia. Diferente da Lituânia, cujo nome foi tirado dos mapas durante o regime soviético, a Romênia desfilou sob a própria bandeira durante a cerimônia de abertura. Seus uniformes continham a palavra ROMÊNIA, assim como as cores de sua nação. Lembro-me de ficar maravilhada e pensar em como eles eram sortudos. É claro que, na época, eu não fazia ideia de seu sofrimento. Não fazia ideia de sua história. Quantos outros desconheciam as condições da Romênia?

A primeira vez que explorei a Romênia foi durante a turnê do meu primeiro livro. A cada esquina, os romenos me mostraram uma incrível generosidade e hospitalidade. Não só me receberam calorosamente como também demonstraram uma empatia tremenda pela história secreta descrita em minha obra, assim como por aqueles que a vivenciaram. Eles tinham um foco maior nos outros do que neles próprios. Foi só após perguntar diversas vezes que os relatos sobre a história recente deles começou a fluir e minha total ignorância se tornou aparente.

Após a Segunda Guerra Mundial, a Romênia se tornou aliada da União Soviética. Sob influência soviética, o comunismo entrou em vigor, e o rei

Michael foi forçado a abdicar e deixar o país. Nicolae Ceauşescu assumiu o poder nos anos 1960 e governou até que ele e sua esposa, Elena, foram executados pelo pelotão de fuzilamento em 25 de dezembro de 1989.

Apesar de Ceauşescu só ter estudado até o ensino fundamental, alguns o chamavam de gênio. Construir e manter sua dinastia era um negócio de família. Estima-se que em certo ponto mais de trinta de seus familiares estavam em posições de importância no regime.

As críticas de Ceauşescu ao Kremlin convenceram os líderes de muitos países de que ele era um não conformista, quando, na realidade, seu governo o revelou como monstro. Ceauşescu entendia que para governar com tirania, o primeiro passo era o isolamento. Ele isolou a Romênia do resto do mundo e então passou a isolar ainda mais os cidadãos, provocando cisões e colocando-os uns contra os outros.

A Securitate, a força policial cruel e secreta de Ceauşescu, funcionava como uma ferramenta repressiva para o regime. Minhas entrevistas revelaram episódios de crueldade, maus-tratos e violações indescritivelmente selvagens aos direitos humanos dos romenos. Além das prisões, torturas e assassinatos, a Securitate recrutava, intimidava e comandava uma rede enorme de informantes civis. Alguns recrutas sofriam pressões e ouviam que delatar era um dever com sua pátria. Para outros, a Securitate prometia favores ou comida para seus familiares. O desespero pela sobrevivência era tão profundo que muitos não tinham escolha. É estimado que um em cada dez cidadãos fornecia informações.

Apesar de os agentes da Securitate serem fáceis de se identificar, os informantes não eram. Pessoas de todas as idades e setores da população eram recrutadas — até mesmo crianças. O resultado disso era uma atmosfera nacional de medo e suspeita. Os romenos eram incapazes de falar livremente, e essa inabilidade de confiar criava obstáculos para se formar amizades e até relações entre familiares. Conforme os anos se passaram, a Securitate controlava a população por meio de seu próprio medo.

Medo, suspeita e a constante ameaça de aparelhos de escuta forçou os romenos a se dividirem entre personalidades públicas e privadas. Espaços que costumam ser considerados pessoais, como uma casa ou até mesmo um banheiro, não eram privados. Sob a ameaça sempre presente de estarem sendo observados, os comportamentos eram modificados e os pensamentos raramente eram ditos em voz alta. Em vez disso, eram aprisionados dentro de uma paisagem mental interna, que reprimia a psique e a alma de uma população.

Quando comecei a minha pesquisa para *O Fim dos Sussurros*, meus pensamentos imediatamente se voltaram para as crianças e estudantes que viveram sob o regime de Ceauşescu — jovens inocentes que, ao entrarem na vida adulta, nutriam sentimentos profundos e fortes, mas não tinham o poder de direcionar o curso da própria vida. A Radio Free Europe e a Voice of America forneceram conexões com o mundo livre. Livros, filmes, revistas e músicas eram janelas para a democracia. Alguns estudiosos declararam que videocassetes e filmes vindos do Ocidente expuseram os adolescentes aos conceitos de liberdade e foram a munição que mais tarde levou à morte de Ceauşescu. Assim como em meus outros romances, decidi focar o empenho dos jovens.

Apesar de a maioria dos regimes comunistas da Europa Oriental terem acabado sem violência, quando a revolução chegou à Romênia, os corajosos cidadãos enfrentaram a chuva de tiros e o derramamento de sangue. Os estudantes foram às ruas de Timişoara, em Bucareste, e a muitas outras, armados com nada além de coragem. Com coração obstinado e desesperados para libertar seu país, os jovens arriscaram a vida por vontade própria e, em alguns casos, enfrentaram as forças de Ceauşescu com suas próprias mãos. A coragem e o sentimento deles — eram surpreendentes. Deram a vida pela liberdade e para sempre permanecerão heróis da revolução.

O comunismo na Romênia não acabou com a morte dos Ceauşescus. Após a execução, novos comunistas assumiram o poder, e, durante muitos anos, algumas das redes já existentes continuaram de pé. Alguns passaram a questionar a legitimidade da revolução. Sendo assim, não houve um "final" claro ou satisfatório para o período. Tudo era confuso, e as perguntas continuaram — e ainda continuam. Tentei transparecer isso no epílogo. Como leitor, perguntas não respondidas e tristeza podem ser frustrantes, mas é difícil compreender quão frustrante deve ter sido para aqueles que realmente vivenciaram os eventos.

Diferente de outros países que abriram seus arquivos policiais secretos para que fossem revisados em um caminho para a reparação, os arquivos da Securitate permaneceram fechados por mais de quinze anos. Alega-se que durante esse período, alguns dos arquivos foram alterados ou destruídos. Lustração histórica — o processo de esclarecimento — ainda está em andamento na Romênia.

Para complicar ainda mais as coisas, enquanto os inocentes cidadãos romenos lidavam com as consequências da revolução, eles injustamente herdaram a responsabilidade pela disfunção causada pelos líderes comunistas. No início dos anos 1990, notícias sobre orfanatos e pobreza causaram uma narrativa parcial sobre o país e aquele período. Mas sem ter o contexto da tirania de fertilidade de Ceauşescu e a batalha contra o comunismo, o mundo não estava a par da história completa.

Também pouco representada é a experiência da população judia na Romênia. Em certo ponto, a Romênia tinha quase 700 mil residentes judeus. Em 1989, restaram apenas 23 mil. Ceaușescu exigia pagamento por cada habitante judeu que era realocado para a Alemanha, Israel ou outros países. Em uma nação de 20 milhões de pessoas, a população de judeus atual na Romênia se aproxima de apenas 3 mil.

Ceaușescu traiu seu próprio país e incontáveis outros. Seu tipo particular de comunismo nacionalista e seu uso da Securitate causou trauma e identidades plurais, forçando os romenos a traírem até a si mesmos. Além disso, ao isolar o país e seu povo, Ceaușescu roubou do mundo o acesso à cultura e à história romena. Estudos recentes mostraram que algumas pessoas acreditam que a Transilvânia é um lugar fictício e desconhecem o fato de que essa é uma bela e histórica região na Romênia.

Espero que por meio da leitura de *O Fim dos Sussurros* os leitores se sintam inspirados a pesquisar as histórias das nações cativas, a queda do comunismo na Europa e, mais importante para essa história, a incrível força e resistência do povo romeno. A Romênia se juntou à União Europeia em 2007 e segue progredindo. Como podemos ajudá-los nesse progresso?

Podemos compartilhar sua história.

A história é a porta de entrada para a história coletiva e da humanidade. A ficção histórica nos permite explorar narrativas pouco representadas e iluminar países no mapa. Mas, como autora, não sou nada sem meus leitores. Obrigada por ler este livro. Por favor, compartilhe esta história com alguém. Assim como agradeço na seção de "Pesquisa e Fontes", há testemunhas verdadeiras que auxiliaram em minha pesquisa, mas que por motivos diversos pediram para permanecer anônimas. Talvez, com a devida passagem do tempo, um dia possamos revisitar os eventos com lentes de aumento e criar um ambiente de compaixão para que as pessoas possam tomar posse de suas histórias.

E finalmente, para os estudantes e jovens leitores: vocês são os guardiões da história que carregarão nossos contos desvanecidos para o futuro. Sinto honra em trabalhar com vocês e sinto honra em escrever para vocês. Por favor, lembrem-se de que, quando as adversidades são tiradas das sombras e reconhecidas, garantimos que aqueles vivendo sob opressão — agora e no passado — saibam que não foram esquecidos.

Juntos podemos jogar luz nos cantos escuros do passado.

Juntos podemos dar voz à história.

*- Ruta Sepetys*

# PESQUISA E FONTES

O processo de pesquisa para este livro foi um esforço global e conjunto que durou muitos anos. Dito isso, quaisquer erros aqui encontrados são apenas meus.

Minha editora romena, Epica Publishing House, me colocou em contato com pessoas, lugares e experiências para dar vida à história. Serei eternamente grata a Anca Eftime Penescu, Dan Penescu e Dana Popescu. Anca e Dan passaram anos trabalhando comigo neste projeto. Junto com minha intérprete, Dana Popescu, eles me acompanharam por diversas regiões da Romênia durante minha pesquisa e aguentaram vários e longos dias de viagem. Todos eles leram meus rascunhos e responderam perguntas infinitas. Este livro seria impossível sem esses três!

Sou extremamente grata a Stejarel N. Olaru. Stejarel é um historiador, cientista político e autor bestseller romeno morador de Bucareste. Stejarel também é especialista na história de serviços de inteligência. Ele generosamente contribuiu para minha pesquisa sobre a Securitate, assim como sobre o tipo de comunismo específico de Ceaușescu. Stejarel ajudou a guiar minha pesquisa, organizou várias entrevistas e me apresentou ao historiador Claudiu Secașiu, antigo presidente do Conselho Nacional do Estudo dos Arquivos da Securitate (CNSAS). Stejarel respondeu muitas das minhas perguntas sobre a estrutura e o funcionamento da Securitate, assim como seus efeitos na população, e me familiarizou com os arquivos atuais da Securitate.

Nicoleta Giurcanu tinha 14 anos quando a revolução aconteceu. Em 21 de dezembro, ela foi presa com seu pai e irmão mais novo e sofreu com os horrores da Estação 14, em Jilava, assim como no centro de detenção juvenil na Aaron Florian. Nicoleta teve a coragem e a generosidade de compartilhar sua história e não poupou nenhum detalhe. Ela é embaixadora dos heróis não celebrados de 21 de dezembro. Sua história, sua humanidade e sua busca infinita por justiça e liberdade me ofereceram indescritível inspiração e me ajudaram a construir as cenas de revolução e o espírito dos jovens do livro.

Maggie Chitoran foi a intérprete em meu encontro com Nicoleta e amenizou a entrevista enquanto navegou pacientemente pelas minhas crises de lágrimas.

Ionel Boyeru era capitão militar de uma unidade especial de paraquedistas romenos quando se voluntariou para uma missão misteriosa no dia de Natal. O que não sabia era que se tornaria um dos três soldados do pelotão de fuzilamento designado para executar os Ceaușescus. Ionel viajou uma longa distância para me encontrar e descreveu a complexa situação dos militares na Romênia dos anos 1980, a intensidade que envolveu a execução, assim como a evolução das percepções durante e antes da revolução. O testemunho de Ionel foi incrivelmente informativo, honesto e um lembrete importante de que a história tem nuances, complicações e não se ajusta facilmente em categorias predefinidas. Agradeço muito a Ionel por sua generosidade e seu ponto de vista.

Paulina Huzau-Hill foi uma incrível apoiadora e fonte de pesquisa. Ela moveu céus e terra para compartilhar a história emocionante de sua família e os itens de seus arquivos pessoais. Sua perspectiva trouxe muita humanidade à história.

Irina Margareta Nistor é tradutora e crítica de cinema romena. Ela também é uma voz icônica da liberdade. Durante o período comunista, Irina dublou secretamente mais de 3 mil filmes ocidentais para o romeno. Por intermédio dos filmes, Irina trazia o mundo exterior para dentro da Romênia e compartilhava conceitos de democracia com o povo romeno. Irina respondeu às minhas perguntas e me informou sobre o sistema usado para ver os filmes no livro.

A Radio Free Europe/Radio Liberty e Voice of America merecem uma obra à parte — e espero escrever uma um dia. Em países onde a liberdade de imprensa não existe ou é controlada pelo governo, a Radio Free Europe/Radio Liberty fornece notícias, discussões e debates sem censura. Emil Hurezeanu é um jornalista e escritor que trabalhou no departamento romeno da Radio Free Europe de Munique entre os anos de 1983 e 1994. Enquanto escrevia a obra, ele estava exercendo o cargo de embaixador da Romênia na Alemanha e, apesar de sua agenda extremamente atribulada, conseguiu tempo para me auxiliar em minha pesquisa e responder minha longa lista de perguntas com cuidado.

Nadia Comăneci não só é uma ginasta olímpica lendária como também é um poço de generosidade. Durante nossa entrevista, Nadia repetidamente enfatizou as diferentes perspectivas e a importância de focar o que o cidadão romeno comum sofreu durante anos e sua coragem heroica ao fazê-lo. Seu carinho e admiração sincera por companheiros romenos é emocionante e trouxe enfoque para a linda conexão entre os imigrantes romenos pelo mundo.

# O FIM DOS SUSSURROS

Sou muito grata aos residentes idosos de Bucareste que me receberam em seus lares. Eles compartilharam muitos detalhes, antiguidades e exemplos que me ajudaram a pesquisar a estrutura e a disposição dos blocos de apartamentos. Como dito, a generosidade romena é infinita.

Claus Pedersen é um amigo de longa data e foi um parceiro de pesquisa constante em várias obras, e nesta isso não foi exceção. Seu lema é "paz, amor e coisas boas e felizes".

Há pessoas que me forneceram informações detalhadas e testemunhos sinceros sobre a história e a época, mas que por diversos motivos pediram para que seu anonimato fosse mantido. Cumprimento-os aqui e envio meu amor e gratidão sincera.

Enquanto escrevia e pesquisava, constantemente consultei as obras de valor inestimável de Ana Blandiana, Paul Goma, Dennis Deletant, Katherine Verdery, Herta Müller, Mihai Eminescu, Gail Kligman, entre outros. Há uma lista completa de fontes a seguir.

Também agradeço por sua generosa ajuda e inspiração:

Associação para Estudos e Treinamentos Diplomáticos, Complexo Museológico Nacional Astra, Andrei Bersan, Adrian Bulgaru, Dr. Murray Bessette, Museu de História do Condado de Brașov, Palácio do Parlamento de Bucareste, Museu e Biblioteca Presidencial Jimmy Carter, Mansão Ceaușescu, Biblioteca Presidencial Gerald R. Ford, Gabrielaitytė-Kazulėnienė, Arnas Gužėnas, Octavian Haragos, Instituto de Investigação dos Crimes do Comunismo e Memórias do Exílio Romeno, Srta. Mancea Ioncea, embaixador Rolandas Krisciunas, Alexandra Loewy, Colégio MF3, Peleș Castle, Adina Pintea, embaixador Arvydas Pocius, Coleção Histórica da Radio Free Europe/Radio Liberty da Biblioteca Institucional Hoover localizada na Universidade Stanford, Museu e Biblioteca Presidencial Richard Nixon, Instituto Romeno de Direitos Humanos, Biblioteca Presidencial Ronald Reagan, Museu Sighet, Manuela Tabac, Fundação em Memória das Vítimas do Comunismo e condado de Victoria Brașov.

# FONTES

O *Fim dos Sussurros* foi construído com os tijolos dos seguintes livros, artigos acadêmicos, matérias jornalísticas, filmes e pesquisas.

*1989 Libertate Roumanie de Denoël Paris*
"23 Years of Ceaușescu: Romania — Tight Rule of a 'Deity'", de Charles T. Powers, *Los Angeles Times*
*Abandoned for Life: The Incredible Story of One Romanian Orphan Hidden from the World, His Life, His Words*, de Izidor Ruckel
"After the Revolution: The American Library of Bucharest Enters a New Era", de Mary Ann Ignatius
"Alternative Images: The '50s in Romania through Jokes Broadcasted by Radio Free Europe", de Gabriel Stelian Manea
*At Home There's Only Speaking in a Whisper: File and Diary Recording the Late Years of the Romanian Dictatorship*, de Stelian Tănase
*Authoritarianism: What Everyone Needs to Know*, de Erica Frantz
*Betrayals: The Unpredictability of Human Relations* de Gabriella Turnaturi, traduzido para o inglês por Lydia G. Cochrane
*Bottled Goods*, de Sophie van Llewyn
*Broadcasting Freedom: The Cold War Triumph of Radio Free Europe and Radio Liberty*, de Arch Puddington
"Bucharest Journal; To Rumanians, It Just Feels Like the Third World", de Craig R. Whitney, *The New York Times*
"Bullets, Lies, and Videotape: The Amazing, Disappearing Romanian Counter-Revolution of December 1989", de Richard Andrew Hall
*Burying the Typewriter: A Memoir*, de Carmen Bugan
*The Captive Nations; Eastern Europe: 1945–1990: From the Defeat of Hitler to the Fall of Communism*, de Patrick Brogan
*Ceaușescu and the Securitate: Coercion and Dissent in Romania, 1965–89*, de Dennis Deletant
"Ceaușescu Palace Rises as Monument to Greed", de Joseph A. Reaves, *Chicago Tribune*
"Ceaușescu Regime Used Children as Police Spies", de Daniel McLaughlin, *The Guardian*

*Checkmate: Strategy of a Revolution*, documentário dirigido por Susanne Brandstätter

*The Christmas Gift*, filme escrito e dirigido por Bogdan Muresanu

*Chuck Norris contra o comunismo*, documentário escrito e dirigido por Ilinca Călugăreanu

*Communism: Its Ideology, Its History and Its Legacy*, programa de estudos criado pela Fundação Memórias das Vítimas do Comunismo

*Contemporary History Romania: A Guide through Archives, Research Institutions, Libraries, Societies, Museums and Memorial Places*, de Stejärel Olaru e Georg Herbstritt

*The Day We Won't Forget: 15 November 1987, Brasov*, de Alex Oprea e Stejärel Olaru

*The Dean's December*, de Saul Bellow

"Doina Cornea's Doll", de Cristina Petrescu, Cultural-Opposition.eu

"The Enduring Legacy of Romania's Securitate", de Paul Hockenos, PRI

"Ex-Ambassador Says Washington Would Hear no Evil About Ceauşescu", de Mike Feinsilber, *Associated Press*

*Explaining the Romanian Revolution of 1989: Culture, Structure, and Contingency*, de Dragoş Petrescu

"Fall of Ceauşescu: When Romanians Stood Up to Tyranny", *BBC News*

"Finally, We Called It Christmas Again: My Role in Romania's Revolution", de Eugen Tomiuc, Radio Free Europe/Radio Liberty

*Fodor's '89 Eastern Europe: Poland, Hungary, Czechoslovakia, Bulgaria, Romania, East Germany*

"Freedom!", de George J. Church, *TIME*

"The Great Escape: How Bucharest Rolled Entire Churches to Safety", de Kit Gillet, *The Guardian*

*Handling the Truth: On the Writing of Memoir*, de Beth Kephart

*The Hole in the Flag: A Romanian Exile's Story of Return and Revolution*, de Andrei Codrescu

*The Hour of Sand: Selected Poems 1969-1989*, de Ana Blandiana, traduzido para o inglês por Peter Jay e Anca Cristofovici

"In Bucharest, Tears and Prayers for the Fallen", de Blaine Harden, *The Washington Post*

"In Romania, Kents as Currency" de Gary Lee, *The Washington Post*

"In Romania, Smoking a Kent Cigarette Is Like Burning Money", de Roger Thurow, *The Wall Street Journal*

"In Rumania, All Hail the Chief, and Dracula, Too", de John Kifner, *The New York Times*

*Kiss the Hand You Cannot Bite: The Rise and Fall of the Ceauşescus*, de Edward Behr

*Let's Go: The Budget Guide to Europe, 1989*

*Cartas a Lucílio*, de Seneca

*Cartas para uma jovem ginasta*, de Nadia Comăneci

*Lines Poems Poetry*, de Mircea Ivănescu, traduzido para o inglês por Adam J. Sorkin e Lidia Vianu

*Memorialul Durerii*, série documental criada por Lucia Hossu-Longin

*My Childhood at the Gate of Unrest*, de Paul Goma

*My Life as a Spy: Investigations in a Secret Police File*, de Katherine Verdery

*My Native Land A4*, de Ana Blandiana, traduzido para o inglês por Paul Scott Derrick e Viorica Patea

*Nadia Comăneci: A ginasta e o ditador,* filme escrito e dirigido por Pola Rapaport

*National Ideology under Socialism: Identity and Cultural Politics in Ceauşescu's Romania*, de Katherine Verdery

*Peregrina: Unexpected Adventures of an American Consul*, de Ginny Carson Young

*Pinstripes and Reds: An American Ambassador Caught between the State Department and the Romanian Communists, 1981–85*, de David B. Funderburk

*A Poetry Handbook*, de Mary Oliver

*The Politics of Authenticity: Countercultures and Radical Movements across the Iron Curtain, 1968–1989*, de Joachim C. Häberlen, Mark Keck-Szajbel e Kate Mahoney

*The Politics of Duplicity: Controlling Reproduction in Ceauşescu's Romania*, de Gail Kligman

"The Power of Touch", de Maria Konnikova, *The New Yorker*

"Radio Free Europe and the 1989 Fall of Communism in Romania", de Anamaria Neag

"Radio Waves, Memories, and the Politics of Everyday Life in Socialist Romania: The Case of Radio Free Europe", de Ruxandra Petrinca, *Centaurus*

*Raggle Taggle*, de Walter Starkie

*Red Horizons: The True Story of Nicolae and Elena Ceauşescus' Crimes, Lifestyle, and Corruption*, de tenente-general Ion Mihai Pacepa

"The Rise, Fall, and Rebirth(s) of Steaua Bucharest", de Ryan Ferguson

"Romania: Human Rights Violations in the Eighties", Anistia Internacional

*Romanian Journey*, de Andrew MacKenzie

*The Romanian Revolution of December 1989*, de Peter Siani-Davies

"Romania's Revolution of 1989: An Enduring Enigma", de Donald G. McNeil Jr., *The New York Times*

"Romania's Revolution: The Day I Read My Secret Police File", de Oana Lungescu, *Independent*

"Romania's 'Ungentle' Revolution 30 Years Later: 'Still No Prosecutions'", Ziarul de Gardă

*The Rough Guide to Eastern Europe, Romania and Bulgaria, 1988*, de Dan Richardson e Jill Denton

"Ruling Romania: A Family Job", de Michael Dobbs, *The Washington Post*

"Rumours in Socialist Romania", de Steven Sampson, *Survey: A Journal of East & West Studies*

"Scenes from a Revolution: Romania after the Fall", de Dick Virden, *American Diplomacy*

"The Spies Who Defended Us: Spy Stories and Legitimating Discourses in Ceauşescu's Romania, 1965-77", de Dragoş Petrescu, *Romanian Intelligence Studies Review*

"Thirtieth Anniversary of the Fall of Communism in Romania", de Tammy Cario, *DLIFLC*

"Uses and Misuses of Memory: Dealing with the Communist Past in Postcommunist Bulgaria and Romania", de Claudia-Florentina Dobre, *European Memory: Eastern Perspectives*

*The Voices of Silence*, de Bel Mooney

"Women as Anti-Communist Dissidents and Secret Police Collaborators", de Lavinia Stan

"Yes, He's for Real", de Walter Isaacson, *TIME*

"Youth and Politics in Communist Romania 1980-1989", de Veronica Szabo

# AGRADECIMENTOS

Terminar um romance durante uma pandemia global acabou se provando extremamente desafiador. Nunca me senti tão grata pela generosidade, paciência e ajuda daqueles próximos a mim.

Meu incrível agente, Steven Malk, tem guiado meus passos desde 2007. Kacie Wheeler e Jeffrey Kirkland organizam meus dias e eventos com cuidado e amor. Minha brilhante e incansável editora, Liza Kaplan, é minha copilota criativa e campeã. Ken Wright e Shanta Newlin estiveram ao meu lado desde a minha primeira obra. Sou muito grata a Jen Loja, Jill Santopolo, Talia Benamy, Kaitlin Kneafsey, Kim Ryan, Felicia Frazier, Emily Romero, Carmela Iaria, Trevor Ingerson, Felicity Vallence, Krista Ahlberg, Ellice Lee, Theresa Evangelista e minha família da editora por darem voz à história e uma casa às minhas narrativas.

Nos bastidores estão todas as incríveis pessoas da Penguin Young Readers, todos os representantes da Penguin, direitos subsidiários da Penguin, Writers House, Marks Law Group, UTA, Luum, Penguin Audio e SCBWI. Muito obrigada a todas as editoras estrangeiras e aos tradutores por reproduzirem minhas palavras em mais de sessenta países.

Sharon Cameron, Amy Eytchison, Angelika Stegmann, Howard Shirley, Court Stevens, Beth Kephart, Claus Pedersen, Niels Bye Nielsen, Marius Markevicius, Yvonne Seivertson, Mike Cortese, Steve Vai, Ruta Allen, J. W. Scott, Sean Marks, Genetta Adair, Meg Fleming, Keith Ryan Cartwright, Mary Tucker, Noah e Andrew Faber, os Bayson, os Rocket, os Peale, os Smith, os Brodd, os Myer e os Schefskys me apoiaram na jornada desta obra.

Minha imensa gratidão a meus maiores apoiadores: os professores, bibliotecários e livreiros. E acima de tudo: os leitores. Sou grata a cada um de vocês.

A meus pais, que me ensinaram a sonhar grande e a amar ainda mais. John e Kristina são meus heróis e os melhores amigos que uma irmã caçula poderia ter.

E a Michael, cujo amor me dá coragem e asas. Ele é tudo para mim.

## CONHEÇA OUTROS LIVROS DO SELO

- Protagonismo feminino
- Romance histórico
- Segunda Guerra Mundial

**UMA VIDA MARCADA POR SEDE DE LIBERDADE E PERIGO.**

**Marian Graves** é uma aviadora corajosa, decidida a ser a primeira a dar a volta ao mundo. Em 1950, prestes a concluir com sucesso sua histórica tentativa, ela desaparece na Antártida. **Hadley Baxter** é uma estrela de cinema envolvida em escândalos que vê a salvação de sua carreira em um novo papel: a piloto desaparecida Marian Graves. O destino dessas duas mulheres colide ao longo dos séculos nessa obra épica e emocionante.

**FÚRIA E COMPAIXÃO, BEM E MAL, CONFIANÇA E TRAIÇÃO...**

O advogado Martin Grey, um homem negro, inteligente e talentoso, que comanda um pequeno escritório de advocacia no Queens, faz amizade com alguns dos homens negros mais poderosos, ricos e respeitados nos Estados Unidos, e descobre um segredo perturbador que desafia algumas de suas convicções mais irrefutáveis...

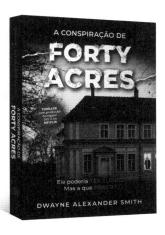

- Um suspense arrebatador
- Produção de Jay-Z para Netflix

Todas as imagens são meramente ilustrativas.

 /altanoveleditora   /altanovel

Este livro foi impresso nas oficinas gráficas da Editora Vozes Ltda.,
Rua Frei Luís, 100 – Petrópolis, RJ.